鱷魚之淚

クロコダイル・ティアーズ

雫井脩介

王蘊潔 譯

1

意味著清廉的白色，和充滿野心的黑色的對比……

但是，目不轉睛地注視著這片景象，就會覺得黑色的深沉才是耿直的代表，光鮮的白色和隨著白色釉藥變淡呈現的空隙透出的緋色，散發出甜蜜嫵媚。

久野貞彥享受著這個器物具備的雙重性和些微的扭曲所帶來的絕妙感受。

「很不錯。」

他小心翼翼地把器物放回桌上，以免和服袖子勾到其他作品，面帶微笑地對久野順三說。

「是不是？」順三理所當然地點頭。

順三今天帶來了山本正市郎的作品作為樣品，這是今年MINO國際陶藝比賽中獲得金獎的作品，分別有盤子、飯碗和茶碗，這三件作品都同時巧妙地採用黑白釉的對比設計。

「畢竟是未來的人間國寶，作為陶藝家聯展的焦點商品完全無可挑剔。」

「說他是人間國寶未免言之過早。」貞彥一笑置之。

「當然還無法和喜市大師的境界相提並論。」

「還差得遠呢。」

貞彥看向店內收銀台旁玻璃展示櫃檯內的志野茶碗。那是山本正市郎的祖父，生前被稱為人間國寶的已故山本喜市大師的作品。那個志野茶碗是非賣品，只是放在那裡展示，但光是展示在那裡，就提升整家店的格調，實在太不可思議了。

「話說回來，可以藉此慶祝他獲得金獎，所以本店不會怠慢。」

「正市郎一定會很高興。」順三說，「我告訴他，會把他的作品放在『吉平』的正中央，他雙眼發亮地說『謝謝』。」

「放在這家店的正中央有什麼好高興的？」貞彥苦笑。

「當然會高興啊。」順三用聽起來完全不像是開玩笑的語氣說，「陶藝家都一致認為，『吉平』是關東的名店。」

貞彥聽了有點暗自竊喜，不過只微微聳肩。

貞彥經營的陶瓷器專賣店「土岐屋吉平」始於大正時代。在美濃經營陶瓷器批發的「土岐屋商店」的次子久野吉平，為了拓展在首都圈的銷路，相中鎌倉附近這一帶，在這裡開設一家零售店。之後，長子家族繼承「土岐屋商店」，目前由順三當家；次子家族繼承「土岐屋吉平」，由相當於吉平曾孫的貞彥成為一店之主。

貞彥的父親嘉男很有生意頭腦，而且生正逢時。在送禮文化盛行的泡沫經濟時代，除了陶瓷器以外，還做各種禮品的生意，大幅提升業績。在泡沫經濟崩潰，土地價格暴跌之際，他又買下東鎌倉車站前的這塊地，建造四層樓的商業大樓。

隨著時代的變遷，到了貞彥這一代，改變商業模式成為重要的工作。在景氣持續低迷中，送禮文化漸漸式微，貞彥下定決心，將生意模式改回陶瓷器專賣店，將空出來的樓層出租。如今已經去世的父親當年在病床上也如此建議，所以他在做決定時並沒有絲毫的猶豫。

他堅持穩健經商的路線，之後並未發生業績堪慮的情況。雖然平日客人並不多，但每月一次舉辦的「碗公集市」和「茶碗集市」等活動時，收銀台前經常大排長龍。

再加上網路的線上商店也步上了軌道，現在不需要整天皺著眉頭，拿著計算機，辛苦地做生意。因為並不指望大富大貴，所以能夠悠閒自在地過日子，也許是這種生活方式讓貞彥散發出文人雅士的氣質，偶爾去產地時，陶工都對他以禮相待。「吉平」改回陶瓷器專賣店的決策，提升了業界對貞彥的評價。

雖然對「吉平」被抬舉為名店有點害羞，但如同知名的窯廠和陶藝家都希望自己的作品出現在都會百貨公司的貨架上一樣，他們的作品出現在「吉平」的貨架上，會讓他們感到臉上有光。這是很自然的情況，貞彥並不覺得有任何奇怪之處。

「曉美，妳好，好久不見了。」

和貞彥穿著相同藍染和服的妻子曉美從樓上的倉庫走下來時，順三對她親切微笑。

「原來是順三啊，你大老遠來這裡，真是辛苦你了。」曉美回以微笑，「那我來泡茶。」

說完，她又走去後方。

「辛苦了。」

和曉美一起下樓的康平調皮一笑，揚揚下巴，向順三打招呼。他們母子剛才似乎在整理庫存，康平挽起的袖子下露出了結實的手臂，脖子上微微冒著汗。

「喔，康平，你看起來精神很不錯啊。」

「託你的福。」康平輕鬆回答後，看了一眼桌上的商品。「新作品嗎？是哪一家窯廠的？」

「是山本正市郎的作品。」順三說。

「喔，原來是正市郎。」康平充滿懷念，拿起器物打量著。「他這次得了金獎，哇，作品本身氣場十足啊。」

美濃燒既有土味很強的陶器，也有玻璃質成分含量高的瓷器，目前日本各地流通的陶瓷器，有超過一半都是美濃燒，因此陶瓷器皿的變化豐富多樣，但志野和織部是美濃燒中的兩大名陶，這兩大名陶都是現代繼承了桃山時代盛行的樣式。

據說志野釉的起源，是香道家[1]兼精通茶道的茶人志野宗信請陶工製作的陶器，最典型的作品，就是像在製作西點時抹上糖漿一樣，在作品上塗上厚厚的白色釉藥，釉藥較薄的部分透出陶土的紅色紋理，這種獨特的色調正是玩賞的重點。

織部釉則是在茶人古田織部指導下所誕生的風格，織部釉具代表性的作品運用鮮豔色彩的綠釉和歪斜扭曲，自然奔放的設計成為特徵。

山本正市郎的作品融入志野釉和織部釉的特色，織部的部分並不是使用綠釉，而是呈現黑色的黑織部，這種對比讓作品呈現出絕妙的張力，可以說是結合了兩大名陶的優點，可以感受到他努力推動美濃燒發展的雄心。

「對了，我記得你和正市郎是同學？」

貞彥問，康平點點頭。「那時候大家就說他是天才、天才，因此現在有一種他的才華終於被看見的感覺。」

康平從橫濱的某大學附中畢業後，直升進入那所大學的商學院。畢業之後，在順三家住了兩年，進入岐阜縣土岐市的某所窯業學校。那是學習練土、陶輪等陶藝實務技能的專科學校。其實對日後做陶瓷生意的康平來說，那並非必要的技能，但貞彥之前在父親的要求下學過相關的技能。

接觸實務技能，有助於深入瞭解陶藝，可以培養鑑別作品好壞的眼光，更重要的是，能夠和立志成為陶工、有才華的年輕人進行交流。

更何況康平在關東長大，幾乎完全不瞭解美濃的鄉土人情。既然要做美濃燒的生意，在產

❶按照一定的禮法焚香木，鑑賞香氣的傳統藝道。

地實際生活這件事本身就很有意義，這是貞彥從自身經驗中得到的體會。

康平曾經是熱衷衝浪、釣魚，喜歡遊山玩水的大學生，不知道他對家業是否有興趣，於是就讓他以為可以多過兩年形同大學生活延續的日子，安排他住在順三家。事實上，貞彥很懷疑他當初是否有認真學習陶藝。但是他應該在那段日子，近距離感受到像山本正市郎等未來陶藝家的熱情，所以也在內心逐漸培養起對美濃燒的熱愛。他學成畢業，回到東鎌倉時，很自然地對繼承家業表現出積極的態度，四年前結婚生子，在生活方面也安定下來。

貞彥剛滿六十二歲，自認為還不算老，但現在店裡的很多事都已經交給康平處理，自己則忙於商店會的工作，以及和產地的有力人士打交道。

「我會負起責任交給好買家，代我向正市郎問好。」

康平打包票說，順三露出笑容。

那天晚上，貞彥在附近的日本料理店「仲西」預約榻榻米包廂，招待順三。

「仲西」的餐具都是向「土岐屋吉平」訂購的，當初貞彥看了這家餐廳實際供應的料理，列出一份建議清單，店家對清單上所列的品項照單全收。除了鎌倉附近，橫濱和東京也有不少餐廳都用相同的方式訂購餐具，所以每次外食時，完全不需要為找餐廳這件事傷腦筋。

粉引陶器小碗內裝著小菜，和啤酒一起送上來。順三說：「祝下個月的陶藝家聯展成功！」和貞彥、曉美以及康平乾杯。

「想代子怎麼還沒來？」

康平一口氣喝完了半杯啤酒，有點煩躁地說。他拿出手機。今天也找了他的太太想代子一起來吃飯，但不知道是否照顧小孩子耽誤時間，她遲遲沒有現身。

「喂，大家都開動了。」

電話似乎接通，康平隔著電話催促著太太。順三苦笑著安撫他。「慢慢來，沒關係。」

「真不知道她在搞什麼，之前就告訴她，你今天會來……」康平把手機放下之後，仍然不停地嘀咕。

「那由太應該長大了吧？」順三問道，似乎想要分散康平的注意力。

「真的長大了。」

「三歲了吧？會不會很調皮？」

「不，他其實滿乖的，個性很怕生。」康平吃著小菜說，「不知道像誰。」

「你小時候來我家時，好像是在自己家一樣，玩得滿屋子跑，顯然不是像你。」順三開玩笑說。

「最近我要抱他，他都不讓我抱。」康平無趣地繼續說著，「一點都不可愛。」

「目前正是第一階段叛逆期，」順三輕輕笑笑，為康平倒啤酒。「說他不可愛，他未免太可憐了。」

「對啊，他明明很可愛。」曉美在一旁解圍，為了顧全康平的面子，又補充說：「如果你自己照顧孩子，就會知道小孩子有多可愛了。」

雖然現在有很多夫妻都把年幼的孩子送去托兒所，夫妻一起外出工作，可能是因為康平賺的錢就夠養活一家人，所以康平家由想代子專心帶孩子。

雖然康平夫婦並沒有和貞彥他們住在一起，但想代子經常在傍晚出門買菜時，帶著那由太去「吉平」看爺爺、奶奶。也許她認為讓祖父母看到孫子是自己的工作，貞彥每次看到孫子都很開心，很歡迎。他和其他爺爺一樣，只要看到孫子，就會抱在手上疼愛一番，但那由太的確有點怕生，每次都有點不知所措。只不過貞彥覺得康平是因為鬧脾氣，才會說那由太不可愛。他們母子朝夕相處，那由太難免過度依賴母親。

「對了，剛才忙昏頭，忘了去打招呼，東子最近還好嗎？」

順三改變話題，看著曉美問道。

「託你的福，她比我有活力多了。」

曉美的姊姊塚田東子和丈夫辰也在吉平大樓的三樓，開了一家專賣廚房相關雜貨的店。

「那真是太好了。」順三說，「雖然輪不到我來操心，你們有康平可以幫忙，但東子他們沒有孩子，他們凡事都必須自己來。」

「他們在鎌倉那裡也有店，如果有什麼狀況，這裡的店收掉就好。」曉美代替個性乾脆的姊姊表達想法，「更何況姊夫辰也不是很有野心的人。」

順三並不是真的擔心東子夫婦，他只是想要表達貞彥夫婦有康平這個繼承人很幸運。他在美濃這個保守的地方，繼承代代相傳的家業經營，在他眼中，這是很自然的事，同樣背負老店招牌的貞彥很認同這樣的價值觀。

「我來晚了。」

當裝在織部四腳長盤的生魚片送上來時，想代子才終於牽著那由太的手現身。

「啊，妳好，我們已經開始吃了。」

順三向她打招呼，想代子淡淡一笑，鞠躬。「好久不見了。」

接著，又催促那由太。「有沒有向土岐的叔公說『你好』？」那由太動動嘴巴，小聲說了什麼，馬上躲到想代子身後。

「那由太，你好，你真的長大了。」順三心情愉悅。

想代子在康平身旁坐下來後，讓那由太坐在自己身旁。康平剛才有點心神不寧，在想代子出現後，終於安心，但反而好像不把她放在眼裡般，自顧自吃著生魚片。

想代子用小毛巾擦手後，立刻拿起啤酒瓶，機靈地為每個人倒酒。順三也為她斟酒，她雙手拿起杯子接受，倒了半杯時，立刻鞠躬表示夠了。

她有一雙細長的眼睛，嘴巴很大，外形很亮麗，但她的個性和她的外表給人的印象相反，是很文靜的女人。貞彥從來沒有看過她天真無邪地放聲大笑的樣子。起初以為只是在公婆面前太拘謹，但是在他們結婚多年之後，想代子的態度幾乎沒有變化，顯然原本就不是開朗的性格。

這當然代表她這個人很節制有禮貌，和她相處並不會不舒服。她化妝後的漂亮臉蛋有一種獨特的豔麗，不難瞭解康平被她吸引的原因。貞彥猜想是康平先愛上她，雖然無意干涉他們小倆口的關係，但是從康平的日常言行中，可以隱約發現他很喜歡控制想代子，貞彥覺得這是因為他愛得深使然。

順三雖然對那由太說了很多話，但那由太一直看著想代子，似乎在向她求助。最後都由想代子回答順三的問題，當那由太偶爾開口說話時，順三發出爽朗的笑聲，心情愉悅地喝著酒。

「這是撞到了哪裡？看起來很痛。」

順三突然發現什麼，指著想代子的手臂問。抬頭一看，發現想代子從襯衫袖子露出的白皙手臂上有瘀青。

「呃……」想代子不知所措，按住襯衫的袖子。

雖然被桌子遮住了，但康平放在腿上的手似乎動了一下，想代子的頭微微轉向康平的方向。康平這個動作既像是在打什麼暗號，又像是在催促想代子，趕快回答別人的問題。

「我很容易撞到……」想代子最後這麼回答，好像在掩飾般淡淡苦笑。

「照顧孩子難免磕磕碰碰，」康平開口補充，「別看那由太這樣，他在家根本就像是小哥吉拉，照顧他很辛苦。」

「這樣啊，那由太，原來你是小哥吉拉。」

順三哈哈大笑起來，摸著那由太的頭。那由太順從地被摸頭，完全不見小哥吉拉的影子。

「他長這麼大了，帶他出遠門沒問題吧。等陶藝家聯展結束後，你們可以在夏天時帶那由太來我家玩。康平小時候也經常來我們家。」

雖然隨著世代交替，和順三家的血緣關係越來越淺，但由於有生意往來，在所有親戚中，相互來往最密切。

「想代子可以去鬼岩或是南木曾去泡泡溫泉。」

「謝謝。」

想代子用分不清楚到底有沒有意願的語氣，平靜地道謝。

「至於康平，你來的話就可以去釣香魚。」

「好啊，很久沒釣了。」

康平興致勃勃地說。順三心滿意足地放鬆臉上的肌肉，然後將視線移回想代子和那由太身上。

「貞彥大哥是城市的人，或許不會強求那由太什麼，但是為了那由太的未來著想，我還是要多囉唆幾句。做生意並不是一件容易的事，但是『吉平』不一樣，只要按照目前的方式繼續做下去，就可以過好日子，這是天大的幸運。康平正是因為意識到了這一點，才會這樣專注於店裡的工作……對不對？」

「現在說這些，他還沒辦法理解。」康平瞥了那由太一眼，似乎覺得現在討論這件事根本沒有意義。

「嗯，雖然是這樣，」順三說，「但正因為這樣，才要趁他年紀還小的時候，帶他來多走一走啊。」

貞彥苦笑著聽著他們說話，內心雖然覺得順三有點多管閒事，但是很感謝他打造出這樣的氛圍。站在貞彥的立場，必須等到差不多的時期，才會開口提這件事，同時不知道自己是否能夠活到那一天。

順三可能認為那由太日後也會像康平那樣住去他家，就讀當地的窯業學校，他應該認為這是既定的方針。

「那由太在扮家家酒的時候，不玩絨毛娃娃，而是玩陶器的小人偶。」想代子似乎想要取悅在場的其他人，在分享這件事後，看著那由太的臉。「對不對？你是不是很喜歡那些小人偶？」

「脖子斷掉了。」不知道是否剛好是他喜歡的話題，那由太大聲回答。

「即使黏好之後，又馬上斷掉了，下次還要再黏，對不對？」

「你拿來給爺爺，爺爺幫你黏，保證不會再斷掉了。」

黏陶器這種事根本易如反掌。那由太聽到貞彥這麼說，雙眼發亮。「真的嗎？」

「太好了，因為爺爺是專家啊。」想代子也迎合著說道。

「磚家？」

「對，很瞭解那些小人偶。」

「喔。」

雖然不知道那由太是否理解，但他欽佩地看著貞彥，貞彥不由得竊喜。

「曉美也很久沒來玩了，難得來走一走。不管是PREMIUM OUTLET，還是其他地方，我都可以帶妳去。」

順三發現想代子和那由太來了之後，曉美變得格外安靜，於是主動找她聊天。

「連我都不在，店裡真的要唱空城計了。」曉美四兩撥千斤地說。

「其他員工應該可以搞定吧？」

順三說得沒錯，除非是店裡舉辦展售會期間，平時只要有打工的員工顧店就沒問題。曉美向來不喜歡出門，但如果硬拉著她出門，她並不會排斥，旅行時能夠樂在其中。

比起這件事，貞彥更在意曉美和想代子的關係有一絲緊張的感覺。想代子嫁進久野家將近四年，婆媳之間仍然很生疏。不，在想代子懷孕期間，和那由太出生那陣子，曉美曾放下身段，婆媳之間會聊個幾句，但是隨著那由太長大，她們就不再聊天。

如果同住在一個屋簷下，情況可能有所不同，但他們沒有住在一起，很難拉近彼此的距離。也許對想代子這樣的媳婦來說，強勢的婆婆反而可以相處更融洽。曉美感情很細膩，對想代子很客氣。如果想代子是那種有話直說的人就罷了，但她在公婆面前向來很拘謹，擔心會做錯事，更加深了距離感。

「曉美姐，妳以前就有過勞的傾向。在康平像那由太這麼大的時候，妳不是已經在店裡幫忙了嗎？等過一陣子，想代子開始在店裡幫忙，妳應該就可以輕鬆一些了。」

順三自己是半個外人，想說什麼就直接說出來。有時候的確需要有人這樣直言不諱。當初也是因為順三不時敲邊鼓，康平才終於有意願繼承家業。

至今為止，想代子從來沒有來店裡幫過忙。因為當他們結婚時，想代子已經懷孕，那由太出生之後，從來不曾送去托兒所，都是由想代子一手帶大。即使去店裡，也只是帶那由太來見祖父母而已。

「不必這麼著急，」曉美委婉地說，「想代子桑有自己的生活。」

雖然曉美這句話聽起來似乎是在為想代子著想，但八成並非如此。曉美應該還不希望想代子闖入自己的地盤。

想代子似乎敏感地察覺到這件事，聽了順三的話，只是淡淡微笑，並沒有說什麼。

目前還有育兒這個理由，暫時天下太平，但這個問題很傷腦筋。目前還不知道是十年後還是二十年後，但遲早要把店交給康平，到時候希望想代子能夠以老闆娘的身分，張羅店裡的大小事。

無論曉美怎麼想，貞彥很希望在不久的將來，想代子可以來店裡幫忙。考慮到這家店的未來，曉美應該無法反對。

想代子雖然目前沒有表達任何意見，但貞彥有一種預感，覺得只要自己在背後推一把，想代子應該會答應。聽說想代子婚前在橫濱的一家花店工作，雖然她的性格看起來不擅長社交，但應該不至於不會接待客人。

所以，貞彥對陶瓷器專賣店的未來很樂觀。

2

順三回土岐的幾天後，八月企劃的陶藝家聯展的作品陸續送到了。

聯展前一天的公休日，曉美、康平和店裡的員工分頭為聯展做準備工作。他們把平時銷售的商品搬到四樓倉庫，把多位陶藝家的作品裝在推車上，搬到一、二樓。每一位陶藝家都展示數件作品，放上寫著作品名和價格的牌子。製作價格牌子，以及寫著作家個人檔案和照片的店頭廣告都是曉美的工作，她這幾天都坐在電腦前忙到深夜。

「這麼奢侈地使用空間，整家店看起來和平時很不一樣。」

在店裡打工的店員山中祥子打量著八成展示品已經就定位的店內，感慨地說。

陶瓷器專賣店的商品種類越豐富，客人更能夠對購物樂在其中，平時如何充分利用空間，盡可能陳列更多商品，無疑考驗了店員的本領。

但是，在舉辦陶藝家聯展時，空間的使用必須保持餘裕，展示商品時要發揮巧思，讓買家能夠充分鑑賞每一件作品。雖然作品數量不多，能夠展現陶藝家特色魅力的作品，會對看到作品的客人產生吸引力，認為是一期一會的緣分。這些作品幾乎都可以成交，正因為賣得出去，才能夠受到這種特殊待遇。

「怎麼樣？」

康平剛好走過去，曉美指著中央的大桌子問。上面放著山本正市郎的數件作品。介紹陶藝家履歷的海報上寫著「榮獲去年度MINO國際陶藝大賽金獎」的文字。那是曉美努力趕工完成的海報。

「不錯啊。」康平說，「應該不用到最後一天，就會完售吧。」

山本正市郎是這次聯展的焦點，進了不少他的作品，如果可以完售，真的會讓人開心得尖叫。

「啊，喜市大師的作品放在那裡。」康平看向貞彥，貞彥正準備為收銀台旁的玻璃展示櫃內換上新的收藏品。「不錯啊，爺爺和孫子一起表演。」

曉美和其他人在倉庫內拆開聯展商品的包裝時，貞彥也在倉庫後方，把珍藏品桐木箱從架子上拿下來確認，東挑西選，物色適當的作品。

陶藝家的作品中，價值十萬、二十萬的商品都陳列在牆邊的玻璃展示櫃內，但收銀台旁的玻璃展示櫃內專門展示非賣品的珍藏品。如果要標價，有好幾件都超過一百萬，但貞彥無意出售，並沒有標價。

貞彥通常會各挑一件志野、織部和黃瀨戶的珍藏品展示，都是美濃出生的人間國寶和傳統工藝師傾注全力製作的獨一無二作品，全都是貞彥和他的父親嘉男在經商之餘默默蒐集而來，每個月都會更換不同的作品。

雖然山本喜市是人間國寶，但並不是隨時都會展示他的作品。貞彥這次似乎希望藉此為山本正市郎的展覽錦上添花。

但是，只有狂熱收藏家才會注意到非賣品的珍藏品，所以展示誰的作品完全是貞彥的自我滿足。曉美在當老闆娘多年後瞭解到，在這些細節上的堅持，成為老店的風格，即使懂得鑑賞的客人不多也無所謂。

傍晚時，聯展的準備工作大致完成，想代子帶著那由太，從後門探頭進來張望。

「辛苦了。」

想代子輕聲向員工打招呼，山中祥子和其他人立刻開始陪那由太玩。

「哇，那由太，你好。」

那由太常來店裡玩，不會躲避她們，但仍無法像其他小孩子一樣討人喜愛。在想代子的催促下，小聲向其他人打招呼後，立刻走向他喜歡的動物擺設區域。

「不可以碰盤子喔。」

想代子每次都會委婉地提醒。那由太以前曾經伸手去摸陳列在平台上的咖啡杯，結果掉在地上打破。那由太自己被嚇到，放聲大哭，當時還引起一陣騷動。

那一次——曉美不由得想起了當時的情況。

得知那由太並沒有受傷後，山中祥子和其他人立刻開始清理杯子碎片，想代子努力安撫著大哭的那由太，康平走過來，然後用壓抑的聲音斥責她：「看好他啊。」然後推了她的手臂一下。

與其說是推，也許說「打」更符合當時的情況。想代子痛得皺起眉頭，抱著被打的手臂。事情發生之後，只剩下曉美和康平兩個人時，她數落康平：「即使是枕邊人，也不可以動手。」康平輕鬆地反駁，「又沒有很大力。」但他並不是腦筋不清楚的人，應該知道曉美想要表達的意思。

曉美現在想起這件事，有一種心神不寧的感覺，她想起前幾天請順三在「仲西」吃飯時的事。想代子的手臂上有瘀青。那由太打破咖啡杯已經是好幾個月前的事了，所以並不是那一次留下的。

當時聽到想代子說，是在照顧孩子時撞到的，並沒有想太多，但事實究竟如何？只不過想代子是成年人，既然她說只是撞到而已，自己似乎沒必要疑神疑鬼地追問。

「妳不要在這種大家都在忙的時候來湊熱鬧。」

正在拍攝作品陳列狀況的康平咂著嘴，對想代子說。

康平用這種態度說話並不罕見。他對想代子說話時，經常會稍微壓低聲音。因為想代子的個性很內向，兩個人的關係很自然地變成康平比較強勢。

康平是獨生子，從小任性倔強。他從來沒有反抗父母，或是為非作歹到無法管教的程度，曉美一直認為自己必須包容他的任性，但是他的婚姻生活不可能完全如他的意，不知道在他和想代子的關係中，這種個性以什麼方式呈現。

曉美無法想像的原因之一，在於想代子從來不曾表現出為此煩惱的態度。正確地說，曉美至今仍然不知道想代子在想什麼，總覺得她是一個很難接近的人。想代子雖然話不多，但並不會態度冷漠，經常覺得她是懂事的媳婦。但是，曉美總覺得這一切都只是表面工夫，完全搞不懂想代子內心真正的想法，難以捉摸，很希望她可以稍微流露一點內心的感情。

是因為雖然是一家人，但沒有血緣關係嗎？曉美有時候這麼想。自己和婆婆的情況又是如何呢？曉美覺得和婆婆之間並沒有這麼大的隔閡。婆婆曾經說，把她當親生女兒，曉美也用這種態度和婆婆相處。也許很大一部分原因，是因為她和婆婆住在一起。無論私生活和工作都朝夕相處，在那樣的生活中，根本無暇掩飾自己的內心。

時代在改變，目前自己和想代子並沒有住在同一個屋簷下，遲遲無法拉近彼此的距離。曉美自認為很開明，努力讓想代子過平靜的生活，只不過總覺得想代子似乎並沒有感受到自己的心意。

想代子被康平不悅地責備後，似乎知道左耳進，右耳出是生存之道，面不改色。從某種意義上來說，這的確就是曉美所認識的想代子。想代子看了曉美一眼，稍微放鬆嘴角的肌肉。

「明天我要回娘家四天左右，所以來向你們打聲招呼。」

想代子說，她要回去參加祖母的七週年忌佛事，一旦進入中元節，寺院會很忙，因此就提早舉辦。

「這樣啊……照理說，康平應該和妳一起去參加，但畢竟店裡正在辦活動。」曉美客套地回答。

「我怎麼可能有辦法去？」

康平不悅地說，似乎覺得想代子家根本不應該在這麼忙碌的時期舉辦什麼佛事。

如果想代子平時就在店裡幫忙，或許會覺得有點為難，但現實的情況並非如此，所以曉美覺得她回不回去根本無所謂。

「那由太怎麼辦？」這是曉美唯一關心的事。

「我會帶他一起回去，我媽媽也很期待見到他。」

「這樣啊。」

既然這樣，不會增加康平的負擔，那就完全沒問題了。

既然是想代子祖母的佛事，太鄭重其事反而不好，於是曉美決定不送白包，而是包了一萬圓交給想代子，請她去買一些供品。

「謝謝。」

「代我向妳媽媽問好。」

「好。」

「我一直想找機會去妳娘家拜訪。」貞彥插嘴說，他似乎聽到她們剛才的談話。「為了開店，遲遲沒有去……不好意思。」

「別這麼說。」想代子誠惶誠恐地搖著頭。

想代子的娘家在九州的佐賀。

佐賀是唐津燒等西日本陶瓷器的知名產地。想代子的娘家雖然和陶瓷器業完全沒有關係，但是貞彥得知她的出生地之後，似乎一廂情願地認為很有緣分，不時和想代子聊唐津燒如何如何，有田燒又如何如何，還說等有空的時候，要去拜訪想代子的娘家，順便走訪唐津、伊萬里和有田等產地。就算是現在，只要聊到想代子的老家，貞彥就會說，改天必須去拜訪。想代子的父母只有母親仍然健在，正在照顧年邁的祖父，曉美他們只有在婚禮上見過想代子的母親，只記得想代子的母親也是文靜低調的人。

「妳很久沒回娘家了，趁這個機會好好休息。」貞彥眼尾擠出魚尾紋說道。

貞彥在六十歲之後，談吐和態度之間，都會流露出有錢人的沉穩。可能是因為就算把店交給康平，仍可以順利營運，而且又已經抱了孫子，沒有任何事需要操心了。

貞彥目前唯一的煩惱，應該就是決定想代子什麼時候來店裡幫忙……曉美想起順三在前幾天說的話，想到了這件事。貞彥雖然沒有明說，但應該很希望想代子來店裡幫忙。和他結婚多年，至少可以猜到他的心思。

曉美並非排斥這種情況，這家店遲早要交給康平，早晚都必須讓想代子來店裡工作。在傳統的家庭，婆婆也都是用這種方式，將廚房事務交給媳婦。也許真的到了那一天，自己會坦然接受，認為這只是人之常情……曉美很沒有真實感地想著這些事。

想代子和那由太回家之後，曉美去了四樓，為倉庫進行善後的整理。

雖然太陽已經下山，但是在沒有空調的這個房間，只要稍微動一下，就渾身冒汗。曉美忍著悶熱，打開門窗，正在收拾紙箱和氣泡紙，身後傳來一個聲音。

「妳在忙啊。」

回頭一看，發現姊姊東子站在門口。

東子夫婦在三樓經營的「酷廚好物」這家店的倉庫就在隔壁。

「這裡很悶熱，」東子可能看到曉美額頭的汗水，苦笑著。「妳不要太累了。」

曉美和從小到大都從來不生病的東子不同，身體一直很虛弱，一不小心就會病倒，因此東子現在很習慣隨時關心她的身體狀況。

「嗯，快收拾完了。」

「這個月的活動是從明天開始嗎？」

「是啊，這次是聯展。」

「那我也要去欣賞一下。」

曉美除了是陶瓷器店的老闆娘以外，其他一事無成，但東子和她不一樣，人生經歷很華麗，一度還成為媒體追捧的「展翅高飛的女人」。

東子在年輕時，曾經是空服員，在那個年代，空服員還稱為「空中小姐」。之後，她去銀座的文壇酒吧當小姐，在酒吧結識的一位編輯發現她的文采，她開始在雜誌上寫隨筆，意外很受好評。

她在廣播和電視上走紅之後，和某個樂團的吉他手陷入婚外情，橫刀奪愛，結了婚。那個人就是她目前的丈夫辰也。但因為受到那場風波的影響，樂團發生內鬨，最後解散了，不久之後，東子也不再是鎂光燈的焦點。

東子很會做生意，她在鎌倉開的三明治店至今仍然是觀光導覽上的熱門店，她同時在鎌倉的文化中心擔任隨筆講座的講師，比曉美大三歲的她在工作上的表現很活躍。

她的丈夫辰也似乎沒有生意頭腦，在「吉平」恢復陶瓷器專賣店之後，東子得知有店面招租，就為原本整天遊手好閒的他開了一家樂器行，即使租金比行情便宜，但仍然入不敷出，結果不到五年就倒閉了。之後開的首飾店再度很快就關門大吉，目前的店由東子主導，辰也雖然擔任店長，但充其量只是裝飾而已。

雖然他們夫妻很不太平，但是對近年經常因為更年期和高血壓的問題，整天感到昏昏沉沉的曉美來說，有個性剛強的姊姊在身邊，為她壯了不少膽，而且她們姊妹的感情並不壞。

「對了，上次說的那個開發計畫，聽說『丸澤』已經答應要賣了，真的嗎？」

東子提到的這件事，是最近在車站前一帶推動的再開發計畫。由鐵路公司主導，計畫建造八層樓的大型商業大樓。

商業大樓的預定地也包括「吉平大樓」在內，可以出售土地拿錢，可以在商業大樓興建完成後換取相當的坪數，但是貞彥反對這個計畫。他是本地商店會的委員，和商店街的關係也很密切，最大的不滿就是一旦進入商業大樓內，就失去了店面在大馬路旁的優勢。「吉平大樓」位在站前道路旁，每天傍晚的買菜時間，有很多人會從店門口經過。

「丸澤」是從昭和時代開始經營的超市，但是商業大樓完成後，地下樓層將會有鐵路公司自家的超市進駐，因此對老闆來說，只有是否同意賣地的問題，原本以為「丸澤」會強硬拒絕，沒想到最近聽說老闆已經答應賣地。

「可見對方開出很好的條件。」曉美之前從丈夫口中得知這件事，心灰意冷地回答：「業者當然也很積極。」

「『丸澤』的老闆上了年紀，也許覺得是急流勇退的時機。」東子無奈地說，「如果這棟大樓加入開發，我們的店也要考慮歇業了。」

雖然一直努力至今，但很可能因為這樣的轉變，不想再繼續努力了。但是，這種情況還是令人感到難過。

「妳不必擔心，」曉美說，「我們的大樓是在計畫用地的角落，如果他們真的要推動這個計畫，只要請他們不要把我們的土地納入就好。」

雖然誰都不希望自家的店旁邊有高大的建築物，但曉美對店裡的生意很有自信，認為不會因為這種事就受影響。

「也對，」東子說，「貞彥在這一帶算是有頭有臉的人，不會輕易動搖。」

東子的抬舉讓曉美聽了有點不好意思，但貞彥經營這家老店多年，在左鄰右舍眼中，的確有這樣的地位。貞彥自己應該有意識到這件事，因此會謹慎對待這種計畫。

隔天，把旗幟放在店門口，八月的陶藝家聯展正式開始了。

在附近地區投放的夾報廣告發揮作用，雖然是非假日，但客人絡繹不絕。

陶藝家的作品通常都會比平時販售的高品質商品貴兩、三倍，但不時有客人在仔細玩味後，終於下定決心挑選一、兩件作品，走去收銀台結帳。玻璃展示櫃檯內也放了幾件附有桐木盒的昂貴茶杯和抹茶碗，第一天就有客人購買。

「正市郎的作品果然銷路很好。」

今年是第一次展售成為聯展焦點的山本正市郎的作品，再加上售價不像資深陶藝家的作品那麼昂貴，驚人的銷量和其他陶藝家拉開一大段距離。從學生時代就很欣賞他才華的康平與有榮焉。

「有鑑賞力的客人都會在第一天上門，如果在這種情況下還能賣出這麼多，明天還很值得期待。」

貞彥難得這麼高興。這種日子，他通常會在晚餐時喝一瓶啤酒。

「今天想代子不是不在家嗎？要不要偶爾陪爸爸在晚餐時喝一杯？」

曉美拉下鐵捲門後，用這種方式邀康平一起回家吃晚餐，但康平冷冷地拒絕。

「難得偽單身，我要自己去好好喝幾杯。」

他似乎覺得，即使是父子，白天上班已經看到對方一整天，不願意晚上還要陪父親喝酒。

康平以前單身時，就表現出既然他已經願意繼承家業，就不要再干涉他的私生活的態度。其實從上一輩手上繼承的房子有好幾間空房間，但康平還是決定搬出去自己住。

雖然曉美有點寂寞，但貞彥可能年輕時也一樣，能夠理解康平的心情，所以覺得這件事由康平自己決定就好。

「在家裡吃飯很無聊，就讓他好好放鬆一下。」

果然不出所料，貞彥這天也這麼說，讓康平暫時享受自由身。康平似乎已經想好了要去哪裡，消失在向晚的街頭。

那天晚上，曉美用在商店街魚店買的香魚做了鹽烤香魚後，端上餐桌。

「中元節後，就可以吃到付知川的野生香魚，不需要這種時候去買什麼養殖的香魚。」

貞彥雖然嘴上這麼嘀咕，但仍然喝著啤酒，享受著他最愛的食物。他們之前已經決定接受順三的邀約，在中元節時，和康平一家去土岐玩。貞彥內心一定充滿期待。

「妳想好到時候要帶什麼伴手禮嗎？」

「我正在想……還是火腿比較保險？」

「年底的時候不是才送了火腿嗎？這附近的商店街有不少不錯的店家，就去那裡買一些好吃的東西。」

「那你覺得『鎌倉農場』的煙燻乳酪怎麼樣？有很多人都從很遠的地方特地來買。」

「不錯啊，那個很好吃。」

這就是他們夫妻之間聊天的內容。電視開著，但他們幾乎都沒有抬頭看，電視的聲音所發揮的作用和戶外的蟲鳴聲無異。雖然有點寂寞，但是康平搬離家中，公婆都離開人世之後，他們早就習慣這樣的生活，現在對這份平靜感到知足。

「對了，東子好像聽說了『丸澤』的傳聞，很擔心開發計畫的事。」

曉美帶著一天的疲勞走進臥室時，對貞彥聊起這件事。

「她真愛操心。」

從貞彥的反應，可以知道他無意加入再開發計畫。

「可以考慮重建這棟房子，讓院子更大一點。」

貞彥躺在床上，打了呵欠之後，慢條斯理地說。

他似乎想要表達，如果要改建，也是住家這裡先改建。雖然這棟房子住起來並沒有任何不方便，但屋齡已經超過四十年，二樓的房間幾乎沒有使用。他們兩個人都上了年紀，的確可以考慮改建成方便打掃的房子。

曉美關上燈，東想西想著，漸漸進入夢鄉。

聽到電話鈴聲，她醒了過來。

她才剛睡著沒多久，還沒有過半夜十二點，有些夜貓子會在這個時間打電話來。曉美揉著惺忪睡眼，納悶著不知道是誰打電話來，然後拿起放在臥室的子機。

「請問是久野先生的府上嗎？」

一個陌生男人的聲音傳入耳中。

「是。」

「久野康平先生是妳的家屬，對嗎？」

「沒錯。」

不知道這通電話是怎麼回事？狐疑的想法趕走她的睡意。

「這裡是東鎌倉分局，」男人自我介紹說，「有一位久野康平先生受了傷，目前正送往東鎌倉市民醫院。」

「啊？」

「聽說他太太回娘家探親了，於是就打電話聯絡你們。可以請你們立刻來市民醫院嗎？」

「請問……他受了什麼傷？」曉美問話的聲音很緊張。

「目前還不瞭解詳情，但似乎有人持刀行凶。」

「持刀行凶？」

曉美臉色發白，完全沒有真實感。她拿起遙控器，打開房間的燈。看向隔壁的床，貞彥似乎也被吵醒，正目不轉睛地看著她。

「他的傷勢如何？」

「目前正在醫院搶救。」

搶救……聽到這麼可怕的字眼，曉美說不出話。

「總之，請你們馬上趕來醫院。」

電話掛斷，曉美茫然地又看了貞彥一眼。

「發生什麼事了？」

「康平他……」曉美覺得喉嚨卡住，好不容易才說出這個名字。

目前是晚上十一點三十幾分。

由於太著急，在換衣服時，感覺身體失去感覺，不聽使喚，好像不屬於自己。

貞彥晚餐時喝了啤酒，因此由曉美負責開車。

「不必慌張，開車要小心。」

貞彥說話的聲音雖然很平靜，但曉美發現他是故作鎮定。

「是不是在喝酒的地方和別人發生了爭執？」

貞彥自言自語地說。康平出門時，說他要去喝酒，所以曉美也想到這個可能性。

但是，開車去醫院的路上，經過康平夫婦住的公寓附近時，不時聽到警車的鳴笛聲。在穿越通往那棟公寓的馬路時，看到後方有好幾個紅色警示燈在旋轉。看來康平並不是在某家店內和人發生糾紛。

「該不會是被搶劫？」貞彥再次嘀咕。

這種為非作歹的人，會毫不猶豫地持刀行凶……曉美想到這裡，不由得更加害怕起來。剛才警察在電話中用了「搶救」這兩個字，希望並不是真的在搶救，希望最糟糕只是身受重傷，但不會危及生命。

現在只能祈禱。

抵達市民醫院後，發現急診室門口附近停了亮著紅色警示燈的警車和便衣警車，還看到身穿制服的警察正在打電話。

他們走下車，向那名警察說明來意後，警察把他們帶到正在急診室通道上的一名便衣刑警面前。

雖然是盛夏的夜晚，急診室的大廳和通道安靜得讓人不寒而慄，和外面的情況完全相反。

「康平的狀況怎麼樣？」曉美在問刑警時，發現只聽到自己好像在呻吟般的喘息聲。

「救護人員趕到時，他還有辦法說話……」

刑警陷入沉默，似乎在思考該如何表達後，說出了這樣一段零碎的信息。

刑警示意他們在通道旁的長椅上坐下。曉美完全不想坐，但還是坐了下來。康平正在急救室內搶救嗎？但是，眼前那道門緊閉，完全看不到裡面的情況。護理師和醫生不時走進走出，但不知道他們是不是治療康平的醫護人員。

「聽說是有人持刀行凶，請問到底……」

貞彥接著問，他的語氣聽起來也比平時緊張。

「行凶的人逃走了，目前還不瞭解詳細的情況。」刑警回答，「根據當事人告訴救護人員的情況，他回到公寓時有人埋伏，對方持刀行凶。」

「他認識對方嗎？」

刑警沒有回答這個問題，反過來問貞彥：「請問你們最後一次和他見面是什麼時候？」
「就是今天。我們在東鎌倉車站前的『土岐屋吉平』一起工作。」
「他有沒有對你們說什麼？」
「他太太帶著孩子一起回娘家了，所以他說今天要去喝酒，至於詳細情況就……」
「他最近有沒有和誰發生糾紛？無論是工作或是其他方面都無妨……」
「不，並沒有聽說。」
貞彥看了曉美一眼，向她確認，曉美同樣只能搖頭。
「你們沒有聽說他今天去哪裡喝酒嗎？」
「對……他並沒有走往車站方向，應該沒有搭電車。」
他們回答了刑警的幾個問題。這時，急救室的門打開，一個看起來像是醫生的男人探出頭。
「請問哪一位是警察？」
刑警聽到後走向醫生，聽著醫生的說明。刑警看向曉美他們，對醫生說了幾句話，醫生向他們走來。
「請問你們是久野康平的父母嗎？」
「是的。」

曉美和貞彥站起身。

醫生輕輕點點頭，停頓一下，似乎有點難以啟齒。「他的腹部中刀，出血遲遲無法停止。雖然安排緊急手術，但是在手術之前，血壓就開始下降，狀況很危險。我們輸了血，盡了最大的努力急救，但是很遺憾，他的心肺功能還是停止了，恐怕沒有辦法醒過來……」

「怎麼會……」

還有其他的可能性嗎？曉美以求助的眼神看著醫生，但是他剛才說的話似乎已經成為無可動搖的事實。

幾個小時之前，他還活得好好的……即使殘酷的事實呈現在眼前，她內心仍然完全無法接受，只能茫然地愣在原地。

醫生希望他們確認康平的死亡，曉美和貞彥走進急救室。

康平躺在擔架床上，輕輕閉起眼睛，臉上毫無生氣，看起來比平時的他還要稚嫩。安眠的臉龐好像回到學生時代。他還這麼年輕——強大的悲傷幾乎把曉美的心壓垮。

在醫生宣告死亡時，曉美呼喚著康平的名字哭了起來。貞彥在一旁無聲哭泣。康平雖然輕浮隨性，說話狂妄自大，卻是他們夫妻的寶貝兒子，也是他們未來的希望。她無論如何都無法相信，康平竟然就這樣離開人世。

走出急救室，刑警問了他們幾個問題，但是她幾乎都無法回答，貞彥代替她回答的內容，完全無法集中精神去理解。

黎明之前回到家裡。淚水終於停下，稍微冷靜下來，但是腦袋仍然昏昏沉沉，彷彿不願意承認今天晚上所發生的事是現實。雖然回程仍是由曉美開車，但她記憶模糊，只覺得回過神時，已經到家了。

「今天店裡只能臨時公休了。」

窗外的天色漸亮時，坐在餐桌旁的椅子上，始終不發一語的貞彥嘆氣說道。曉美覺得這是理所當然的事，甚至沒有點頭。

「再過一會兒，記得打電話通知想代子。」

據說康平告訴救護人員，太太回娘家了，請他們通知父母，因此想代子目前應該還不知道這件事。

貞彥交代曉美這件事後，就無力地倒在客廳的沙發上。曉美走去臥室躺了一下，她感到身體很沉重，很擔心一旦躺下，就再也無法起床，卻完全沒有睡意。

閉上眼睛，腦海中浮現出康平在店裡工作的身影。他接待客人時充滿年輕活力的聲音，仍然生動地在耳邊縈繞。

但是，康平已經離開這個世界了。

想到這裡，就覺得自己好像被砍斷手腳。曉美的人生只追求普通的幸福，做夢都沒有想到竟然會遇到這種事。

貞彥突然把頭探進臥室。

「兇手還沒有抓到，想代子現在回家很危險，妳打電話叫她來這裡。」

曉美之前完全沒有想到這件事，但貞彥說得沒錯。到底是誰，心懷什麼怨恨，才會做出這種事……她只要思考這個問題，就感到不寒而慄。

一看時鐘，快六點了。雖然不知道想代子有沒有起床，但是這種時候，不需要顧慮這麼多。曉美決定打電話給想代子。

沒想到電話馬上就接通。

「喂，是想代子桑嗎？」

「啊，媽媽……早安。」

想代子用一如往常的拘謹聲音打招呼。她似乎已經起床了。

「不好意思，一打早就打電話給妳。但是出事了，妳要冷靜地聽我說，我跟妳說……」

雖然曉美對想代子說「要冷靜」，但是她自己的情緒激動起來，帶著哭腔。

「康平他……昨天晚上被人殺害，雖然送去醫院……但是沒有救回來。」

「啊？沒有救回來……」想代子的聲音變得緊張起來。

「他死了。」曉美嗚咽著擠出聲音說，「太可憐了……」

「怎麼會……」想代子低喃著，隨後便再也說不出話來。

「所以，妳雖然才剛回娘家，還沒有好好休息，但可以馬上回來這裡嗎？」

「好……但是……」

事出突然，想代子似乎有點不知所措，曉美加強語氣：「沒什麼但不但是的。」雖然她娘家要辦佛事，但這種事不可能比自己的丈夫去世更重要。想代子還年輕，自己必須好好引導她。

「妳馬上回來，而且目前還沒有抓到凶手，所以妳不要回去公寓，直接來我們家。」

「不好意思……我知道了。」想代子似乎被她的氣勢嚇到，乖乖地這麼回答。

曉美掛上電話後，嘆了一口氣，發洩著內心的無奈。平時就覺得和想代子合不來，在這種時候更可以感受到這一點。她能夠想像想代子腦中混亂，但是即使努力去感受她表達的情感，仍完全沒有一起陷入悲傷的共鳴。聽到丈夫死了，竟然說什麼「但是」，不知道她在想什麼……曉美悶悶不樂地想著這些事，有點搞不清楚是不是因為自己亂了方寸的關係，總之感到心裡很不舒服。

曉美又打電話給姊姊東子。東子的驚訝可以用「大吃一驚」這幾個字來形容，一聽說噩耗，說了句馬上來看曉美後便掛上電話。曉美又接著打電話給店員山中祥子等人，通知他們今天要臨時公休時，東子就和她的丈夫辰也一起趕到了。

「啊啊，曉曉，怎麼會這樣？」

東子一手拿著手帕，抱著曉美的肩膀，和她一起痛哭。只有親姊姊才能撫慰自己受傷的心靈，曉美再次痛哭的同時，也深深感恩有一個和自己感情很好的姊姊。

「不好意思，你們今天去店裡的時候，可不可以幫忙把這張紙貼在我們店門口？」

貞彥用毛筆寫了臨時公休的公告，交給辰也。

「康平好不容易能夠獨當一面，接下來正要大顯身手……想到店裡的事，你一定很難以接受。」

辰也接過那張公告，向貞彥表達同情。

「我們也沒有心情開店做生意。」東子和辰也滿臉歉意地離開，準備去工作。家裡又陷入一片寂寞的安靜。

整個城市開始忙碌之後，接到各方打來的電話。大部分都是商店會的舊識聽到傳聞後紛紛致電，由貞彥出面回應他們的關心詢問。

也有幾家媒體打電話來瞭解情況，甚至有記者直接上門來按門鈴。遇到這種情況時，貞彥不是隔著對講機，而是站在門口回答記者的問題。他似乎認為身為本地有頭有臉的人，越是這種時候，越不能丟人現眼，只不過他的身影讓曉美看了於心不忍，知道他也已經心力交瘁。

中午過後，家裡終於安靜下來，貞彥說要休息一下，走進臥室。曉美走去廚房，但是完全沒有食慾，也不想下廚。於是她倒在沙發上，原本以為睡不著，卻在不知不覺中陷入昏睡。

聽到門鈴聲醒來時，還以為又是媒體記者，拿起對講機後，才發現是想代子。

「對不起，我來晚了。」

她小聲打招呼後，拖著行李箱走進來。她聽取曉美的建議，沒有回公寓，直接來這裡。

「那由太怎麼沒和妳一起來？」

「他有點感冒，就把他留給我媽媽照顧。」

不知道那由太是不是因為舟車勞頓累壞了。曉美想到，也許是基於這個理由，剛才叫想代子馬上回來時，她回答時有點猶豫，但又覺得整天顧慮這些事太累了，於是決定不去想。

「警方要解剖康平，沒辦法馬上送回來。」

曉美打量著空蕩蕩的客廳與和室，好像自言自語般說明目前的情況。

「我沒辦法相信。」想代子一臉茫然，「但是我看到網路新聞報導了這件事，我想是真的……」

不知道是否因為剛醒來的關係，曉美的情緒沒有像剛才東子來的時候那麼激動。

想代子似乎也無法面對現實，十分茫然。她的丈夫死了，照理說她應該更加驚慌失措。但曉美隨即覺得自己似乎不該有這種想法，而且想代子在情急之下，緊急搭飛機趕回來的路上可能都在哭，現在只是因為沒有看到屍體，所以沒有真實感。

但是，當她們婆媳單獨相處時，曉美覺得自己的情緒沒有像剛才那麼激動，並不是因為剛醒來的關係，而是看到想代子的樣子。面對感情難以捉摸的人，曉美不知道該如何處理自己的情緒。

想代子走向和室，在佛壇前合起雙手。這是她每次來家裡時最先做的事，她可能認為這是規矩。

只不過曉美今天無法認同她的這種紀律，很希望她會六神無主，忘記這種平時會做的事。想代子一動不動地坐在佛壇前，不一會兒，終於靜靜地吸著鼻子。她的後背微微搖晃，看到她把手帕拿到臉前，曉美知道她似乎在哭。

曉美看到她些許的感情，於是決定放下內心不對勁的感覺。

3

貞彥從淺眠中醒來，走出臥室，看到想代子坐在和室。她手上拿著手帕，眼睛有點紅，小聲地向貞彥打招呼。「我回來了。」

「妳大老遠趕回來，辛苦了。」

想代子說，那由太有點感冒，所以留在娘家。她自己似乎不顧一切地趕回來。曉美坐在客廳的沙發上發呆，雖然覺得她們兩個人分別坐在不同的房間有點奇怪，但是看到曉美疲憊不堪的樣子，猜想可能是想代子擔心影響她休息。

「妳可以坐得輕鬆點。」

貞彥對跪坐在榻榻米上的想代子說完，走去廚房。想代子從和室走出來，追過來。「我來泡茶。」

「好，那就麻煩妳。」

貞彥把泡茶的事交給想代子，自己坐在餐桌旁的椅子上。

「警察問我們，康平有沒有和別人發生糾紛。想代子桑，妳有聽他提過嗎？」

貞彥問，想代子轉頭看著他，然後側著頭。「我不太清楚。」

「妳昨天晚上，有沒有打電話和康平聯絡？」

「我在傍晚時傳了訊息給他，說我們順利抵達，然後九點左右又傳訊息給他，說那由太好像有點發燒，然後就陪他先睡了。」

「康平有沒有說什麼？」

「沒有。」她搖搖頭，「但是他很快已讀了訊息。」

康平似乎平時就經常已讀不回。

「他昨天應該去哪裡喝酒，可能在那裡和別人發生糾紛……但他是在公寓門口遇害，救護人員說，對方在公寓門口埋伏，但不清楚到底是怎麼回事。」

想代子說了兩家康平可能會去的店，她說以前康平曾經帶她去過。

貞彥猜想警察應該已經查到康平去了哪一家店，接下來就只能等待警方偵查的結果。

「妳就暫時住在這裡，二樓的房間都空著，妳可以隨便住。」貞彥說。

「謝謝。」想代子道謝後，不安地問：「不知道公寓那裡是不是被人破壞……」

如果有遭到破壞的跡象，應該會接到警方的聯絡，但是為了以防萬一，最好還是去確認一下。貞彥決定陪想代子一起回公寓看看。

公寓前拉起了封鎖線，制服警察站在那裡。門口的磁磚很濕，血跡似乎已經清除了。原來康平在這裡遇害。貞彥的心情很難用言語形容，然後和想代子一起合起雙手。他決定改天再帶花來上供。

他們在向警察說明是康平的家屬後，警察要求他們出示身分證，才終於放行，同意他們進入公寓。

搭電梯來到他們居住的樓層。想代子拖著行李箱走進屋內，打量室內。「好像並沒有被人動過。」雖然是租的公寓，但大門口和各戶住家有雙重門鎖，在安全方面沒有疑慮。原本認為強盜通常不太會來這種公寓行竊。

如果是這樣，到底是誰殺了康平？想到自己的兒子遭人怨恨，甚至不惜行凶殺人，就感到很鬱悶，貞彥沒有繼續思考這個看不到答案的問題。

想代子在整理目前生活所需的日用品和衣物時，貞彥又開始思考另一件事。

想代子和那由太接下來的生活該怎麼辦？

即使目前暫時住在貞彥家中，之後的事，還是必須由想代子決定。她暫時可能無法走出這起事件造成的影響，但遲早會告一段落。

如果是以前，一旦嫁入夫家，一輩子都必須在夫家生活，這種想法或許並不會奇怪，但是時代不同了，康平夫婦沒有和貞彥他們住在一起。如果她決定和貞彥他們保持距離，有朝一日，和其他人再婚，貞彥他們沒有資格干涉。

只不過一旦發生這種情況，那由太的事就令人擔憂。畢竟他是和貞彥有血緣關係的孫子。

這不是只要偶爾來看一下祖父母，就可以解決的問題。康平當初經過一番波折，但最後還是選擇繼承「土岐屋吉平」，貞彥也期待如果孫子那由太是個聰明的孩子，將來會做出相同的選擇，這是貞彥僅有的夢想。

但是，失去康平後，那由太可能離開貞彥的身邊。如此一來，就變成雙重的悲劇。如果陶瓷器專賣店會在自己的手上結束，甚至會覺得至今為止，用心擦亮這塊招牌的努力都化為泡影。

貞彥知道現在想這些事為時太早，康平去世才半天而已，但是在這半天期間，他在承受巨大的失落感的同時，不由得思考很多事。畢竟失去心愛的兒子一事，打亂原本所有的計畫。

他陷入沉思，在客廳等待想代子收拾東西時，門鈴突然響起。想代子從臥室走出來，接起對講機。對方似乎是刑警。應該是制服警察通知刑警說康平的妻子回到家了。

不一會兒，玄關響起敲門聲，兩名刑警出現在門外。其中一人就是昨天晚上在市民醫院遇到的刑警。他自我介紹說，他姓小柳。

「是久野康平的夫人嗎？」小柳確認後，關心地說：「請節哀順變。」

兩名刑警向剛回到娘家又立刻趕回來的想代子瞭解情況後，拿出了一張看起來像是列印著什麼照片的紙，遞到她面前。

「請問妳有沒有見過這個男人？」

那似乎是監視器的影像。可能是夜視監視器拍到的，剛好被路燈照到，因此清楚拍到了眼睛。只不過那個人戴著帽子，又戴了黑色口罩，只能看到眼睛，但可以發現那個人的身材比較壯碩。

貞彥在想代子後方探頭看著照片，發現想代子的肩膀抖了一下。

「妳認識這個人嗎？」

想代子的臉色應該發生變化，小柳向她確認。

「對，對……」

刑警用眼神示意她繼續說下去。

「我不是很確定，」想代子遲疑地聲明後，繼續說道：「很像是隈本。」

刑警似乎已經鎖定對象，早就知道了這個答案，輕輕點點頭。

「妳說的隈本，是這個人嗎？」

小柳又拿出另一張照片。那是一張站在白色牆壁前的正面照，看起來像是嫌犯被逮捕時，警方拍的照片。

「是的。」想代子回答。

「請問久野爸爸，你認識這個人嗎？」小柳看向貞彥。

「我不認識。」貞彥搖搖頭，「他就是凶手嗎？」

刑警沒有回答貞彥的問題，將視線移回想代子身上。

「久野太太，我們知道妳很疲累，不好意思，可不可以請妳協助我們辦案？想要請教妳一些事，希望妳可以跟我們去分局一趟。」

想代子不知所措地看著貞彥。

「妳去吧，我幫妳把行李帶回去。」

想代子聽了貞彥的意見，順從地點點頭。

想代子把裝衣物的行李箱交給貞彥。

「隈本是誰？」

離開公寓前，貞彥問想代子，她只是回答說：「等我回來再告訴你。」

入夜之後，想代子才回到貞彥家中。

由於一整天都沒有進食，曉美走進廚房，原本打算做點吃的，但是看到想代子進門，立刻關掉瓦斯。因為她從貞彥口中得知，想代子似乎認識凶手，所以想趕快瞭解情況。

但是，想代子一臉陰鬱，當然和長途跋涉和接受了警方長時間偵訊不無關係，貞彥關心地說：「妳應該累了，要不要先去洗澡？」

沒想到想代子很堅強地回答：「不，在洗澡之前……」貞彥和曉美一樣，很好奇情況，於是就請想代子坐在飯桌旁的椅子上。

「刑警出示的那張照片上的男人就是凶手嗎？」貞彥最先確認這件事。

「……好像是。」想代子小聲回答。

「所以妳認識那個男人。」貞彥又接著問，「刑警說他姓隈本……他是誰？」

想代子似乎有點難以啟齒，她低下頭，沉默不語。

「如果妳認識那個人，就告訴我們。」曉美探出身體說，似乎有點按捺不住。

「……我很對不起康平。」

想代子只說了這句話，就閉上飽滿的雙唇。她低著頭，似乎在努力克制，不一會兒，一滴眼淚從她的眼中滴落。

「妳光是哭，我們怎麼知道是怎麼回事？趕快好好說清楚。」

曉美逼問著，想代子點點頭，用指尖擦擦眼角，終於開口。

「隈本先生是我和康平交往之前的交往對象。」

這句話似乎可以窺見事件的大致情況。

「以前交往時，他的個性就有點糾纏不清，其實我們在分手時，分得很不乾不脆。我想他應該覺得康平把我搶走了，才會對康平懷恨在心。」

想代子說完，肩膀顫抖起來。

「但是，事情已經過了好幾年，他為什麼還……」曉美嘆著氣嘀咕著。

想代子只是搖頭。

應該只有限本本人才能回答這個問題。也許對他來說，幾年的歲月對於他心情的整理無法發揮任何作用，甚至反而讓他逐漸醞釀怨恨這種感情。

「最近，他又突然和我聯絡，」想代子用沙啞的聲音說，「感覺他並沒有很情緒化，沒想到他會做出這種事……」

「妳告訴他，妳住在哪裡嗎？」曉美問。

「我並沒有告訴他，」想代子搖搖頭，「但是他好像透過我的朋友問到，知道我住在哪裡。」

「康平知道有這個姓限本的男人嗎？」貞彥問。

「剛開始交往的時候。」想代子承認，「他們曾經遇到過，當時氣氛很火爆，但是當時並沒有到動手的地步，我真的完全沒想到會發生這種事。最近他聯絡我時，我覺得沒必要讓康平擔心，就沒有提起。早知道會有這種事，我應該告訴康平……」

想代子說話的聲音帶著哭腔，然後雙手捂著臉嗚咽起來。

貞彥只能嘆氣，過了一會兒，勉強自己打起精神對想代子說：「這並不是妳的過錯，妳自責沒有意義，康平應該會瞭解。」

除了凶手以外，誰能夠預測這種事？對正常過日子的人來說，對於人性產生異狀這種事，即使事先發現徵兆，仍根本不可能想到會引發這麼嚴重的後果。

曉美似乎只能強忍這種無法釋懷的心情，看起來很痛苦。她皺著眉頭，忍住了淚水，走進自己的臥室。

命案發生的三天後，凶手遭到逮捕。凶手正是警方在追緝的隈本重邦。

隈本在三年前，曾經對在交友軟體上認識的一名女性犯下一起傷害案，法院判決緩期執行，目前仍然在緩刑期間，他在職場有糾紛，目前已被解僱。隈本和想代子分手之後的人生顯然徹底脫序，他已經完全無法控制自己。他認為康平和想代子是造成他人生失控的原因，在羨慕他們的感情之餘心生怨恨，進而行凶殺人……從媒體所獲得的片斷資訊中，可以勉強拼湊出事件的背景。

「為什麼之前會和這麼危險的人物交往？」曉美在想代子不在場的時候這麼嘟噥。幸好她還有最低限度的自制力，知道如果這句話傳入想代子的耳裡，就會變成責怪。

人的本性無法輕易瞭解。想代子在交往之後才發現對方並不是一般人，最後才離開隈本，選擇了康平，因此在這件事上，沒有理由責怪她。

但是，貞彥內心深處很希望想代子能夠及時擺脫這種孽緣，因此就算聽到曉美說這種話時，雖然嘴上責備，卻完全能夠理解曉美內心的懊惱。

隈本被逮捕的隔天，無法再開口說話的康平被送回家裡，他的遺體並不是送到租屋處，而是送來貞彥的家，然後把他安置在有佛壇的和室內。

這一天，自家的店公休的東子一大早就趕來，一整天都陪在曉美身旁。在迎接康平回家之後忍著悲痛，代替默然無語的曉美，頻頻對康平說話，說出了曉美的心裡話。「小康，這裡是你從小長大的家。」「雖然你現在好像熟睡的樣子，好像什麼事都沒有發生過，但當時一定很痛吧。」曉美聽到這些話，更加淚流不止。

「想代子，妳真可憐，這麼早就守寡，還留下年紀這麼小的孩子。」

東子對一直守在康平身旁的想代子說。想代子用手帕擦著眼淚，一個勁地點頭。

但是，東子顧慮到曉美的心情，似乎覺得該說的話還是得說出來。

「話說回來，雖然不是妳的錯，但妳還真是遇人不淑。」

對於這種話，想代子仍默默忍受，不停地道歉，東子也就沒再多說。

由於是夏天，再加上適逢吉日，於是當天就在久野家代代皈依、埋葬祖先遺骨的菩提寺舉辦守靈夜。現在舉辦只有家人參加的葬禮——家族葬的情況並不在少數，其實康平的葬禮可以採用這種方式，但是貞彥不喜歡讓人覺得好像在避人耳目，畢竟背負著老店的招牌，再加上他在地方上算是有頭有臉的人物，既然沒有做任何虧心事，無論被捲入任何事，都覺得要光明正大處理後事。雖然不會舉辦隆重的葬禮，但還是通知本地商店會的成員和親朋好友。

所有人都忙著為守靈夜做各種準備時，想代子的母親岸川敏代帶著那由太，在傍晚時從佐賀趕到。她似乎昨天就從想代子口中得知康平遺體回到家中的消息。

敏代一身喪服來到位在鎌倉的菩提寺，她看起來比想代子更加謹慎多禮，向貞彥和曉美鄭重地表達哀悼，然後就保持適當的距離坐在想代子身旁。如果偶爾看向她們，就會發現她們母女沒有聊天，似乎努力避免影響其他人。

那由太好像不太理解父親去世這件事。雖然想代子叫他過去，他看了一眼康平長眠的臉龐，本能地覺得那是不該看的東西，轉身走出和室。在康平被放進棺材，送去菩提寺之前，他完全沒有靠近想代子，難得一直在貞彥身旁打轉，陪貞彥打發時間。

守靈夜和葬禮都在肅穆的氣氛中進行。

葬禮的時間剛好是商店的營業時間，因此本地商店會的成員大部分都在守靈夜現身。但是，順三和幾個土岐窯廠的人都千里迢迢趕來參加。

「原本還期待可以在中元節見面，沒想到竟然發生了這種憾事。」

順三沉痛地嘆著氣。

山本正市郎等窯業學校的老同學也來為康平送行。

「康平哥以前在學校時就很照顧我，把我當成弟弟，前幾天才收到他傳給我的訊息，說在『吉平』的陶藝家聯展中，會大力推銷我的作品……」

康平在大學畢業後，才進入窯業學校，和山本正市郎等其他同學有年齡的差距。在學校時，他們像兄弟一樣相處，這些同學都很敬重他。

貞彥每次聽到康平的親朋好友提到他，就忍不住悲痛萬分，覺得前途一片光明的生命被人強行奪走了。

葬禮之後，康平被送去火葬。

在休息室內等待火化結束時，貞彥感受到強烈的虛脫感。必須在某個時間點讓這場悲劇告一段落，回到日常生活，像以前一樣繼續開店營業。葬禮結束的今天，必須成為這樣的日子。

但是，貞彥無法想像自己像以前那樣，活力滿滿地做生意的樣子。繼續認真經營這家店，然而到底還會有什麼樣的未來？既然看不到未來，不如乾脆結束營業，過退休生活。

曉美和今天沒有開店做生意的東子依偎在一起，靜靜地坐在休息室內。想代子一直陪著那由太。康平入殮之後，那由太又黏回想代子身旁。

想代子的母親敏代獨自駝著背坐在那裡，眺望著中庭。她比貞彥夫婦年輕，應該只有五十多歲，但是垂頭喪氣的樣子老態畢現。她的丈夫很早就離世，聽說她目前正在照顧八十多歲的公公，從她的身影中，可以感受到人生的疲憊。

她特地大老遠趕來，剛才只有打招呼而已，貞彥覺得過意不去，於是邁著沉重的步伐走向她。

「妳公公的情況如何？」貞彥在她身旁坐下後問道，「他獨自在家沒問題嗎？」

「沒問題，謝謝關心。」敏代誠惶誠恐地回答，「目前送去平時經常去的安養院，請他們代為照顧。」

「這樣啊，」貞彥說，「不好意思，還麻煩妳大老遠趕來這裡。」

「千萬別這麼說。」敏代搖頭。

「照理說，應該讓想代子得到幸福，現在卻讓她年紀輕輕就守寡，真的很抱歉。」

「我們才應該道歉。」敏代深深鞠躬，「如果沒有想代子，康平就不會發生這種事。真的很對不起你們。」

「請妳不要這麼說。」

「但是想代子完全沒有想到會發生這種事。希望你們能夠理解。」

「當然。」貞彥毫不猶豫，「我之前就對她說，請她不必在意，但仍然可以感受到她為此痛苦。未來還要帶著那由太生活，這些事情她應該也很擔心吧。她有沒有對妳說什麼？」

「說了什麼是指？」敏代猛然抬起頭，抬眼看著貞彥問。

「就是關於日後的打算……比方說，希望可以回娘家之類的。」

「不，她似乎還完全沒有考慮以後的事。」敏代回答後，字斟句酌地繼續說道：「而且……我相信她並不打算回娘家。畢竟她已經嫁人了，而且生了那由太，我認為她已經是久野家的人了。我是這樣走過來的，我相信她也很清楚。」

原來如此。在丈夫去世之後，敏代仍然留在岸川家，至今仍然照顧公公的生活起居。聽說想代子十幾歲時，父親就死了。敏代嫁入岸川家已經多年，而且和公婆同住，所以繼續留在岸川家可以說是自然的結果。母親的這種生活方式，很可能對想代子產生影響。

「當然，如果你們覺得想代子繼續留下會造成你們的困擾，我會讓她思考這個問題。」

「沒這回事。」貞彥聽到敏代這麼說，慌忙否認。「她還年輕，關於將來的事，我希望可以尊重她本人的意願。包括照顧孩子在內，不難想像她日後的生活會很辛苦，我會把她當成自己的女兒協助她，請妳不要擔心。」

「謝謝。」敏代聽了貞彥的這番話，頻頻鞠躬道謝。

帶著康平的骨灰回到家中，送走順三和敏代後，無法相信真實發生的事件暫時告一段落。

「下週差不多該開店營業了。」

貞彥帶著疲憊的身心躺在床上，把疲憊化為一聲重重的嘆息後，自言自語般說道。

躺在旁邊床上的曉美完全沒有任何反應。她同樣身心俱疲，因此可能根本無暇思考店裡的事。

但是，貞彥無法不思考。

「關於想代子桑的事，」貞彥說出自己的想法，「目前雖然請她暫時住在家裡，但是他們母子如果日後搬回案發現場的那棟公寓，在心情上會很痛苦，恐怕無法再回那裡生活了。另外找新房子不是一件容易的事，所以我在想，是不是就讓他們住在二樓。」

「啊？」

曉美輕輕發出帶著困惑的聲音。

「反正房間空著，找新房子還要花錢，我們不能置身事外。」

貞彥不理會曉美的反應，繼續說著，曉美似乎並不打算再表達意見。一直以來，無論家裡的事還是店裡的事，一旦遇到需要做出決定的問題，幾乎都是由貞彥定奪。曉美雖然會表達意見，至於意見是否會被採納，則完全取決於貞彥。不知道是否該稱為婚姻的智慧，曉美知道用這種方式夫唱婦隨，是經營這個家庭的最佳方法。

「除此以外，」雖然貞彥並不是看到曉美的這種反應得寸進尺，但繼續表達自己的意見。「既然要養家，想代子桑就得工作，但她還必須照顧那由太，只能做很有彈性的工作，所以我打算等她的生活安定之後，讓她在店裡幫忙。少了康平之後，店裡很缺人手。」

曉美短暫沉默後說：「她也有自己的想法。」言下之意，就是勸他不要操之過急。

「那當然。」

貞彥表達同意後，結束談話。

貞彥知道自己太性急。因為康平的死，感到眼前好像蒙了一層紗，但是當他想到一旦想代子在店裡幫忙，把那由太留在身邊，看著他成長這個選項時，眼前好像稍微恢復光明，又看到了一線希望。

隔天，貞彥吃完午餐後，把想代子叫到和室。

「這件事，最後當然由妳自己決定……」

貞彥說完這句開場白之後，提出昨晚和曉美討論過的自己想法。

想代子跪坐在那裡，默默地聽貞彥說完。當貞彥問她「妳覺得怎麼樣」時，嘴角露出了從原本的緊張變成安心的微笑。

「謝謝你們這麼為我和那由太著想。」

「不，這是理所當然的事，那由太是我們的寶貝孫子，我也把妳當成自己的女兒。」

想代子抬起原本看向下方的雙眼，驚訝地看著貞彥。她的眼眶似乎有點濕潤。

「我也不知道接下來該怎麼辦，正感到不知所措。如果你們同意，我會努力做好店裡的工作，很希望可以接受你們的好意。」

「嗯，這是最好的安排。」貞彥聽到她坦誠的回答，鬆了一口氣。「當然，妳的人生屬於妳自己，如果日後認為有其他選擇，也可以告訴我們，不必有任何顧慮。」

貞彥特地聲明這件事，想代子輕輕搖搖頭，似乎表示完全沒有這種想法，然後惶恐地鞠躬道謝。

4

頭很痛，身體也很沉重，似乎不想離開床。

但是，身體狀況似乎比昨天稍微好了一些。

曉美早上起床後就嘆著氣，走出臥室時發現客廳很冷，身體抖了一下。

原本以為終於入秋，但突然想起昨天的天氣預報說，今年的秋老虎持續發威。原來是客廳的冷氣開得太強了。

「早安。」

想代子正在廚房，用格外開朗的聲音向曉美打招呼。曉美不知道該怎麼回應和自己的心情格格不入的招呼聲，不禁抱怨。「不要這麼一大早就把冷氣開這麼冷。」

「對不起，因為我在做事，覺得很熱。」

在餐桌旁吃早餐的貞彥聽到想代子的道歉聲，側著頭納悶地問：「有這麼冷嗎？」

曉美拿起冷氣的遙控器，發現和平時一樣，設定在二十七度。難道是自己的身體感覺出了問題？她不由得感到鬱悶，但自己覺得冷是無可奈何的事，於是乾脆關掉冷氣。

想代子俐落地盛了飯和味噌湯，把早餐送到曉美的座位。

「那由太，有沒有向奶奶說早安。」

想代子催促在貞彥旁邊動著嘴巴，用力咀嚼的那由太。那由太說了聲「早安」。曉美不能無視那由太的打招呼，於是回了一聲「早安」。

「今天怎麼樣呢？」貞彥問。

「我會去啊。」

這一陣子身體狀況很不理想，曉美經常無法去店裡，但是不能一直休息下去，而且今天感覺比昨天好一些，因此她打算今天去店裡。

「是嗎……那妳小心不要讓自己太累了。」

從貞彥關心的話語中，可以感受到他希望曉美去店裡幫忙的想法，所以曉美有一種得救的感覺。如果貞彥勸她在家裡多休息，她會覺得自己不被需要。

失去康平至今已經過了一年多。

這一年多來，曉美的身體狀況一直很不理想。她的體質原本就很容易感冒，這幾年血壓偏高，而且經常因為一些小事就心悸，不時需要臥床休息數日。

但是最近經常發生身體不聽使喚的狀況。

事件發生後兩個月左右，她第一次感到自己身體撐不住了。

即使現在，她仍然很驚訝自己從案件發生，到康平的葬禮結束的那幾天，竟然沒有病倒。

因為那幾天她幾乎無法闔眼，內心痛苦不已，精神狀況差到極點。也許是因為自我保護的本能，讓自己覺得所發生的一切都缺乏真實感。

經過一段時間之後，身心所受的創傷才漸漸反映在身體狀況上。可能是因為和想代子同住之後，逞強地不讓她幫忙任何家事，全都自己一手包辦的關係？有一天泡完澡，突然覺得很不舒服，貞彥立刻送她去掛急診。醫生說應該是過勞。

原本以為休息一、兩天就可以改善，貞彥半強迫她躺在床上好好休息，把家事交給想代子。曉美緊繃的心情放鬆下來，整整兩個星期，完全沒有碰家事，也沒有去店裡，專心調養身體。

那次之後，身體狀況就起起伏伏。身體可以活動的日子，她當然會去店裡，也會做家事。看到想代子理所當然地站在自己使用多年的廚房，並不是一件開心的事。別人使用自己的廚房時，無論放碗盤的方式和折抹布的方法都和自己有微妙的不同，讓她很不舒服。她不可能強迫想代子在這種細微之處都配合自己的做法，曉美很希望自己可以張羅所有的事，只是這樣的日子往往無法持續。

尤其這幾天，她的身體狀況很不理想。

她知道其中的原因。

目前已經開始開庭審理那起案件。

殺害康平的凶手隈本重邦遭到警方逮捕後，立刻供認自己行凶殺人，偵查工作的進展順利。在偵查階段，曉美和貞彥曾經接受訊問，想代子更是數次應訊。一年過後，目前在橫濱地方法院開庭審理。

曉美也以檢方的證人身分坐在證人席上，說明康平工作認真，以及一家人原本計畫在中元節期間去旅行的事。同時，支持檢方的見解，認為康平夫婦生了孩子之後，過著平靜的生活，從來沒有聽到康平提起隈本重邦這個人，是隈本重邦單方面怨恨導致這起事件。她懇切地訴說失去康平的悲傷，鼓起勇氣表達希望嚴懲凶手的意見。她覺得自己代替康平在法庭上努力發聲。

但是，這種努力導致她的精神狀態不太穩定，和殺害康平的凶手身處同一個空間這件事，造成她很大的精神壓力。每當回顧那起案件，當時的痛苦一次又一次在腦海中甦醒，當她開完庭回到家中時，渾身已經精疲力盡，隔天一整天都躺在床上動彈不得。

只不過不能一直這樣萎靡不振。審判已經進入尾聲，詰問被告時，由於被害人訴訟參與制度，貞彥將加入檢方的陣營展開詰問。曉美決定要在法庭上見證這一幕，她認為這是自己身為妻子，同時身為母親的職責。

曉美已經有五天沒有踏進店裡。今天穿了一件沒有底布的單衣和服，繫上名古屋腰帶走出家門。從住家走到陶瓷器專賣店大約十分鐘左右，之前一直覺得是有益健康的良好運動，但最近連這段路程都對身體造成少許的負擔。在她休養了一段日子後，如今這種情況更加明顯。

走進店內，打開了店內的燈，打開收銀機，補充找零的錢時，店員陸續來上班了。

「老闆娘，妳的身體沒問題了嗎？」

店員山中祥子關心地問，曉美露出笑容。「已經沒問題了。」即使有點勉強，但是她告訴自己，只要自認為沒問題，就一定可以撐過去。

山中祥子在這裡工作很多年，但是這一年期間，其他店員都完全換成新面孔。

附近的居民都很清楚那起案件，無論是客人還是商店會的成員，總是溫暖地關心他們：「你們辛苦了。」「還好嗎？」

但是，被害人家屬的立場絕對不是正面因素，有時候會讓人覺得不吉利，擔心一旦和他們接觸，厄運會降臨到自己身上。也有人會產生偏見，認為既然會讓人心生怨恨，不惜行凶殺人，被害人應該有錯。雖然不會在他們家屬面前說這些話，仍然可以間接感受到對方的這種想法。然後就發現大部分店員都辭職離開，客人減少，生意變差。在旁人眼中，會覺得小老闆不在之後，店裡失去活力，雖然這是原因之一，但曉美可以明顯感受到這種氣氛。

事件發生至今一年的時間，這種感覺逐漸開始淡化，但仍然無法完全消失。即便如此，但仍每天都必須開店做生意。

她拿著除塵撣打掃店內時，發現在自己休養的這段期間，店內的陳列和以前不一樣了。熱銷商品的店頭廣告換了。

之前曉美都是用手寫的方式，詳細說明陶瓷器作品的特徵，如今換成結合照片的店頭廣告，而且是該商品實際盛裝料理的照片。

「這是誰做的？」

曉美問正在整理準備放在門口櫥窗內商品的貞彥。

「喔，那個啊，」貞彥回答，「那是想代子做的，料理是她在做便當時順便做的，拍出來的效果是不是很不錯？我覺得像這樣讓客人能夠感受實際裝盤時的配色更理想，客人都表示肯定。」

「是喔……」

不知道從什麼時候開始，貞彥叫想代子時，不再客套地在她的名字後加「桑」。在想代子搬來和他們同住時，他說會把她當成自己的親生女兒，可能是藉此表達這種心情，但曉美至今仍然叫她「想代子桑」。

既然客人表示肯定，就沒有理由說三道四，但是包括貞彥叫想代子的方式在內，她感到有點不愉快。

打掃完店門口和後門後，她上樓到四樓倉庫。一打開門，發現倉庫內亮著燈，有人在裡面，發出窸窸窣窣的聲音。

曉美從背影就知道是想代子。她剛才送那由太去托兒所，在曉美準備開店時，她也來店裡上班了。

想代子正在整理倉庫。她手上拿著垃圾袋，還有曉美之前製作的店頭廣告。想代子做了新的之後，這些舊的就沒用了。

「可以丟掉了。」

曉美說。想代子可能因為專心工作，沒有察覺曉美走進倉庫的動靜，驚訝地轉頭看過來。

「啊啊，老闆娘。」

在家裡的時候，想代子叫她「媽媽」，在店裡的時候叫「老闆娘」，對貞彥則分別叫「爸爸」和「老闆」。雖然並沒有人要求她這麼做，但是她機靈地用不同的方式叫他們。想代子並沒有讀過大學，唯一的工作經驗就是曾經打過工，和她一起工作之後，發現她是一個面面俱到的人。

「新的店頭廣告做得很好。」曉美掩飾著內心的感情，「聽說是妳做的？」

「謝謝。」想代子表情放鬆了些，「我和老闆討論之後，覺得那種方式可能會吸引客人的目光，於是就試著做做看。」

從她特地提及經過貞彥的同意這件事，似乎可以略窺她的小聰明。

住在附近的客人和商店會的人都清楚案件原委，都會用好像看小惡魔般好奇的眼神看想代子，知道她就是引起凶手的嫉妒，引發這起事件的被害人妻子。即使並沒有直接說出口，想代子應該也會感受到這種視線。

但是，想代子無動於衷，看來她在這方面的抗壓性很強。

曉美不想看到自己製作的店頭廣告被她丟掉，於是接過來，自己塞進垃圾桶。然後，她很快走出倉庫，去了三樓。

「啊喲，曉曉，妳今天沒問題嗎？」

曉美探頭向剛開始營業的「酷廚好物」張望，東子立刻跑過來招呼她。

「嗯，還可以。」曉美堅強地回答後，對東子笑笑。

「那就好。」東子注視著曉美，觀察她的氣色後說：「妳不要硬撐。」

「審判即將進入尾聲，妳千萬不能病倒。」

東子的丈夫辰也走過來說。

辰也年輕時彈吉他，留著一頭黑色長髮，是一個風度翩翩的男人，六十過半之後，無論頭髮和鬍子都花白了，但他那種彷彿超脫俗世的瀟灑氣質卻依然如故。不知道是否因為都喜歡自由不羈，他和康平的關係很不錯，兩個人經常一起去海釣。

貞彥和曉美都不喜歡出遠門，從這個角度來說，他們的個性的確很適合成為老店的老闆和老闆娘。相較之下，東子夫婦從以前就很懂得享受生活，經常出門走走，曉美有時候很羨慕他們。

「雖然我覺得判他死刑，仍然死有餘辜，」辰也用輕鬆的語氣談論這件事，「但不知道檢方會怎麼求刑。」

「猜不透啊。」

貞彥之前曾經說，如果冷靜思考，恐怕無法指望會判死刑或是無期徒刑之類的重刑。因為必須參考之前的判例，並不會只針對這起案子判處重刑。檢方應該求刑二十年，法院最後會判十幾年。

「無論如何，康平的在天之靈都可以得到慰藉。曉美，希望判決的結果可以讓妳在心情上釋懷、放下一些。」

怎樣的判決，才能讓自己放下？曉美無法想像。即使法院判處凶手死刑，康平仍無法死而復生。只不過如果判得太輕，難以接受的心情恐怕會更加強烈。無論怎麼思考，都無法想出明確的答案。

「但是，幸好想代子目前都在店裡幫忙，」辰也說，「雖然無法發揮和康平相同的戰力，但至少在妳休養期間，她都很努力在幫忙。」

一旁的東子以調皮的眼神對曉美笑笑，似乎藉此表示男人都把想代子想得太好了。東子不愧是姊姊，很瞭解曉美對想代子的複雜心情。

隔天，曉美把店裡的工作交給山中祥子等人，和貞彥一起前往橫濱地院。

這起事件的審判引進國民法官制度，今天開庭的內容是向被告隈本重邦進行詰問，貞彥會和檢察官一起詰問被告，曉美會在旁聽席上見證這一幕。

至今為止，曉美在第一次公審時旁聽了開審陳述，之後曾經以證人身分出庭。貞彥除了自己以證人身分出庭之外，在曉美身體欠佳，臥床不起期間，都努力在工作中擠出時間，來法庭旁聽。

貞彥說，審判並沒有任何風波，在嚴肅的氣氛中順利推進。

隈本重邦在被逮捕後，很快就在警方的偵訊中放棄抵抗，毫無保留地承認自己犯案。在第一次公審被問及是否承認罪狀時，也老實認了罪。

所以可以說，這次的審判只是以隈本的供詞為基礎，逐一加以證明而已。不需要像貞彥那樣，每次開庭都在法庭上看到凶手可憎的面目，仍能夠瞭解情況。

但是，詰問被告就不一樣了。就算再也不想看到凶手，如果不聽他親口說出當時的犯案過程，以及如何看待康平的死亡，內心就永遠無法平靜。曉美把康平的照片放在皮包內，坐在旁聽席上。

「你是在哪裡買的刀子？」

「犯案的一個星期前，在橫濱的『三笠屋』買的。」

「你說一個星期前，具體是幾月幾日？」

「我記不清楚了，但店家應該有紀錄。」

在詰問被告的前半部分，由檢察官平靜地詰問犯案的詳細情況，隈本回答檢察官的問題。隈本在回答問題時，不時用煩躁的語氣說話，不難察覺他這個人脾氣暴躁。之前曉美出現在證人席上時，他坐在被告席上，露出惡狠狠的眼神，讓曉美很不舒服，忍不住覺得想代子怎麼會和這種危險的男人交往。

檢察官開始詰問犯案時的行凶過程。

「你當時怎麼叫久野先生？」

「就是『喂』之類的。」

「久野先生聽到你的『喂』，有什麼反應？」

「他轉過頭。」

「然後你做了什麼？」

「確認了他就是久野，於是就拿刀子捅他。」

隈本在犯案的一個星期前買了凶器的刀子，三天前去現場察看。他的行動全都被監視器拍下來。他在做好充分準備後，行凶當天動作俐落地完成犯案。

「你記得刀子刺向他哪裡嗎？」

「肚子。我整個人撲向他，用刀子刺他。雖然我感覺刺得很深，但他把我推開時，刀子抽出來，於是我又刺向其他部分。我連刺了幾刀，久野搖晃著身體，一屁股坐在地上，而且發出奇怪的慘叫聲。他已經倒在地上，我沒打算繼續撲上去，覺得這樣差不多，然後就逃走了。」

說到行凶過程時，隈本變得多話起來，而且情緒有點激動。曉美必須努力克制想要捂住耳朵的衝動。

「你刺了久野先生好幾刀，是不是想要置他於死地？」

「不，我並沒有想這麼多。」

「但是用銳利的刀子連刺幾刀，不是當然會想到對方會因此送命嗎？」

「不，那只是因為我害怕他抵抗之後會反擊。」

「害怕？」

「如果他拚命反抗，誰知道會對我做什麼？所以我決定攻擊他，直到他倒地為止。看到他真的倒在地上，就覺得行了。」

他狡猾地藉此表達自己並沒有想置人於死地，但站在客觀的角度無法接受這種主張。

在詰問犯案時情況告一段落後，檢察官向貞彥使了一個眼色，貞彥開口。

「你從什麼時候開始對康平產生恨意？」

貞彥直視著坐在證人席上的隈本後，問了這個問題。雖然他的語氣很平靜，但可以充分感受到他好像在面對敵人般的嚴厲。

「想代子被他搶走的時候，我就覺得他是王八蛋。」

「你從那時候，就決定有朝一日要殺他嗎？」

「並沒有具體的想法，只是覺得他是王八蛋。」

貞彥目不轉睛地瞪著隈本，短暫沉默後，又繼續發問。

「你得知康平的死訊時，有什麼感想？」

「嗯……覺得自己闖禍了，造成了無可挽回的後果。」

「你對康平本身沒有任何想法嗎？」

「老實說，我當時只考慮到自己的事，沒有餘裕想那麼多。」隈本一派輕鬆，似乎完全沒有罪惡感。

「現在呢？」

「我很同情你們做父母的，覺得你們很可憐。」

「對死去的康平本人呢？」貞彥繼續追問，「難道不會覺得對不起他嗎？」

「現在當然覺得他很可憐，但是他和我的人生產生了交集，就算他倒霉吧，我想應該就是這麼一回事。」

他的回答只讓人感覺到他毫無悔意。

「你的意思是，你的人生不順利是康平造成的嗎？」

「歸根究底的話，就是這麼一回事啊。」

「你該不會以為，只要沒有康平，想代子就會回到你身邊吧？」

貞彥語帶諷刺的問題，足以讓隈本不安定的心理產生動搖。

隈本短暫沉默後，心神不寧地用手抹了一下臉，才終於擺出一副豁出去的態度，用粗魯的語氣回答。「以後的事，就沒有人知道了……反正她現在已經恢復單身。」

他犯下這麼嚴重的凶殺事件，仍然認為被害人的妻子會投入他的懷抱嗎？……這個人的想法未免太幼稚，曉美聽了驚訝不已。

「想代子失去心愛的丈夫，至今仍然沉浸在悲痛中，而且發自內心後悔之前曾經和像你這樣的人有過交集。」貞彥似乎有同樣的感受，帶著輕蔑的語氣說，「想代子不可能和你重修舊好，而且你必須用很多年的時間，償還自己這次犯下的罪行。你毀了自己的人生，你瞭解這件事嗎？」

「我當然打算為自己犯的罪付出代價，」隈本冷冷地說，「如果在服刑完畢之後重啟人生，別人也沒什麼好說的。到時候不知道你是不是還活在世上，這件事和你沒有關係。」

「怎麼會沒有關係？」貞彥忍不住動怒。

「那就祝你長命百歲。」隈本冷笑著說。

隈本奪走別人的生命，摧毀別人的人生，卻對自己的人生執著到簡直醜陋的程度。曉美在旁聽席上聽後感到眼前發黑，無法原諒這種令人髮指的想法。

「所以到頭來，你完全沒有反省自己所做的一切。」

貞彥似乎得出結論，認為自己的話根本不可能打動隈本，因此問了這個認定他的犯罪情狀毫無憫恕餘地的問題。

「我可沒這麼說，我有反省啊，而且深刻反省。」

隈本目中無人地說。

貞彥勇敢面對凶手隈本，在法庭上奮戰，但在結束詰問後，臉上只見徒勞之色。

雖然曉美覺得必須感謝貞彥，但是她在旁聽期間，情緒持續劇烈波動，可以感受到血壓異常上升。在結束漫長的一天時，簡直就像自己之前以證人身分出庭作證般渾身不舒服。

隔天，曉美為了小心起見，一整天都在家裡休息。貞彥努力打起精神，去旁聽案件審理結束的情況。檢方求處二十年有期徒刑。

曉美親眼目睹了隈本毫無悔改之意，即便檢方求處無期徒刑，仍然覺得太輕，但因為之前就聽貞彥說過對求刑的見解，對這樣的結果並沒有太驚訝，只覺得無論判多少年，難以平息的鬱悶都會一直留在內心揮之不去。

兩個星期後，是判決的日子。

曉美調整身體狀況，決定和貞彥一起去旁聽。前一天晚上，向想代子確認過，問她是否想去旁聽判決，她回答說，很希望可以帶她一起去。雖然她並沒有特別說什麼，但可能感受到她為自己成為這起事件的導火線感到遺憾，再加上前男友成為被告的關係，因此除了自己出庭作證以外，極力希望和審判保持距離。

但是，這一天是判決的重要日子，而且適逢店裡公休的日子，總覺得是康平希望大家一起去聽判決的結果，於是曉美特地問了想代子的想法。

曉美和之前去旁聽時一樣，把康平的照片放在皮包裡，和貞彥、想代子一起坐在旁聽席的最前排。之前除了第一次開庭以外，旁聽席上都有空位，今天則擠滿了媒體記者和旁聽民眾。

不一會兒，戴著手銬、繫腰繩的隈本在法警的陪同下走進法庭。

隈本立刻發現了坐在旁聽席上的想代子，解開手銬和腰繩，在被告席坐下後，仍然不時瞥向想代子，顯然依舊沒有放下對想代子的執著，難怪想代子之前不太願意來旁聽。曉美坐在想代子身旁，發現她低著頭，避開隈本的視線。

法官和國民法官都到齊後，全體起立，行禮後宣布開庭。

「今天針對東鎌倉刺殺事件進行宣判。」

審判長在法庭的一片寂靜中宣布，「被告請上前聽取宣判。」

隈本在審判長的要求下，走到證人席前。

「本庭現在宣布判決結果，請仔細聽清楚。」審判長對隈本說完這句話，低頭看著手上的判決書。「主文，求處被告十七年有期徒刑。」

十七年有期徒刑。

這樣的結果對於殺害康平的罪行，絕對不算是重判。

但是，判決結果通常是檢方求刑的八成，所以貞彥之前曾經推測，這次的案子應該判十五、六年。從這個角度來看，算是稍微加重了刑期，應該是法官和國民法官都感受到隈本缺乏贖罪意識的結果。

除此以外，隈本之前犯下傷害事件的緩刑撤銷，再增加一年的有期徒刑。

隈本的後背似乎因為慌亂而在顫抖。

審判長朗讀了判決理由，「因單方面的怨恨，自私地犯下極其凶殘的犯罪行為」、「並未看到被告有充分的反省」、「被害人家屬強烈希望嚴懲被告」，措詞都很嚴厲。

隈本在聽取判決理由時不停地抖腳，看起來坐立難安。他整個人癱軟，可以聽到他帶著嘆息的呼吸聲。他似乎無法發揮專注力，不時回頭看向旁聽席。

審判長朗讀完大篇幅的判決理由後，說明上訴的程序，緩緩抬頭看著隈本。

「暴力無法解決任何問題，就算覺得發洩內心的鬱悶，也只是暫時的錯覺，相信你已經親身感受到這件事。而且，更不可能藉由暴力贏取他人的感情，希望你可以充分面對自己犯下的錯，這次的判決雖然不輕，但是希望你可以認為這代表未來還有更生的機會。」

審判長語重心長地說完這番話，最後問他：「你瞭解了嗎？」

隈本沒有回答審判長的問題，也沒有點頭，突然不顧場合地大聲嚷嚷：「開什麼玩笑啊！我也有話要說。」隈本氣鼓鼓地說完這句話，再次回頭看了一眼旁聽席，才轉頭面對審判長。「事到如今，我就實話實說了。我並不是因為怨恨犯案，而是和想代子見面時，她拜託我這麼做。她說她老公對她嚴重家暴，每天都好像活在地獄。如果提出離婚，她老公一定會暴怒，所以希望我可以解決她老公，還說等她恢復自由身，想再回到我身旁。」

審判長聽到這番意想不到的話後皺起眉頭。

隈本再次看向旁聽席上的想代子，又滔滔不絕地說道：「但是，開庭之後，她就一副事不關己的態度。我以為她只是在演戲，努力表現出這種態度，沒想到她滿不在乎地指責我毀了她的家庭，讓她很懊惱，完全沒打算替我減輕刑期。今天都沒有正眼看我，好像根本不關她的事，這太莫名其妙了。看到她的態度，我漸漸發現她說要回到我身旁只是信口開河，這個女人真是太惡劣了。雖然是我自己太笨，被她慫恿做了這件事，但我可沒辦法接受只有我一個人接受懲罰。」

曉美看向身旁的想代子，但剛才因為隈本意想不到的發言過於震驚，沒有及時觀察想代子的反應。

曉美只看到想代子瞪大眼睛，看著隈本的樣子，看起來像是驚訝，但也像是狠狠瞪向隈本。那只有短暫的剎那，她隨即轉頭看著曉美，迎向曉美的視線，快哭出來似地開始搖頭。

「我之前一直想要幫她掩飾，但現在覺得自己太蠢了。為什麼只有我受到制裁？誰最惡劣？就是坐在那裡，裝出一副被害人態度的女人！」

隈本說完，伸出食指，指向想代子。

「發言不要脫序！」

審判長似乎終於回過神，發出嚴厲的話音。

「你們去調查啊，只要調查一下就知道了。」

隈本仍然大聲叫囂，審判長再度重申：「不要亂說話！」

在旁聽席一片譁然中，宣布閉庭。

法官和國民法官步出法庭後，隈本再次被銬上手銬，繫上了腰繩，不悅地走出法庭，他一直看著想代子，想代子準備走向出口，似乎想要趕快離開現場，背對著隈本。

「久野太太，打擾一下。」

走出法庭時，一名原本正在和同業簡短討論的記者叫住想代子。

「等一下可以請妳召開記者會，針對今天的判決發表意見嗎？」

曉美之前曾經在新聞節目中看過判決後的記者會，但是這起事件並沒有引起社會極大的關注，因此原本並沒有安排家屬召開記者會，只不過聽記者的語氣，似乎臨時認定有這個必要性。

「不好意思……我要去托兒所接兒子。」想代子六神無主，但還是拒絕了。

「不會佔用太多時間，攝影機也不會拍到妳的臉。」

「不……」

想代子難掩慌亂，以求助的眼神看向曉美和貞彥。

「如果要召開記者會，就由我來參加。」貞彥代替想代子回答，「年幼的孩子還在托兒所，她要趕著回去。」

曉美發現自己對貞彥的出手相助感到意外，她發現自己的心情在無意識中和記者站在了同一陣線，認為想代子必須針對限本剛才那番話澄清。如果她打算什麼都不說，就這樣回家，然後繼續像昨天一樣生活，讓人難以接受。

「那請妳說一句話。」想代子轉身想要離開，試圖擺脫記者的包圍，記者追著她問：「請妳針對被告限本最後說的那番話，表達一下意見。」

「當然是胡說八道！」想代子猛然轉過頭，露出平時從來不曾見過的銳利眼神瞥了記者一眼。「我是被害人，請你們不要把那種話當真！」

她說完這句話，不等曉美他們，就獨自走出去。幾名記者似乎被她的氣勢嚇到，紛紛閉嘴，目送她的背影離去。

只有貞彥出席了記者會，曉美坐在成為記者會現場的司法記者室角落，看著記者會的進行。

貞彥坐在折疊式的長桌子前，桌子上放著各家媒體的麥克風和錄音筆，記者身後有好幾台電視台的攝影機。

「可以請您針對十七年有期徒刑的判決，表達一下內心坦率的感想嗎？」

「我並不認為這樣的判決足以讓凶手償還犯下奪走一個人生命的罪，站在遺族的立場，很想說這樣的判決太輕了，但這是法官和國民法官根據法律，認真思考後做出的結論，所以我們家屬表示尊重。」

「您會如何向去世的康平先生報告這件事？」

「法院做出了這樣的判決，就讓這起事件告一段落，我會如實向他報告。雖然不知道康平是否能夠接受，但我相信這取決於被告今後面對自己犯下罪行的態度。」

當記者提出關於對判決感想的各種問題時，貞彥字斟句酌，冷靜地回答。不愧是相處多年的夫妻，曉美完全同意他回答的內容，但有點擔心現場的媒體記者是否理解貞彥說的話。因為曉美在一旁觀察，發現那些記者的反應很冷淡，有一種被當成耳邊風的敷衍氣氛。

接連幾個有關判決的問題後，其中一名記者舉起手。

「今天開庭最後，被告有一番脫序的言論，請問是否可以請教您對這件事的看法？」

這才是記者真正想問的問題。從某種意義上來說，曉美也在等待這個問題。

「老實說，我感到相當驚訝。」貞彥淡淡地回答，「被告或許對判決很不服氣，但在那種場合大肆叫囂簡直太離譜了，只能說他毫無反省的態度。」

「請問您對被告當時所說的內容有什麼看法呢？」

「完全是無稽之談，根本不值得討論。一定是聽到判決內容比他想像的更重，因此遷怒他人，說了這些莫名其妙的話。」

貞彥明確否定隈本那番話的可信度。曉美懷疑他是否真的這麼想，只不過他的回答中感受不到絲毫的猶豫，媒體記者便不再窮追猛打。

「差不多算告一段落嗎？」貞彥向記者確認。

「最後還想請教一個問題。」一名記者舉起手，「您剛才說，判決已經出爐，您會向康平先生報告，這起事件已經告一段落，請問您打算對康平先生的太太說什麼呢？」

在正常情況下，並不會出現這種充滿好奇心的問題。

貞彥微微皺皺眉頭，沒有立刻回答，似乎在思考。

「無論判決結果如何，康平都不會再回來了，但是她必須在這種情況下，繼續把孩子養育長大，希望她能夠帶著平靜的心情，逐漸適應沒有康平陪伴的新生活。」

貞彥四兩撥千斤地化解媒體的見縫插針，結束了記者會。

回家路上，曉美和貞彥幾乎沒有說話。曉美對隈本的話耿耿於懷，但是她不知道該如何表達內心的想法。更何況如果像貞彥在記者會上所說，他認定隈本的話是胡言亂語，恐怕無法理解曉美的懷疑。

回到家時，想代子已經把那由太從托兒所帶回家了。

「你們回來了，辛苦了。」

她若無其事地牽著那由太的手，在玄關迎接他們。

「是啊，今天真是累壞了。」

貞彥好像什麼事都沒發生般回答後，脫下鞋子。

「要不要喝茶？」

「嗯，但是在喝茶之前，大家先去佛壇祭拜一下。」

「對喔。」

貞彥和想代子說完，帶著那由太，沿著走廊走去和室。他們真的打算就這樣恢復日常生活，好像什麼事都不曾發生嗎？……曉美難以消除內心不對勁的感覺。

佛壇前還殘留著線香的煙，想代子似乎已經搶先燒好香。但是現在的曉美懷疑，這會不會是想代子的刻意安排，讓他們回家的時候能夠看到這些煙？

貞彥坐在佛壇前，上香之後敲響了鈴。曉美和想代子一起坐在他的後方，合起雙手。

曉美在心裡向康平報告審判已經結束，但同時覺得眼前莊嚴氣氛有一種難以形容的虛偽。

漫長的沉默後，貞彥用力吐口氣。

「曉美，妳今天累了吧。晚餐要不要叫蕎麥麵之類的外送？」

曉美沒有回答，似乎在抗拒回到日常生活。

「不然要不要我來做？」想代子貼心地問。

「想代子桑，」曉美忍無可忍地低聲叫了她一聲。

「是？」

短暫的沉默後，曉美斜眼看著她。「我該如何理解那個人今天說的事？」

「那個人？」想代子輕聲嘀咕，假裝聽不懂。

「就是隈本，他不是在法庭上說了一大堆嗎？」

「喔喔，」想代子格外從容不迫，「媽媽，竟然連妳也問這種問題。」

「因為我想知道才問的。」曉美瞪著她說。

「如同我對記者說的，那些話當然是胡說八道，和我沒有關係。」

剛才記者問她時，她生氣的態度讓曉美很驚訝，但她現在已經完全恢復鎮定。之前都覺得她的這種態度很文靜，但是從另一個角度來看，也可以解釋為她這個人膽大包天。

「所以妳有和隈本見面？」

曉美繼續追問，想代子對坐在她身旁的那由太說「你去那裡玩」。然後將視線移回曉美身上後回答：「我並不是想見他才和他見面，我之前說過，他對我糾纏不清。」

事件發生的兩、三個月前，隈本傳了幾則訊息給想代子。警方也掌握了這件事，想代子也曾經給曉美看過一次。隈本在訊息中說明自己的近況，單方面要求和她見面，看起來和案件並沒有關係。

但是之後聽想代子說，在案發之前，曾經接過隈本的電話，而且兩個人實際見了面。當時他們究竟聊了什麼？只有他們兩個當事人知道。

「妳為什麼去和他見面？雖然他傳訊息給妳，如果妳感到困擾，可以封鎖他，如果妳不知道該怎麼辦，也可以和康平討論。」

雖然現在說這些無濟於事，但還是會想，如果想代子當時採取不同的處理方式，或許就會有不同的結果，而且現在內心冒出源於其他因素而產生的疑問。

「隈本查到了我住的地方，我想如果冷淡拒絕惹惱了他，反而會造成後患。之所以沒有和康平討論，只是不希望造成他不必要的擔心，但是現在真的很後悔，早知道應該和康平商量，畢竟只要我提過這件事，康平應該就會警惕——」

「別再說了。」貞彥出面制止，「這些事，都已經說過好幾次了。」

事件剛發生後，想代子的確曾經提過這些事，表達內心的悔恨，但是，即使是同樣的內容，現在和當時的意義完全不一樣了。曉美想要瞭解其中的真偽。

「想代子桑，康平有家暴妳嗎？」

曉美改變問題，想代子有點措手不及地結巴起來。

「這也是隈本先生在胡說八道。」她移開視線，想要結束這個話題。

曉美目不轉睛地看著想代子。

「妳還叫他隈本先生、隈本先生，至今仍然這麼親熱地叫那起事件的凶手。」

想代子驚訝地將視線移回曉美身上，一臉意外。「我不是這個意思……」

「別再說了，」貞彥用強烈的語氣說，「有必要連這種事都挑剔嗎？」

曉美終於打住。她覺得實在嚥不下那口氣，所以說出原本不該說的話，繼續說下去，恐怕會變成必須有一方離開這個家。

「我來泡茶。」

想代子似乎很快調整好心情，說完這句話後站起身。

當天晚上，雖然全身疲累，卻遲遲無法入睡。這一年多來，曾經多次發生這種情況，但這天晚上腦袋發熱，和之前不太一樣。

隔天早上，貞彥似乎因為曉美這一陣子身體狀況不佳，就沒有叫她起床。她很晚才終於下床，走進客廳時，發現貞彥、想代子和那由太都不在家。

放在桌上的早報刊登了昨天判決的相關報導，還有補充的小標題，提到判決之後隈本的脫序發言，只是用模糊的方式提到，被害人妻子的言行成為這起事件的導火線，同時也提到了在開庭結束後的記者會上，遺族否認這件事，但仍然可以感受到事情並不單純。不知道普通讀者看了這篇報導後會有什麼感想，曉美已經無法從客觀的角度思考，很想聽取別人的意見。

也許經過昨天的事之後，想代子覺得不能繼續住在這個家裡，帶著那由太離開了？她的腦海中閃過這個可能性，但是中午之前去店裡張望了一下，發現想代子一如往常地在店裡工作。

「早安。」

她和山中祥子等人一樣，神清氣爽，恭敬地向曉美打招呼。她真的已經展開了和之前一樣的生活。曉美感到難以置信。

中午的時候，她放下店裡的工作，把正在「酷廚好物」的東子叫到屋頂。屋頂目前是晾曬清潔工具的地方，曉美對花花草草很有興趣，在這裡設置了花圃，因此並不會單調乏味。

「關於昨天的判決。」曉美開口。

「我看了新聞報導，聽說判了十七年？」

新聞報導中只提到判決的內容。雖然昨天記者強烈要求開記者會，但是幾乎沒有任何一個節目播放記者會的情況，不知道是不是認為不能貿然提及隈本的發言，因此沒有任何節目提及這件事。

「除了這件事以外，隈本最後說了奇怪的話……」

「啊啊，報紙上好像有提到。我只是粗略地看完，那是怎麼回事？」

曉美把昨天法庭上發生的事一五一十告訴東子。東子似乎也認為這件事非同小可。

「貞彥怎麼說？」

「想代子說隈本是胡說八道，他就照單全收相信了。他在記者會上也這麼說。」

「嗯，這是正常化偏見。」東子似乎想要表現她很有學識，說出這個專有名詞。「你們讓想代子住進家裡差不多一年左右吧，目前已經展開新生活，現在聽到這種事，也會覺得不可能。」

曉美因為至今仍然無法適應和想代子同住在一個屋簷下，始終不自在，所以對這種事的看法才和貞彥不一樣嗎？

「更何況還有那由太。貞彥不久之前，帶著那由太來我們店裡看飛機。看到他當時的樣子，就覺得在康平離開之後，那個孩子似乎已經成為他生命的意義，是不是因為不想讓那由太離開的想法勝過一切，無法從客觀的角度看問題？」

那由太很怕生，但是一起生活之後，漸漸和曉美、貞彥親近起來。曉美問他托兒所的情況時，他都會回答，尤其經常和貞彥一起玩，像一般孫子一樣向爺爺撒嬌。貞彥一定覺得他可愛得不得了，曉美可以理解。

但是，這件事和那件事是兩碼事。

「如果隈本說的話屬實，那就太驚人了。」東子皺著眉頭說，「她就是殺害康平的共犯，更正確地說，是幕後黑手，你們現在和這樣的人同住在一個屋簷下。」

雖然曉美覺得東子說的有點可怕，但這就是目前發生的事實。

「但是，聽了妳剛才說的內容，我想起一件事。」雖然東子說「但是」，她壓低了聲音，好像準備說出更可怕的事。「康平的遺體送回來時，我們不是去了妳家嗎？想代子就坐在康平身旁……那時候已經知道凶手是她的前男友，所以我也很好奇，她會有什麼反應。她在和我們說話時，臉皺成一團，還用手帕按著眼角，但是無論怎麼看，都沒有看到眼淚。」

「啊？」

「不，她的眼眶有點濕潤，所以不能說她沒有哭，但是通常不是都會在眼淚流下來時，才會拿手帕擦嗎？她的眼淚明明沒有流下來，卻表現得自己有在哭。在那種手忙腳亂的時候，她是很在意臉上的妝會花掉嗎？妳怎麼看？」

「怎麼看……妳是說她在假哭嗎？」

東子默不作聲，微微挑動眉毛，加強眼神力量，用比說話更強烈的方式表示肯定。

曉美之前並不會注意觀察別人的眼淚，但記得事發當時曾經看過想代子的眼淚。是想代子坐在佛壇前的時候嗎？……不，那時候只看到她的背影在顫抖。

對了……曉美想起來了。那是警察出示隈本的照片，她得知自己成為這起事件的原因，然後告訴曉美和貞彥的時候。想代子那雙大眼睛的確流下眼淚。

但是，那時候……曉美還想起其他事。

想代子無精打采地坐在曉美和貞彥面前，沉默了好幾分鐘，遲遲沒有開口。過了一會兒，眼淚突然流下，然後她才開始說明。

那時候，她是不是在拚命擠眼淚？……聽到東子的話後回想當時的情況，不由得這麼覺得。

如果她演到這種程度，就真的太可怕了。

「如果沒有證據，她不可能承認，但也許真的必須小心一點。」

「啊？」

「如果是她慫恿隈本犯案，那現在又為什麼要和你們住在一起？」

聽到東子說得這麼聳動，曉美皺起眉頭。

「在英文中，」東子沒有理會她，繼續說道：「假哭稱為『鱷魚的眼淚』。因為鱷魚在捕食獵物時會流淚。我以前在銀座時，曾經看過好幾個根本哭不出來，但是硬是擠出眼淚對付客人的女生，所以我在這方面的眼睛很利，你們要小心不要被她吃掉。」

「討厭啦……妳不要說這種嚇人的話。」

曉美說話時抖了一下。東子似乎覺得自己想像力太豐富，說過頭，嘴角浮現調皮的笑容。

「當然，可能是我想多了，也許真的像想代子所說的，只是隈本想藉此報復，而且希望是這樣。」

雖然東子急忙補救，但曉美仍然有點發毛。

「我在媒體界不是沒有熟人，會透過他們去瞭解一下，警方在辦案時，有沒有針對這方面進行調查。」

東子之前曾經一度被視為「與眾不同的文化人」，被媒體捧在手心，在康平的事件發生後，她也因為是親戚而受到矚目，接受過幾家媒體的採訪。她果然很擅長和媒體打交道，妥善地表達案件有多麼殘忍，以及遺族的憤怒，減少了曉美和貞彥的負擔。對曉美來說，東子果然是值得依賴的姊姊。

「如果有什麼消息，記得告訴我。」

雖然曉美覺得只是認識媒體界的人，未必能夠輕易瞭解到警方的動向，但還是希望可以排解心煩的感覺，於是這麼交代了一句。

5

「報紙上提到想代子的事，曉曉似乎很緊張，好像也懷疑她了。」

東子回到店裡，看到店裡沒有客人，立刻對丈夫辰也提起這件事。

「想代子的什麼事？」

辰也在收銀台旁的櫃檯前看著筆電，聽著東子說話。他正在專心看加密貨幣的線圖，嘴裡嘀咕著「喔，漲了，漲了」，同時竊笑。

「不是有報導說，凶手隈本在判決後，在法庭上叫囂，說了一些在審判中沒有提到的、關於被害人妻子的事嗎？原來他是在法庭上說，他是受想代子的委託才會犯行。」

「太荒謬了。」辰也留著鬍子的臉笑得皺成一團，「絕對是隨便亂說的。原本就是因為怨恨行凶，這次的行為也是怨恨心理的延伸。那個凶手不就是這種扭曲的性格嗎？想代子之前怎麼會交到這種惡劣的男人。」

「好像不能這樣輕易下定論。曉曉質問了想代子到底是怎麼回事，昨天他們家好像很不平靜。」

「我剛才在樓下遇到了想代子，她看起來和平時沒什麼不一樣，笑嘻嘻地對我說『早安』。」

辰也之前就很認同想代子，說「康平娶了一個好太太」，但並不是只有他而已，這一帶的男人都支持想代子。有客人走進東子的店，充滿好奇地確認：「她就是那起案子裡被害人的太太嗎？」甚至還有人不識相地說什麼「如果是她，不難理解凶手為什麼無法死心」，簡直在為凶手開脫。想代子的五官很深邃，但舉手投足很端莊文靜，所以更加撩動男人的心。再加上喪偶這種紅顏薄命的處境，似乎更醞釀出一種獨特的性感。

「我認為問題在於事實真相，」東子覺得辰也就像是袒護想代子那些男人的代表，於是提起剛才在屋頂上說過的那件事。「我想起來了，你還記得康平的遺體送回曉曉家時的事嗎？那時候，想代子拿著手帕拚命擦眼睛，但無論怎麼看，都沒有看到她的眼淚，我覺得她可能在假哭。」

「妳不要說得好像真的有那麼一回事，」辰也單側的臉頰擠成一團，「發生了這麼重大的事，有時候身體會來不及反映心情，而且可能哭了很多次，眼淚已經哭乾。妳當時不是也這麼說嗎？妳不要不負責任地在曉美面前嚼舌根。」

「我已經說了。」東子一副豁出去的態度回答。

「妳真傻。」辰也無奈地說，之後又嘀嘀咕咕說個不停，東子仔細一聽，發現他看著電腦在自言自語說什麼「回不去了啊」。電腦的螢幕已經切換成外匯交易的圖表。最近，辰也說要存退休基金，積極買賣外匯和加密貨幣，但是只要稍微賺一點錢，就馬上去買賽馬和賽船，根本沒有存到錢……

當初是橫刀奪愛，因此東子對他的一些小缺點睜一隻眼，閉一隻眼，但辰也這個人真的很沒出息。之前在搖滾樂團當吉他手，也並不是因為樂團賞識他的彈奏技巧，當他和東子的關係鬧出緋聞後，他的前妻和主唱的太太是朋友，他立刻被踢出樂團。他當時很沮喪，甚至希望東子和他一起殉情自殺，但東子有自信可以靠自己的才智生存，對他說「別開玩笑了」，甩了他一巴掌，才終於打消他的念頭。不知道是否因為那件事，他的依賴性越來越強，讓東子把努力賺的錢吐出來就成為他的工作。如果不讓他有事可做，他就會熱心地投入這個工作，所以東子就開了這家店給他，讓他在這裡當店長。

雖然辰也聽了對想代子的懷疑後一笑置之，但是報紙上的報導內容，可以成為和白天來店裡的老主顧聊天的理想話題，有幾個人難掩好奇地問，不知道真相到底如何。結合幾個客觀的事實進行思考，很自然地會覺得似乎有什麼隱情，當然也有像辰也那樣天真的人，相信想代子是清白的。

東子去鎌倉的三明治店「好物三明治」察看後，傍晚過後，回到了東鎌倉。

「啊，妳好，辛苦了。」通勤族在暮色中的街道上來來往往，貞彥正在「土岐屋吉平」的店門口收旗幟。「太陽下山的時間越來越早了。」

曉美說得沒錯，貞彥和往常無異，甚至有一種神清氣爽的感覺。

「審判終於結束，你的心情是不是終於平靜了？」

東子問，貞彥深有感慨地點點頭說：

「雖然判決出爐，不會改變我們的生活，但必須藉此讓事情告一段落。」

「向前看也是為康平。」

東子迎合他的意思附和一句，沒有去自己的店裡為打烊收拾，而是走進「土岐屋吉平」。

「啊喲，那由太，你好啊。」東子剛好撞見在店裡晃來晃去的那由太，於是向他打招呼。

那由太每天從托兒所回來之後，在店打烊之前，都會在店裡玩，偶爾也會看到貞彥帶著他去屋頂或是四樓的倉庫。最近那由太不再整天都黏著母親想代子，而是跟著貞彥，貞彥似乎已經開始向他傳授生意經。

但是，他怕生的性格仍然沒有改變，雖然東子向他打招呼，他只是看東子一眼，並沒有回答，然後就走去裡面了。東子看著康平長大，那由太和很親人的康平大不相同。

「妳好，辛苦了。」

正在掃地的想代子委婉一笑，動作優雅地向東子點頭打招呼。她果然和平時沒什麼兩樣，簡直就像完全不知道外面對她議論紛紛。

東子和她打招呼後，看著店頭廣告的照片，拿起黃瀨戶的飯碗。「哇，這個碗裝栗子飯看起來很不錯欸。」東子只要有空就會來這裡走一走，因此很瞭解美濃燒。

她假裝沒什麼事，只是來店裡走一走。在店裡逛了一下之後，再度走向想代子。

「想代子，妳昨天有去法庭嗎？」

東子假裝不經意，但是直截了當地問了昨天的事。

「有。」想代子回答，「和爸爸、媽媽他們一起去旁聽。」

「我看了報紙，聽說那個叫隈本的男人說了一些莫名其妙的話，我店裡的客人向我打聽，我只能回答說不太清楚，到底是怎麼回事？」

東子問想代子，假裝完全沒有從曉美口中聽說任何事。

「沒事，」想代子苦笑著說，「可能判決比他想像中更重，於是突然說我和那起事件有關，想把我拉下水作為報復。連記者都來問我是怎麼回事，我根本無從回答，真是很莫名其妙。」

曉美說，想代子在法庭上顯得六神無主，但是眼前的想代子說話的樣子好像真的和她完全沒有關係。如果她是在裝糊塗，只能說她真的太厚顏無恥了。

「好過分。」東子表示同意想代子的說詞，「如果妳真的和事件有關，就不可能和公婆同住。」

「就是啊。」想代子深深點頭附和著。

懷疑想代子和那起事件有關時，這件事有點難以解釋。

她在事件發生之後，和公婆曉美夫婦一起生活。因為她的丈夫已經死了，未來要如何安排都是她的自由。如果在事件發生之後馬上搬離，斷絕和公婆之間的關係可能會顯得無情，但保持若即若離的關係，漸漸追求新的幸福，邁向自己的人生也很正常。

既然她決定和公婆同住，同時協助家業，就等於表示無意再婚，一輩子都是這個家裡的人。又不是以前鄉下地方的家庭，現在的年輕人很少會主動做出這樣的選擇。更何況如果她和凶手隈本暗通款曲，公婆當然成為她最想要遠離的對象。

白天聽曉美提這件事時，直覺地認為想代子很可疑，但是實際和她見面，試探她的反應之後，就覺得自己的直覺似乎不太可靠。

明知道是自己瞎猜，但仍然諸多刺探，並非正人君子所為，雖然很清楚這個道理，只不過還是無法完全消除內心的猜疑。

週末，東子在鎌倉的「好物三明治」忙碌一會兒之後，就去了文化中心。

她從四年前開始，在這個文化中心的隨筆講座擔任講師。以前當隨筆作家時，曾經在《東西週刊》上有一個和名人對談的專欄，當時的責任編輯倉森之後成為總編輯，在退休之後，進入這家文化中心的事務局工作。鎌倉是文化之城，有很多出版業人士都住在這裡，他邀請東子擔任講座的講師。

「倉森先生，」東子走進事務局向他打招呼，「我外甥那起事件發生時，《東西週刊》也曾經有記者來採訪我，我想你可能認識他，我忘了他叫什麼名字……」

「是男記者嗎？」倉森問，「是什麼樣的人？」

「年紀大約三十五、六歲，感覺很精明，我那時就敷衍幾句打發了他。我記得好像是姓米田還是米倉之類的……」

「喔，是米村吧？有一頭天然鬈的頭髮。」

「沒錯沒錯，」東子點頭之後問，「你有他的聯絡方式嗎？」

「怎麼了？」

「我偷偷跟你說，」東子小聲說話，怕別人聽到。「報紙上有提過。那天開庭結束時，被告有爆炸性的發言，說是我外甥的太太慫恿他犯案。」

「啊，我有看到，原來是這麼一回事啊。」倉森似乎也看了報導，「但應該不是事實吧？」

「雖然覺得是這樣，但是我妹妹很擔心。目前她讓媳婦同住，照顧他們母子的生活，但聽到這種話，不是不知道該怎麼和媳婦相處嗎？」

「嗯，的確是。」倉森用力點著頭，「事態畢竟非同尋常。」

「所以希望透過記者打聽一下，不知道警方和檢方怎麼看這件事。」

「原來如此。」倉森說，「我居中牽線當然沒有問題，只不過就像妳說的，那個記者很精明，他一定會想要從妳這裡撈一些內幕消息當跑腿費，到時候可能會寫一些聳動的報導。」

「我會見機行事。」

東子很瞭解媒體人的習性，所以並不擔心。

平時三不五時會遇到曉美，每次遇見她，都覺得她的氣色很差。

想代子依然如故。在法庭上發生那件事後，就連東子周圍的人也都在私下討論，想代子絕對會感受到這種動靜，但是她似乎已經下定決心不理會這些雜音，始終沒有改變從容不迫的態度。光是這件事，就讓人覺得她是一個抗壓性很高的人。

在文化中心和倉森談話的幾天後，《東西週刊》的米村走進了「酷廚好物」。

「妳好，上次很謝謝妳。」

米村簡短地打招呼，然後向東子使了個眼色，似乎表示東子應該知道他今天造訪的目的。

由於店裡有客人，於是東子請辰也顧店，自己帶著米村來到屋頂。

「我剛才去『土岐屋』看了一下，那個年輕女人就是久野康平的太太吧？」

「對啊，你之前沒見過她嗎？」

「沒有親眼看過，」米村回答，「當初調查周邊關係時，看過她的照片。」

「她是不是很漂亮？」

「我現在很少主動提這種感想，但是既然妳這麼說，那我就坦誠地表示同意。」

「像我老公也完全支持她。」

「反過來說，東子，妳並不支持她。」

以前當隨筆作家時，都以「東子」的筆名走遍天下，所以米村直呼其名。

「我支持我妹妹。」東子說，「太多事讓她操心，真是太可憐了。」

「我們在案件發生後積極四處打聽，但可能是週刊的極限，通常很少會一直追到審判，老實說，這次原本決定徹底扮演旁觀的角色，沒想到隈本竟然說出那番爆炸性的言論，我正感到好奇，搞不清楚是怎麼回事，就接到倉森先生的聯絡。」米村說完，以愉悅的眼神看向東子。

「他說妳也覺得事有蹊蹺，之前採訪妳的時候，妳並沒有很配合，既然會主動向我打聽，看來事情並不單純。」

「那次我不是提了我妹妹的悔恨心情嗎？你上次從我妹妹的家庭情況，一直問到我目前的工作，你應該很清楚，在那種狀況下，我怎麼可能滔滔不絕地說不停？」

「但是如果妳仍然保持這種態度，只想問我掌握的情況，我也很傷腦筋啊。」米村冷冷地說，「至少妳必須具體告訴我，妳認為哪裡有問題。」

「無論守靈夜的時候，還是葬禮的時候，她身為被害人的妻子，看起來並沒有很悲傷。」

東子先用含糊的方式表達想法。

「她看起來若無其事，或是在笑嗎？」

「還不至於到這種程度，但總覺得她心不在焉，難以捉摸……」

米村微微側著頭，似乎在說，東子說的話才讓他難以捉摸。

「話說回來，這可以解釋為她不知所措，無法斷言她的行為不自然。如果她表現得若無其事，好像事不關己，或是相反的情況，像三流演員一樣，用拙劣的演技哭天搶地，或許會覺得有點可疑。」

「說到演技拙劣，倒是有一件事。但是因為只有我看到，如果你想寫進報導，或許會有點傷腦筋……」

東子順著米村的話，說了想代子假哭的事。

「不愧是風靡一時的隨筆作家，觀察的眼力太厲害了。這件事的確令人在意。」

不知道是否天性如此，從他說話的方式中，可以感受到他嘲諷一切的態度，雖然無法百分之百相信他說的話，但似乎稍微引起了他的興趣。

「在這次的事件中，我主要負責採訪隈本的周邊關係，並沒有注意到想代子。我當時調查隈本對她到底有多執著，算是間接瞭解她這個人。」

「隈本的確對她很執著嗎？」

「好像是這樣。」米村回答，「認識隈本的人都這麼說。雖然曾經一度對她死心，和在交友軟體上認識的女人交往，但是交往不順利，雙方鬧僵，最後演變成傷害事件，於是就又重新對想代子舊情難忘，對她重燃愛火。」

東子也知道這些事。

「隈本開始糾纏想代子之後，想代子回心轉意了嗎？」

「並沒有這回事。」米村說，「但如果這起事件和想代子有關，她就會讓隈本以為她回心轉意，又重新愛上自己。」

「原來如此。」

如果真的使用這種手法，不是代表她是少見的壞女人嗎？如果想代子真的還有這麼厲害的一面……光是想到這件事，就感到不寒而慄。

「令人在意的是，隈本的暴力傾向。」米村繼續說道，「他對在交友軟體上認識的女人也動了粗，但其實他和想代子交往時，同樣有動粗的紀錄。想代子和隈本交往時，曾經向警方表示，隈本對她家暴。可以說，當初就是因為討厭他的暴力傾向，才會和他分手，改和康平交往。」

隈本既然會犯下殺人事件，有暴力傾向不會令人感到意外。

「值得關注的是，去法庭旁聽的司法記者說，隈本表示，想代子因遭到康平的家暴感到煩惱，於是問隈本能不能幫她解決這件事。」

報紙的報導中並沒有提到這麼詳細的內容，但東子已經從曉美口中得知了這些情況。

「想代子有遭到康平家暴的跡象嗎？」米村問，「如果能夠瞭解這件事，情況就不一樣了。」

「我不太清楚。」東子歪著頭說，「在案件發生之前，她並沒有在『土岐屋』工作，雖然有時候會帶小孩子一起來，但我並沒有經常見到她。」

「康平是那種會對太太動手的人嗎？」

「嗯，這就不好說了。」面對這個問題，無法不負責任地說康平很像是這樣的人。「他小時候很易怒，初中的時候，經常把同學打傷，讓他的父母很煩惱。」

「他一生氣就會動手打人嗎？」

「嗯，小時候是所謂的小霸王，的確很調皮，後來讓他讀了私立學校，差點被退學，費了很大的力氣，才終於擺平。」

「捐錢給學校嗎？」

「嗯，曾經有過這種事。他的父母是老店的經營者，家境很富裕，而且夫妻兩人都忙於工作，太放任他，加上又是獨生子，難免會寵溺，會變成那樣或許情有可原。他從學生時代就愛衝浪什麼的，四處玩樂，當發現他似乎有意繼承家裡的生意時，我妹妹和我還鬆了一口氣，覺得事情終究得到妥善的解決。」

「原來是這樣。」米村點頭附和表示瞭解，「雖然這麼說或許有語病，但是聽了妳剛才說的情況，覺得康平和隈本也許算是相似類型的人。不知道是想代子容易被這種類型的男人吸引，還是這種類型的男人容易喜歡上像她那樣的人，也許有這方面的情況。」

「是啊，越老實的男人越無趣。」東子搞笑地說。

米村輕笑一聲後，繼續說下去。

「我不知道妳是否聽說過這件事，康平和想代子交往初期，隈本有一段時間仍然糾纏不清，康平出面趕人。雖然當時並沒有演變成暴力事件，但是雙方發生過言語衝突，甚至拉扯的情況。換一個角度來看，可以認為是想代子對隈本感到煩倦之後，利用康平趕走隈本。至於這起事件，如果真的和想代子有關，就是相反的情況，想代子厭倦了康平，於是利用隈本……或許是她利用這兩個男人成為彼此攻擊的工具，才導致這樣的結果。」

想代子本身只是手無縛雞之力的女子，表面上看起來似乎被有暴力傾向的男人玩弄，但是從另一個角度來看，她反向利用自己的無力，操控兩個男人的暴力習性，進行最後的了斷……是這樣的情況嗎？

「所以你認為康平平時是否有暴力傾向，反而可以成為瞭解想代子和那起事件是否有關的突破口。」東子整理了米村的談話內容後，看著他。「我可以問我妹妹，有沒有什麼令人在意的事。」

「拜託妳了。」

「請問檢方和警方怎麼看待隈本的發言？」

「我打聽過，基本上不予理會。」米村說，「主要是並沒有任何證據，並不是值得認真對待的內容。站在他們的角度，讓隈本判了重刑，就算是完成工作，不想再蹚渾水吧。」

「但是仔細想一想，剛好在想代子回娘家的時候發生這起事件，有點像是刻意製造不在場證明，不是反而很可疑嗎？」東子歪著頭說，「難道警方完全不覺得有問題嗎？」

「我相信審判時應該提過這件事，」米村說，「隈本對想代子糾纏不清，他們私下見了好幾次面。想代子擔心強硬拒絕會惹惱隈本，而且又沒有想到他竟然會計畫犯下這麼可怕的案子，所以就在閒聊時提到，最近會回娘家一趟。」

「但是，除了他們兩個當事人，沒有人知道他們實際聊了什麼。」

「的確是這樣，」米村直率地同意，「正因為外人無法得知，所以隈本才會說，想代子在見面時拜託他殺人。」

「不知道用手機互傳的訊息，有沒有留下相關的對話。」

「如果有的話，事情可就不一樣了。」

他的意思是，警方不可能放過。

「也對。」

「但是，如果發現新的事證，他們就不得不重啟調查。有時候會發生在媒體報導之後，重新展開偵查的情況。」

「你打算怎麼做？」

「我打算先調查一下想代子的朋友圈。」

「這樣啊。」

東子請他有任何消息，記得通知自己，然後決定回去工作。

「對了，想代子和康平有一個兒子吧。」東子準備離開屋頂時，米村走在她身後，問了這個問題：「是怎樣的孩子？」

「怎樣的孩子？就是很安靜的普通孩子。」

「比較像誰？」

「如果問比較像爸爸還是媽媽，應該比較像想代子吧。」東子回答，「因為並不像康平……」

「這樣啊。」

米村應了一聲，但是聽起來似乎對東子很平常的回答產生興趣，東子有些好奇。

「這件事有什麼……」

東子在問話的同時，打開了出入口的門。

沒想到剛好看到想代子站在那裡，東子大吃一驚，身體向後一仰。

「姨媽，」想代子看到東子的反應，微微瞪大眼睛，但是仍然保持一如往常的淡然表情。

「辛苦了。」

「喔喔……妳也辛苦了。」東子慌忙回答，掩飾自己的慌亂。

「啊，你就是剛才的……」想代子看向東子身後，「原來是姨媽工作上的朋友。」

「剛才打擾了。」米村用輕鬆的語氣回答。

想代子拿著擰乾的毛巾，準備去屋頂晾。她和東子、米村擦身而過，走去屋頂。

東子帶著一絲不太舒服的緊張，向米村道別。

6

連續多日身體都很不舒服，感覺勉強活動的話，整個人都會暈倒，再加上肩膀到胸口不時會有一種好像灌了鉛般緬緊的感覺，於是曉美去了市民醫院檢查身體。醫生診斷為狹心症，開立處方，並要求她定期回醫院追蹤。

之前雖然整天說身體不舒服，但一直覺得是更年期症狀，現在竟然診斷出明確的重大疾病，心情就更加鬱悶了。

沒有力氣下廚時，都會請想代子買熟食回來，連續幾天之後，想代子提出：「要不要我來做？」

很久之前，就已經開始由想代子負責做早餐。雖說是做早餐，但只是煎蛋加味噌湯，以及把前一晚的剩菜拿出來，並不需要費太多工夫，曉美覺得這種程度的事交給想代子沒有問題。

但她一直認為晚餐是自己的工作。既然自己站在廚房，就不希望想代子幫忙。也許是剛開始一起生活時，想代子就已經感受到曉美的這種想法，因此她只負責放餐具，以及吃完飯收拾的工作。

沒想到想代子現在竟然滿不在乎地提出由她負責下廚。由於她說話的態度太自然，貞彥也輕鬆地表示同意。「對啊，要不要交給想代子處理？」也許是好幾天都吃現成的熟食，他吃膩了。

當時的身體狀況讓曉美無法強勢拒絕，所以就變成由想代子下廚。

想代子的料理並沒有特別好吃。雖然不能說自己完全沒有偏見，但至少不是曉美喜歡的口味。

更令人不開心的是，向來偏食的那由太，竟然每次都把想代子做的晚餐吃得一乾二淨。曉美之前會特地做一些小孩子愛吃的食物，花了不少心思，但只要是他不愛的食物，他就完全不碰。不知道是否習慣了想代子做的菜，或是想代子很瞭解那由太的口味，那由太的胃口顯然變好了。

貞彥心情愉快地吃著想代子做的料理，曉美看在眼裡，覺得很不是滋味，只是並不想表現出來，於是就把不滿吞進肚子裡。

這天晚上，餐桌上的烤鮭魚太鹹了。曉美配著飯一起吃，但不小心只吃了一口鮭魚，頓時火大。為什麼自己必須忍氣吞聲地吃這種東西，還不能抱怨一句？

「這個有去鹽嗎？」曉美停下筷子問想代子。

「沒有……有點鹹嗎？」想代子裝傻問道。

「何止有點鹹而已，妳是在哪裡買的？」

「『丸澤』。」

「買魚要去『魚松』，『丸澤』的魚不新鮮，為了能夠多賣幾天，都會加很多鹽，買回來之後都要去鹽。」

「對不起，『魚松』今天公休。」

「既然這樣，就不必非吃魚不可。」

一旦開口，就一發不可收拾。

「鮭魚要吃了之後，才知道到底有多鹹。」貞彥插嘴緩頰，「這種鮭魚更有鮭魚味，不是很好嗎？以前的鮭魚更鹹。」

「醫生要我控制鹽分。」

曉美輕輕瞪著貞彥。貞彥沒有吭氣，想代子附和：「是啊。」

曉美再度將視線移回想代子身上。

「妳做菜調味太鹹了，康平之前都沒有意見嗎？」

「康平吃得比較鹹，我現在還特地做得比較淡一點。」

康平從小到大都吃自己做的菜，怎麼可能吃得那麼鹹？曉美閃過這個念頭，但隨即想起康平在青春期時，吃飯時會自己加大量醬汁或醬油吃飯的樣子，只好又把話吞回去。

「如果妳希望我早死，這樣調味也沒關係。」

曉美覺得這句自言自語帶著刺。

「怎麼會……」

想代子說不出話，似乎感到很無辜。但曉美忍不住想，誰知道她心裡到底怎麼想。

「別說這種氣話。」貞彥規勸道。

「明天我來做晚餐。」曉美沒有再說什麼，只是用這句話結束了話題。

吃完晚餐，大家都洗完澡後，想代子帶那由太上床睡覺後，從二樓走下來。

「還有剩下的梨子，要不要切來吃？」

貞彥正在客廳心不在焉地看新聞節目，立刻眉開眼笑。「好，拜託了。」晚餐時，也有兩片梨子當飯後水果，但貞彥很愛吃梨子。

「『丸澤』有很多便宜又好吃的水果。」

想代子也對曉美這麼說。

曉美看到她好像完全忘記晚餐時的緊張互動，有一種心裡發毛的感覺。

「是啊是啊，那裡的水果品質向來都很好，蔬菜也不錯。」貞彥看到曉美完全沒有反應，代替她回答想代子。「魚和肉類就要去『大宮』和『魚松』。」

想代子切好梨子，裝在盤子裡，端到客廳。貞彥立刻拿起一塊吃了起來，發出清脆的咀嚼聲。

想代子也毫不拘束地拿起一塊放進嘴裡。曉美覺得很無聊，就拿起叉子。

「二樓那裡……」想代子突然開口。

「嗯？」貞彥問。

「有很多用不到的家具和東西，空間太小，有點沒辦法轉身，我可以稍微整理一下嗎？」

「嗯，這樣啊……」貞彥瞥了曉美一眼。

二樓幾乎都是康平的東西。他從學校畢業後，就一個人搬出去住，他在二樓的房間幾乎變成他的儲藏室。他的興趣很廣泛，釣魚、衝浪、滑雪和彈吉他，而且對牛仔褲和球鞋等時尚很有研究，所以租屋處的空間根本不夠用。

「妳說要整理，就是丟掉的意思嗎？」曉美微微皺起眉頭，「二樓都是充滿康平回憶的東西。」

「我當然知道，但是您不是都不去二樓嗎？」

「那是因為你們住在樓上，我不想打擾。」

「謝謝。」想代子恭敬地鞠躬，「但是，您既然這麼為我們的生活著想，就希望您也能夠同意這件事。那由太會慢慢長大，東西會越來越多。」

「二樓有三個房間，你們平時不是都睡在客房嗎？」客房內並沒有放康平的東西，「怎麼可能沒辦法轉身？」

「因為從之前公寓帶了不少東西過來。」

雖然想代子說話的語氣很平靜，但完全不打算退縮。

「客房的壁櫥內有不少我的收藏品。」貞彥說，「之前去備前和萩的時候，買了那些東西回來研究。雖然那些器物都不錯，只不過賣不出好價錢，但不會拿出來用。那些東西可以丟掉了。」

想代子微微低頭道謝，但似乎並沒有感到滿足。

「至於康平的東西，」她說，「他的小祥忌（一週年忌）已經辦完，審判也結束了，我覺得該是開始慢慢整理的時候了。」

「妳為什麼這麼想丟掉康平的東西？」曉美情緒化地問，「難道周圍都是康平的東西，讓妳覺得不舒服嗎？」

曉美毫不客氣的態度，讓貞彥皺起眉頭。

「我一想起康平在世時的樣子會很痛苦。」想代子的臉頰微微扭曲，「我知道要向前看，但是遲遲無法做到。」

她說的是真心話嗎？曉美忍不住感到懷疑。觀察想代子平時的模樣，甚至覺得她已經把康平忘得一乾二淨了。

「回想起他並不是什麼壞事吧？」曉美冷冷地說，「康平也不希望妳忘記他，而且和康平之間的回憶，不是可以成為妳的動力嗎？我就是這樣。」

「我並沒有說要徹底忘記，而且那不可能做到，只是像現在這樣，完全被他的東西包圍，就會一直回想起那起案子，覺得很痛苦。」

曉美很想說，那起事件不就是妳引起的嗎？但又覺得想代子可能故意說這種話，想要表示自己是無辜的。

「好。」貞彥開口說，「在想代子開口之前，我們就應該處理好這件事，但是那張書桌可以留給那由太用嗎？雖然現在尺寸不合，等他上國中的時候，就可以用到了。那是請人用木曾的橡木做的，很不錯的一張書桌。」

「那張書桌真的很棒。」想代子點點頭，似乎並沒有異議。

「曉美，妳找時間去樓上看一下，如果有什麼不想被丟掉的東西，就拿到樓下來。」

曉美以輕輕嘆氣代替自己的回答，然後把梨子放進嘴裡。

「既然生活在同一個屋簷下，無論說任何話，都要注意對方的感受。」

曉美關燈上床後，身旁的貞彥迫不及待地數落一句。

「不要變成昭和年代的惡婆婆，太丟人現眼了。」

「同住在一個屋簷下這件事就很奇怪。」曉美嘀咕著。

「啊？」

「她和康平案子的關係還沒搞清楚，到底要怎麼繼續生活在一起？」

「妳還在說這種話嗎？」貞彥似乎很受不了，「想代子不是否認了嗎？」

「嘴巴上要怎麼說都可以。」

「要證明自己根本沒做的事，不是幾乎不可能嗎？怎麼可能要求她做這種事？更何況如果她真的和事件有關，為什麼搬來和我們同住，而且還會在店裡幫忙。光是這一點，不是就可以知道她是無辜的嗎？」

「很難說……搞不好她這麼做，就是為了讓你這麼想。」

「太荒唐了。」

「可能她覺得你很有錢，只要和我們住在一起，讓那由太成為繼承人，就可以少奮鬥好幾十年。」

「妳不要說這種莫名其妙的話。」

貞彥的語氣變得嚴厲起來。他似乎真的不高興了。

曉美覺得腦袋發燙，恐怕無法睡著。於是打開床頭燈，從放在床頭櫃的藥盒裡拿出安眠藥，喝了一口杯子裡的水吞下。

「話說得那麼重，但她還是可以表現出一副無所謂的態度。」曉美幽幽地嘀咕。

「怎麼可能無所謂？」

貞彥似乎在代替想代子反駁，但曉美還是覺得她並沒有受到影響。雖然當曉美說出狠話時，想代子的表情有些變化，但是，只要幾分鐘後，她就好像什麼事都沒發生一樣。也許是因為這個原因，曉美完全不會產生罪惡感，不覺得自己說了傷人的話。

她想起東子之前說的「鱷魚的眼淚」。鱷魚就算流下眼淚，別人仍不會覺得牠在難過悲傷。想代子的情況可能差不多，不光是眼淚，平時表達出來的感情，也難以判斷是真是假。

「就拿剛才來說，她竟然提出那種要求，好像忘了吃飯時的互動。」

「剛好相反。」貞彥說，「正因為妳對晚餐挑三揀四，她才會提出那種要求。她也有自尊心。」

原來還有這種解讀方式。如果是這樣，那代表她的個性很剛強。這是曉美唯一的感想，同時明白了，貞彥並不認為想代子是一個逆來順受的女人。

「她進入這個家，努力想要獲得認同，如果不肯定她這一點，她實在太可憐了。」

如果自己是想代子，應該會逃離這個家。曉美雖然很傳統，但有大小姐脾氣，而且在家裡是老么，父母和姊姊東子都很疼愛她。小時候學會鋼琴和芭蕾，結果老師太嚴格，她感到厭倦，很快就放棄了。婆婆當年在家事和店裡的工作上都很嚴格，曉美之所以沒有逃走，是因為可以感受到婆婆的愛。

曉美現在對想代子只有懷疑，根本不可能有愛。想代子根本沒有義務一直留在這個家裡，但是她仍然選擇留下，反而讓曉美產生懷疑。

要求想代子拿出她並沒有參與這起事件的證據，或許真的是強人所難，但是要求曉美相信想代子自稱的清白，也是不可能的事，因此只能從她在其他方面的態度，判斷她是否值得信任。

目前只覺得她很可疑。

「你知道康平之前有沒有對想代子動粗？」

「啊？」

「之前順三和大家一起吃飯時，順三不是問想代子手臂上的瘀青是怎麼回事嗎？她當時辯稱是不小心撞到了，但可能是康平打她。」

曉美當然不願意這麼想，她希望自己的兒子是溫柔體貼的人，但是既然無法排除這種可能性，就不能不思考。

「我曾經親眼看到康平打她的手臂。」

貞彥沒有吭氣，似乎猜不透曉美提這些事的意圖。

「隈本不是說，想代子因為被康平家暴而煩惱，才會向他求救。是否真的有家暴這件事就成為關鍵，東子說，去採訪她的週刊雜誌記者也這麼說。」

前幾天，東子告訴她這件事的同時，問她是否知道康平有沒有對想代子家暴，曉美告訴東子，之前曾經親眼看到的情況。東子興奮地說，果然有這麼一回事，還說想代子的嫌疑更大了。

「可以不要再說了嗎？」貞彥不悅地說，「因為遭到家暴，所以很可疑，妳竟然理所當然地用這種邏輯看事情。」

「我不希望康平是會家暴的人，那次看到之後，我覺得想代子很可憐，還特地提醒了康平，但是這是兩回事，關鍵在於事實究竟如何。」

「夠了。」貞彥不想繼續討論這件事，「妳無法放下康平的事，才會一直想個沒完。我當然能夠理解妳的心情，但不代表妳可以造成其他人的不愉快。康平無法再回來了，徒勞地緬懷已經失去的兒子無濟於事。」

康平去世之後，貞彥試圖把原本對康平的關愛寄託在那由太身上。那由太開始和他親近，如果現在失去那由太，他恐怕會崩潰，正因如此，他才會力挺想代子。

「你還真容易放下。」

面對貞彥時，說出的話竟也成了挖苦。

貞彥只能嘆息以對。

那週的公休日，想代子把那由太送去托兒所後，就開始整理房間，一整天都聽到二樓傳來搬東西的聲音。

貞彥也去了二樓，把放在客房內的收藏品搬到樓下的和室。

「看這個樣子，光是整理一個壁櫥，就要耗費一整天的時間。」貞彥喘了一口氣後說。

曉美知道貞彥很希望她一起幫忙，但是她故意當作聽不懂，沒理會他。

傍晚時，想代子下樓。

「媽媽，請妳去看一下，有什麼東西需要留下來。」

她說完這句話，就出門去接那由太了。

曉美發現想代子出門後，突然開始好奇二樓的情況，不顧廚房還沒打掃完，便立刻去了二樓。

剛才一直聽到乒乒乓乓的聲音，上樓一看才發現，貞彥說得沒錯，目前才剛清空壁櫥的下層，但旁邊已經有好幾個裝可燃垃圾和不可燃垃圾的袋子。

雖然之前說，這些全都是充滿康平回憶的東西，但是要問該留下什麼，一時也想不起來。曉美只是希望盡可能讓康平以前生活過的房間保持原樣，希望一直保留他的氣息。

但是看到他以前用過的筆筒，全家旅行時買的鑰匙圈這些可以緬懷康平的遺物，自己可以使用的東西，覺得既然會被丟掉，還不如自己拿來使用。

康平在初中、高中時努力蒐集的漫畫全都被繩子綁在一起，丟在地上。以前曉美想要丟掉這些漫畫，康平還大發雷霆……曉美想起這些往事，忍不住落淚。

有些筆記本和漫畫雜誌、時尚雜誌綁在一起，但有一些還來不及綁起，暫時堆在那裡。曉美隨手拿起來翻了一下。

筆記本中有許多他自己設計的衣服或是球鞋的畫。雖然或許不能說畫得很好，但並不是隨手塗鴉而已，畫得很認真。曉美想起康平以前讀小學、中學時，美術、美勞的成績都很不錯。之前一直為了要繼承家業，根本不在意他的興趣愛好，就讓他走陶瓷器這條路，但也許他原本就對設計相關的事物很有興趣。

翻了幾本筆記本後，看到器物的設計圖。康平用色鉛筆畫下茶碗和盤子，還詳細說明了釉藥的種類和燒製時的重點。

雖然知道是他以前就讀窯業學校時畫的，但是曉美完全不知道，他曾經這麼認真鑽研。康平當初就讀窯業學校並不是要成為陶工，只是希望在建立相關人脈的同時，好好享受學生時代最後的時光，因此並沒有對他抱有過度的期待。沒想到正因為他認真投入，所以才愛上了美濃燒，和山本正市郎這些有才華的陶工建立起良好的關係。

他這麼努力，未來一定會開花結果，沒想到因為令人難以接受的犯罪行為，奪走了他的未來。曉美不由得再次感到心如刀割。

曉美決定留下筆記本，準備和貞彥分享。

或許還有其他值得留下來的筆記本。曉美決定解開已經綁好的那些書報雜誌類確認一下，雖然會影響想代子的整理進度，她回來時，可能會皺眉頭，但曉美覺得只要自己重新綁好就沒問題。

她解開了有筆記本的那疊書報逐一確認時，不禁愣了一下。她發現裡面有康平中、小學時代的畢業紀念冊和文集。曉美覺得康平短暫的人生好像就這樣輕易被人丟棄，實在難以接受。

難道想代子不覺得畢業紀念冊和文集很重要嗎？曉美無法理解。

房間的門窗都敞開著，就算人在二樓，仍可以聽到玄關的拉門打開的聲音，和想代子說「我回來了」的聲音。接著傳來走上樓梯的腳步聲。

「啊，媽媽，我回來了。」想代子看到曉美，向她打招呼。「那由太，有沒有對奶奶說『我回來了』？」

曉美不等那由太向她打招呼，就用低沉的聲音叫了一聲「想代子桑」，然後低頭看著畢業紀念冊。

「妳打算把這些紀念冊也都丟掉嗎？」

「沒有啊，沒有綁起來的那些，還沒有分類是要丟還是要留。」

「這是我從綁起來的裡面拿出來的。」

「啊喲，幸虧媽媽及時發現，真是太好了。」想代子假惺惺地說，「我沒有發現這是畢業紀念冊。」

「只要看一眼，不是就知道了嗎？」

小學和中學的畢業紀念冊雖然比高中和大學的小一號，但是不可能沒有發現。曉美覺得她明明想要丟掉，卻故意裝糊塗。

「對不起，如果不機械式地整理，可能什麼東西都丟不掉，所以我可能沒有仔細確認。」

她的辯解很高明，曉美聽了更加生氣。

「連這些東西都丟掉，就等於抹滅康平的人生。」

「對不起。」想代子乖巧地鞠躬道歉後問：「還有其他的嗎？」

難道要我確認所有的東西，避免我再有意見嗎？一旦真的這麼做，真的會什麼東西都沒辦法丟掉。

「算了。」

曉美故意大聲嘆氣，拿起筆筒和剛才的筆記本站起來。

走出房間，原本打算直接下樓，但由於站起來時動作太急，有點頭暈，感覺很不舒服。之前偶爾會發生這種情況，她覺得現在走樓梯太危險，於是就站在樓梯前，等待頭暈的症狀消失。

「那由太，趕快去洗手。」

房間內傳來想代子的聲音。曉美前一刻才數落她，但她說話的語氣很開朗，簡直就像是已經把挨罵的事拋到了九霄雲外。

曉美覺得越想恐怕會越心煩。算了，不管了。她努力不去想這件事。頭已經不暈了，她邁開步伐，準備走下樓梯。

這時，突然有人從背後推她的大腿。

「啊！」她尖叫一聲，慌忙抓住欄杆，但是邁出去的腳剛好踩在樓梯的邊緣，腳踝扭了一下踩空。光靠抓著欄杆的手臂無法撐住身體。

她感到肩膀一陣劇痛，手鬆開欄杆。她跌坐在樓梯上，向下滑了四、五級樓梯，腰部也撞到了。頭部側面不知道撞到哪裡。

幸好沒有一路滾到樓下。

她痛得說不出話，抬頭看向後方，看到那由太站在樓梯上方。想代子聽到動靜和曉美的尖叫聲，走出來察看情況。那由太立刻皺著一張臉大哭起來，抱住想代子的腰。

「那由太，趕快向奶奶說對不起。」

曉美從醫院回來時，想代子已經等在那裡，跪坐在曉美面前，讓那由太坐在她旁邊。

「……對不起。」

那由太口齒不清地動動嘴巴道歉。

「真的很對不起。」想代子沉痛地鞠躬道歉，「情況怎麼樣？」

曉美左腿的腿骨雖然沒有異常，但因為扭傷而腫起，腳踝韌帶受到損傷，目前用石膏夾板固定，用繃帶包起，接下來這段日子都無法自由行走。

醫生診斷右肩輕微脫臼，肩膀上包著繃帶，必須好好休養一段時間，甚至沒辦法使用拐杖。頭部做了電腦斷層檢查，醫生診斷沒有異常，右膝和腰部只有挫傷，但全身都疼痛不已。從醫院回到家時，必須扶著貞彥的肩膀，費了很大的力氣，才終於在客廳的沙發上坐下。

「那由太，」曉美瞪著在想代子身旁垂頭喪氣的孫子，「你為什麼要那麼做？」

那由太只是一個勁地小聲重複「對不起」。

「光是說對不起怎麼知道你為什麼動手？」

「那由太說，他想下樓洗手，看到媽媽站在樓梯口，想請妳讓路，結果就變成那樣了……」想代子代替那由太回答，「我已經嚴厲訓斥他，說如果想要先走，就要用嘴巴說出來……總之，真的很對不起。」

「他推我的方式，完全不像是要我讓路。」

曉美回想起當時的情況，至今仍然背脊發涼。一個四歲的小孩子想要引起站在前面的曉美注意力，絕對不會那麼用力，那明顯是故意推人的力氣。

那由太還是不回答。

「我相信他不是故意的，」想代子說，「今天他在托兒所和其他小朋友發生了一點摩擦，回家的時候心情不太好。也許是因為這樣才會這麼用力，真的很對不起。」

「幸虧奶奶抓著欄杆，」曉美繼續對那由太說，「如果沒有欄杆，可能就會滾下樓梯，搞不好就死了。那由太，到時候你就會被警察抓走。」

「那由太，你聽到了嗎？」想代子也在一旁教訓，「你向奶奶保證，下次不會再推奶奶了。」

那由太又皺起臉，一副快哭出來的樣子。

「不可以哭，趕快向奶奶保證。」

在想代子的催促下，那由太帶著哭腔，擠出「下次不會了」這句話。

「當然不可以啊！」

曉美嚴厲地說，那由太放聲大哭起來。

「嗯，好了，就先這樣吧。」貞彥把握機會，及時為那由太解圍。「那由太不是因為討厭奶奶才會有這種舉動，他應該已經充分反省了。」

曉美在內心搖頭。那由太那一推帶著惡意。在那之前，曉美數落了想代子，那由太是否因為這樣，於是對曉美產生了敵意……曉美不由得這麼認為。

不能因為生氣就動手反擊。如果容忍這種事，不知道那由太以後會闖下什麼大禍。不，他小小年紀，就已經越界，竟把別人從樓梯上推下來，就是這麼一回事。

所以，曉美認為應該利用這個機會嚴厲管教。

才責備幾句就想要息事寧人的做法很不負責任，但貞彥溺愛那由太，確實是他會做的事。

曉美自認這段日子以來很疼愛那由太，但是現在清楚意識到，那由太終究只是那由太，無法成為康平的分身。只是貞彥對那由太的感情中，還帶有希望那由太成為自己接班人的期待。

曉美原本就比貞彥更以局外人身分看待那由太，才會產生這樣的分別。

曉美不光是不懂想代子的想法，可能同樣搞不懂那由太在想什麼……她觀察自己內心後這麼認為。康平以前雖然調皮搗蛋，但可以清楚瞭解他的喜怒哀樂，那由太完全不一樣。

看著眼前的那由太哭得稀里嘩啦，總覺得無從得知自己剛才的斥責能夠對他發揮多少作用。

雖然內心發毛的感覺仍揮之不去，但的確得在適當的時間點收場，於是曉美聽從了貞彥的建議。

但她的肩膀、腰腿都陣陣發痛。

7

距離上次見面將近兩個星期後，《東西週刊》的米村又再次現身。

這一天，東子一整天都在鎌倉小町路附近的「好物三明治」。接到米村的電話時，她這麼告訴米村，他在傍晚之前，走進了「好物三明治」。

東子暫時放下工作，拿來兩杯滴濾咖啡，請米村一起坐在內用區角落的桌子旁。

「妳的生意做得很大。」

米村打量店內時說道。目前這個時間，內用區的座位很空，但不斷有外帶的客人。

「這裡才是我的本業。」店裡生意興隆讓東子很得意，「另外那家店只是順勢開的。」

當初用隨筆作家時代賺的小錢開的這家三明治店，和為了避免辰也遊手好閒而開的「酷廚好物」不一樣，這裡生意做得有聲有色，鎌倉的旅遊導覽書上介紹過這家店，在美食網站上獲得很高的評分。店面的房東是以前在銀座工作時認識的富豪，房租條件很不錯。

「有什麼新進展嗎？」東子催促米村進入正題。

「我調查了想代子周邊的情況，」米村開口說道，「還去了她的老家。」

他似乎去了佐賀。

「記者的行動力果然不一樣，如果是我，根本不想去那種毫無瓜葛的地方。」東子有點佩服，「那裡是個好地方嗎？」

「我並不是去觀光，從這個角度來說，就是很普通的日本城市。」

他淡淡地說著。他似乎去向想代子的國、高中時代的同學打聽情況。

「不知道妳有沒有聽說，她的父親在她讀國中時去世，她的父親不是勤勞的人，因此家境並不理想。她就讀的高中是農業高中，她個性很文靜，學校的成績差不多中等，參加了插花社，在校表現並不是很突出，但是她外形亮麗，很引人注目，身邊有很多男生。她本身並不是問題學生，只不過，她並不排斥不良少年的追求，之後就和其中一個男生交往了。」

她會和像隈本這種不知道會闖下什麼大禍的男人交往，所以不難猜到這種情況，原來她從少女時期開始，就不排斥和這種類型的男生在一起。雖然她本身個性文靜，但可能很容易被散發出危險味道的男人吸引，那種類型的男人也喜歡她這種類型的人。

「有趣的是，她當時交往的男生和那個男生的朋友之間發生衝突，嗆對方不要對他的女人動歪腦筋，最後發展成傷害事件。告訴我這件事的人說，如果有其他男生追求，想代子不會避嫌拒絕，男生就會覺得有戲可唱，結果就引發糾紛。」

「原來她就是所謂魔性之女。」

無論是刻意還是天生，能夠用這種方式操控男人算是一種才華。

「當時和她交往的那個男生因為傷害案進入少年觀護所期間，她高中畢業，來到了東京。對那個男生來說，真的有一種所為何來的感覺，但是想代子看起來絲毫沒有留戀，她在這方面很乾脆。」

雖然被認為涉及康平的事件，外界議論紛紛，但想代子仍然照樣過日子，好像什麼事都沒有發生……曉美之前曾經這麼嘀咕，也許想代子就是利己主義的人，或是在人際關係方面很放得下。

「來到東京後，她在就讀花藝學校的同時，去花店打工。在三軒茶屋的花店打工四年之後，去了橫濱的花店。雖然不知道她之前住在東京時，有沒有在夜店工作，但在橫濱時，除了白天在花店上班以外，也在酒店上班，似乎是店裡的紅牌小姐。她就是在那裡認識隈本。」

只要發現自己身為女人的魅力，用這種方式生活是理所當然。雖然之前並不知道她和隈本相識的詳細情況，但是聽到這些情況並不會意外。

「他們相識不久之後，她就和隈本同居，但隈本吃軟飯，而且喝醉酒之後，經常會打她，聽說她有時候會鼻青臉腫地去花店上班。她受不了隈本的暴力，一度和他分手，但是不久之後，又回到隈本身邊。這是命案發生後，在採訪隈本的熟人時掌握到的情況。雖然不太瞭解想代子到底怎麼看待這個問題，但這種情況在家暴的情侶或是夫妻之間很常見。隈本這個男人很糾纏不清，如果想代子逃走，他就窮追不捨，再苦苦哀求或是花言巧語哄騙。無論如何，他的本性難移，之後只是重蹈覆轍。和之前不同的是，想代子後來認識了康平。那時候，她因為隈本的嫉妒心，已經辭去酒店的工作，但因為光靠花店的工作無法生活，於是每週有幾天在鎌倉附近的居酒屋打工。康平是那家居酒屋的客人，想代子和康平越走越近之後，就離開了隈本。為了新歡拋棄了舊愛——我想應該可以這麼說。隈本一直緊追不放，希望和她重修舊好，但是康平似乎也很強勢，而且他們曾經在路上發生衝突，最後鬧到警局。經過這些波折，終於趕走隈本，她和康平結了婚……」

「歡迎光臨。」東子聽到員工的招呼聲，忍不住看向走進店裡的客人。她突然想起之前在屋頂遇到想代子，不由得緊張起來，但想代子當然不可能來這裡。

「但是隈本並沒有對想代子徹底死心。」東子將意識回到米村的談話上。

「對，」米村繼續說道，「隈本毆打了交友軟體認識的女人後，他又開始糾纏想代子。結果如妳所知，發生了康平的事，不過問題關鍵在於，想代子如何在那兩個男人之間周旋。我先說結論，雖然我四處查訪，但還是沒辦法瞭解這件事的真相。想代子花店時代的同事、居酒屋一起打工的同事、她兒子托兒所同學的媽媽，就是所謂的媽媽友——雖然這些人和她的關係並沒有很深入，但這些想代子會定期聯絡的熟人，都知道有隈本這個人，只不過沒有人聽她提過，要利用隈本執行什麼計畫。不過……」

米村故弄玄虛地停頓一下，緩緩喝了咖啡之後，再次開口。

「結婚之後，她有時候臉很腫，或是有瘀青。平時總是在傍晚的時間去店裡，讓爺爺、奶奶看孫子，但是這種時候，她說暫時無法去店裡，就會在公園打發時間。她的媽媽友記得這些事。」

「果然是這樣，」東子忍不住叫道，「我也問了我妹妹，我妹妹說，曾經看到她手臂上有瘀青，而且看到康平曾經在衝動之下打她的手臂，可見平時真的有家暴行為。我妹妹很在意隈本說的那些話，於是就問了想代子，但是她否認被康平家暴，這反而讓人感到可疑。」

「這樣啊。」

米村的附和聲聽起來能夠理解這種懷疑。

「只不過沒有決定性的證據，仍舊無法下定論。」他用無奈的語氣說，「我們無法光憑臆測寫報導，看來必須做好長期作戰的準備，如果有什麼新的情況，再請妳通知我。」

「是啊。」東子點點頭，「我妹妹一直很懷疑，所以只要她露出狐狸尾巴，就會馬上發現，只不過不知道會在什麼地方露出狐狸尾巴。」

「說到這個，上次那件事說到一半。妳上次提到，想代子的兒子並不像康平。」

「是啊。」

東子想起上次的確曾經聊到這個話題，但因為撞見想代子，就沒有繼續聊下去。

「雖然不太可能，」米村意味深長地微微抬眼看著東子，「該不會像隈本？」

「啊？」

「聽說想代子結婚時，肚子裡已經有了孩子，也就是所謂的先有後婚。我調查後發現，他們交往的時間很短，在他們正式交往之前，康平和隈本曾經爭奪她。從我打聽到想代子的性格來看，雖然她最後選擇了康平，但也許有一段時期舉棋不定，腳踏兩條船。如果是這樣，就不能排除那個孩子是隈本骨肉的可能性。雖然隈本曾經對她家暴，但是感覺她並沒有很討厭隈本。事實上，當隈本再次來找她時，她並沒有告訴康平。」

正因為想代子認為那由太可能是隈本的骨肉，所以才無法徹底拒絕隈本嗎？

如果想代子策劃殺害康平，也許她打算等到一切都塵埃落定之後，可以考慮和隈本重修舊好。但隈本很快就被逮捕，所以想代子就和他斷絕了關係。

更何況沒有人知道她是否真的斷絕關係。如果那由太是隈本的兒子，等隈本服刑完畢出獄，才知道究竟會有什麼發展。

如果那時候，曉美和貞彥已經不在人世……

東子想像想代子母子和隈本繼承「土岐屋吉平」的景象，感到不寒而慄。

「太可怕，太可怕了。」東子顫抖著說道。

「當然，只是不能排除這樣的可能性。」米村結束了這個話題，「只不過如果真的是這樣，對事件的解讀會發生變化。」

雖然這件事無憑無據，但是只要聽到有些微的可能性，就無法不在意。

必須把這件事告訴曉美。

8

「我回來了。」

曉美坐在客廳的沙發上，心不在焉地看著重播的連續劇，想代子從托兒所把那由太接回來。

「那由太，有沒有對奶奶說『我回來了』？」

「那由太，趕快去洗手。」

「媽媽會削柿子，你和奶奶一起吃。」

想代子一邊匆忙地指示那由太，一邊削柿子皮，切好之後，裝在盤子裡，放在曉美面前的茶几上。

「那我回店裡了。」

「那由太也要去。」

那由太想跟著出門，想代子制止他。「不行不行，媽媽很忙，你和奶奶一起在家裡。」然後就倉促出門了。

想代子看起來充滿活力，和腰腿、肩膀渾身都痛，懶得動彈，整天都坐在客廳沙發上發呆的曉美完全相反。

自從曉美在家裡養傷，不再去店裡之後，想代子從托兒所把那由太接回家之後，就會把那由太交給曉美，自己再回去店裡工作。

即使把那由太交給曉美，祖孫兩人之間也沒有任何愉快的交談。

「今天在托兒所做了什麼？」

「……畫畫。」

「這樣啊……畫了什麼？」

那由太吃著柿子，大口咀嚼著，沒有回答曉美的問題。

「柿子好吃嗎？」

「嗯……」那由太微微點頭。

「你有沒有想看的電視？」

那由太看著他應該看不懂的連續劇，曉美這麼問他，那由太搖搖頭。

他吃完自己的柿子後，馬上就上去二樓。

曉美並沒有一直為之前的事生氣，很快就轉換心情，用平常心和那由太相處，但那由太似乎仍然覺得尷尬，和曉美在一起時，有些坐立難安。

想代子無論發生任何事，只要幾分鐘之後，就好像什麼事都沒有發生，那由太完全不像媽媽，一直耿耿於懷。曉美懶得一直哄他，便沒去理會他。

晚上的時候想代子和貞彥一起回家時，手上抱著什麼東西。

「媽媽，妳可以教我怎麼繫名古屋腰帶嗎？」

想代子打開手上的東西，原來是和服。並不是很昂貴，而是可以在工作的場合穿著，也可以水洗的和服。附近的「大西和服店」有賣這種和服，曉美平時都用簡易的名古屋腰帶搭配。

「妳要穿嗎？」曉美驚訝地問。

「對，爸爸這麼說。」

「呃……嗯，」貞彥突然被點到名，有點不知所措，但還是點著頭。「因為現在經常有人叫她小老闆娘，我在想，妳沒辦法去店裡期間，可以暫時代替妳。」

曉美從貞彥說話的態度，猜想是想代子自己想要這麼做。

在「土岐屋吉平」，除了貞彥在店內穿和服，曉美也盡可能穿和服接待客人。店員都穿便服，繫上日式圖案的圍裙，想代子有和其他員工不同顏色的圍裙。

康平生前因為經常要去倉庫搬貨，因此都穿白襯衫，但是不繫領帶。冬天的時候，在外面加一件黑色毛衣，貞彥不在店裡的時候，康平仍不會穿和服。若是建議他穿，他恐怕會嫌麻煩。

在康平年紀還小的時候，曉美因為經常需要出去外面辦事，就沒有穿和服。目前舉辦西式餐具展覽時會穿西式服裝，貞彥在主要展售西式餐具期間，也都穿西裝。

在「土岐屋吉平」，從上一代開始，只有老闆和老闆娘在店裡會穿和服，不會因為店裡沒有任何人穿和服覺得不得體，想代子根本不需要勉強穿和服。

「妳要接送那由太，穿和服不是很不方便嗎？」

曉美這麼回答，暗中表示並不希望她這麼做，想代子不以為意地回答：「沒關係。我之前學花藝時，曾經穿過幾次和服，並不會覺得有什麼不方便，而且那由太也說，希望我接送他時穿和服。」

「喔，這樣喔。」

從想代子的語氣中，可以感受到她心情很好，曉美覺得很不是滋味。

「雖然我很想教妳，但是現在渾身都在痛，身體根本沒辦法活動。」

曉美面露難色，想代子很乾脆地說：「那我上網查一下。」然後就走去二樓。

「晚餐怎麼辦？」

曉美這麼問，但想代子似乎沒有聽到。

隔天早晨，想代子自己穿好淡紫色的小紋和服，牽著那由太的手，走出家門，送他去托兒所。

中午的時候，曉美忍著仍然疼痛的身體，慢吞吞地在廚房做自己的午餐時，聽到了門鈴聲。

「我看到想代子穿著和服，心想有點奇怪。」

東子放下店裡的工作來看她。她說看到想代子穿著和服，才發現已經好幾天沒看到曉美了。

「曉曉，聽說妳走樓梯時踩空？妳之前說會頭暈，要小心一點。」

想代子似乎沒有告訴東子，曉美是被那由太推下樓梯。曉美也含糊其詞，沒有特別提這件事。

「我來煮給妳吃，妳坐著休息。」

東子說完，走進廚房，俐落地做好了涼拌菠菜和味噌炒豬肉。

「對了對了，之前向妳提到的那個《東西週刊》的記者又來找我……」

東子自己裝了一碗飯，和曉美面對面坐在餐桌前，合起雙手後，開口說道。

「那些記者的行動力太驚人了，他去了想代子的老家，調查她的背景。」

東子向曉美轉述記者告訴她的內容。雖然是第一次知道，想代子是在酒店打工時認識了隈本，但是並沒有很驚訝，只是隱約覺得想代子看起來幾乎沒有朋友，但其實仍有人知道她的情況。

聽到康平很可能經常對她家暴這件事，雖然不太願意去想，但自己曾經懷疑過這種情況，忍不住嘆了氣。

「想代子有時候的確會好幾天沒有去店裡，是不是康平叫她不要去？但是，我當面問過她，她說康平沒有打她。」曉美用筷子夾著菜，難以釋懷。

「既然明顯有這回事，她卻又否認，反而很可疑。」東子說，「問題就在於她為什麼否認，一定是因為隈本說了家暴這件事。」

曉美同樣認為這是唯一的可能。

「不過，雖然去向她身邊的人打聽過了，仍只能查到這些，沒有可以證明她涉案的證據。」

難道再怎麼調查，也只會加重這種不安嗎？

「那個記者還說了一件有點可怕的事，」東子突然壓低聲音，「在聊到那由太長得和康平不像這件事時，他問我有沒有可能是隈本的骨肉。」

東子說的這件事完全打中曉美這一陣子內心的疑問，她忍不住倒吸一口氣。

「據那位記者的調查發現，康平和想代子是先有後婚，想代子在離開隈本，和康平交往時，是不是有一段時間舉棋不定，腳踏兩條船？說想代子很會討好別人可能有點奇怪，但她不是那種不會把好惡寫在臉上的人嗎？」

東子說得沒錯。曉美在想到無法排除這種可能性的瞬間，突然對目前的生活產生恐懼。

「那由太的某些地方也不像想代子。」

東子聽到曉美的嘀咕，立刻問她：「什麼意思？」

曉美原本並不打算提這件事，但既然提到這個話題，就沒必要隱瞞，於是就把自己從樓梯上摔下來的原委告訴了東子。

「原來是這樣。」東子說完這句話，嘴巴仍然無法閉起來，相當驚訝。「雖然我知道妳很疼愛孫子，但是沒必要在我面前袒護他。」

「我並沒有袒護他，只是既然他說不是故意的，我就沒四處宣揚，讓他難做人。」

「既然發生過這種事，那就更令人在意了。」東子說，「而且他和想代子不一樣，那種一直耿耿於懷的態度……我覺得很像隈本那種糾纏不清的感覺。」

「但是性格的問題，無法完全用遺傳來說明，」曉美難以接受東子提到的可能性，於是這麼回答。「康平的性格既不像我，也不像他爸爸。」

「康平的性格像我啊。」東子說，「喜歡交際，個性很強，能言善辯，也對流行的時尚和藝術之類的很感興趣。」

「原來是這樣。」聽東子這麼一說，有一種恍然大悟的感覺。

「我從小就被說像我們那個掌控家中的祖母，而曉曉妳，雖然很內向，但骨子裡不是很好勝嗎？」

「嗯……也對啦。」曉美露出淡淡的苦笑。

「千萬不能小看血緣關係。」

那由太到底像誰……曉美回想著親戚中的每一個人，但覺得不像任何人。

「雖然是讓人不願去思考的可能性。」

也許是曉美表情太凝重，東子又說了這句話，似乎很希望收回剛才說的話。

但是即使想要收回，已經來不及了。

貞彥對那由太疼愛有加，簡直到了含在嘴裡怕化了的程度，但這是因為那由太是康平的遺孤，是和自己有血緣關係的孫子。

如果知道那由太和自己根本沒有血緣關係，恐怕就不會再像以前那樣了。因為這意味著那由太非但不是康平的兒子，還是殺害康平凶手的兒子。貞彥不是腦筋有問題的人，不會想要悉心照顧這樣的孩子，又讓他在日後繼承自己的店。

曉美又想起自己站在樓梯口時，充滿惡意地從後方推自己的力道，感到背脊微微發涼。因為是康平的兒子，才會努力原諒他，而且還為了避免事態擴大，設法袒護他，但如果不是康平的兒子，事情就不一樣了。

既然有這種可能性，就不能不正視這個問題。

9

「如果想買拿起來比較輕的盤子，用來裝咖哩或是義大利麵，請問有沒有比較推薦的？」

「這樣啊，如果是用來裝咖哩或是義大利麵。除了圓形的盤子，橢圓形的其實也很受歡迎。請問您比較喜歡什麼形狀？」

「我家裡沒有橢圓形的盤子，我很有興趣。」

「如果是這樣，不知道您認為這款如何？雖然有點小，但裝一人份完全沒問題，拿在手上不會覺得很重。」

「喔喔，這個盤子很不錯。」

貞彥在不遠處帶著讚賞的心情看著身穿和服的想代子接待客人的樣子。

之前就有老主顧有點奉承地叫想代子「小老闆娘」，穿上和服時，整個人的確散發出無愧於這個稱呼的氣質。

而且，想代子的身段也很柔軟。曉美接待客人的態度當然無懈可擊，但不知道是因為當了多年老闆娘漸漸產生威嚴，或是從小在橫濱高級住宅區長大的氣質使然，有一種讓人難以靠近的氣場，很少看到客人主動對曉美說話。

相較之下，想代子比較年輕，客人容易主動和她交談。她在店裡工作已經一年，累積了商品的知識。雖然不多話，但可以感受到她的積極。

當初是想代子用委婉的方式提出，在曉美休養期間，她想穿和服上班，而且已經在商店街的「大西和服店」看了中意的和服，貞彥就表示同意。但是在向曉美說明這件事時，想代子卻暗示是貞彥的提議，貞彥當時有點措手不及，但八成是想代子不想引起風波才會這麼說。貞彥並不是不能理解她的這種心情，曉美心裡應該不太舒服，但還是把抱怨吞了下去。

在媒體報導隈本在判決時的發言後，那一陣子店裡的其他員工、老主顧和商店會的人，都用懷疑的眼神看想代子，貞彥也聽到一些流言蜚語。

但是，想代子一如往常地努力工作，周圍的這些雜音漸漸平息。只有意志堅強的人才有辦法做到，貞彥在這方面很讚賞她。

「我去接那由太。」

想代子送走買咖哩盤子的客人後，向貞彥打了招呼，就離開店裡。太陽下山，已經傍晚了。

貞彥看著想代子從店門前走過的清秀身影，回想起那由太今天早上的樣子，感到心情格外愉快。那由太心情不好的時候，去托兒所前都會吵鬧，今天早上，他和穿著和服的媽媽一起出門時，腳步很輕盈，簡直就像要去遠足。想代子這身打扮去托兒所接兒子，一定會成為眾所矚目的焦點。

想代子突然停下腳步，向迎面而來的男人鞠躬打招呼。那是附近的和菓子店「鎌倉庵」的老闆笠山。笠山面帶笑容地回應了想代子，和正在店內的貞彥四目相對，帶著笑容走進來。

「我還以為是老闆娘，沒想到是你家的媳婦，她越來越有架勢了。」笠山向門外瞥了一眼說。

「是啊。」

「對了，你現在有空嗎？」

「有什麼事嗎？」

之前每次見到笠山，他就會提起站前地區再開發的事。因為笠山是地主聯合會的代表，但這一年來，他很少再提這件事。

「『土岐屋』的老闆才應該擔任地主聯合會的代表。」這句話已經變成了笠山的口頭禪，但是貞彥已經表明，自家的大樓不考慮加入再開發，當然沒有加入地主聯合會。

正因如此，再開發業者和地主聯合會的人都一直想盡各種方式展開說服工作，讓貞彥煩不勝煩。

基於這個理由，貞彥一看到笠山，內心就不由得緊張起來。

「不是啦，市長今天會來這裡。」

「吉川先生嗎？」

「嗯，所以希望你來露個臉。」

即將選舉，市長以視察為由，來這一帶拜票是常有的事，只不過目前離選舉還很遠。

但是，吉川市長是貞彥中學時代柔道社的學長，他們是舊識。既然吉川來到附近，當然不能不去。

貞彥把店裡交給員工後，跟在笠山身後。笠山沒有去自己的店，而是走進旁邊那棟「陽光大樓」。再開發業者的事務局就在這棟大樓內，貞彥有一種不祥的預感，沒想到笠山果然帶他走進業者的事務局。

「嗨，阿貞，好久不見了啊。」

坐在事務局沙發上和工作人員一起喝茶的吉川市長一看到貞彥，政治人物的臉上立刻浮現出熟悉的親切笑容，摟住他的肩膀，誇張地表示歡迎。

「你兒子的事，真是辛苦你了。」

「謝謝你那次還特地趕來……」

貞彥想起吉川來參加康平的守靈夜，鞠躬向他道謝。

「別這麼說，」吉川市長搖著手，「總之，審判已經結束，心情上也告一段落，差不多該著眼於未來了，不知道你的想法呢？」

說到審判時，很多人都會提到判決時的風波，但吉川市長可能對此沒有興趣，因此隻字未提。

「是啊，我想這最終可以讓兒子在天之靈得到安慰吧。」貞彥如此回答道。

「嗯，」吉川市長點點頭，繼續說道：「那起案子發生之後，這裡的人都有所顧慮，所以無法開口，但是大型商業大樓的計畫必須推動，其他地主大致都已經談妥了，幾乎只剩下你一個人了。這是站前再開發的重點，市政府抱著很大的期待。」

「不，我之前就已經答覆，我們店不參加再開發計畫。」

「當然，」吉川市長不等他說完，就大聲說：「讓你吃虧的計畫當然不行，只有業者大賺特賺的計畫註定要失敗，業者和地主必須建立雙贏的關係，尤其『土岐屋吉平』從大正時期開始就在東鎌倉開業，是歷史悠久的名店，我們年輕的時候，中元節和年底送禮都找『土岐屋』。你們努力經營，在車站前的黃金地段開店，當然對這塊土地很有感情，所以我要求他們在研擬計畫時，必須尊重你們的實際情況。這一年來，他們把這些都考慮進去了，從根本上重新研擬了包括合建條件在內的計畫，可以請你聽聽他們的說明嗎？」

貞彥還來不及開口，之前見過幾次面的再開發規劃師關口就在吉川市長的眼神示意下，攤開了資料圖。

「我們從之前拜訪時瞭解的情況注意到，『土岐屋』很自豪店面位在車站前大馬路上，同時不願意輕易放棄，因此我們絞盡腦汁思考，在興建新大樓時，是否能夠讓『土岐屋』感到滿意，最後想出了這個方案。『土岐屋』分戶得到的店面在一樓和二樓，兩個樓層之間會有螺旋階梯，位置幾乎就在目前『吉平大樓』所在的位置。在馬路旁會設置『土岐屋』專用的出入口，也就是說，會保持店面位在大馬路旁的狀態。客人可以從那裡出入，當然也可以經過商業大樓的大門進入；除此以外，還可以從二樓進入。目前計畫在二樓設置幾家賣生活雜貨的店家，所以還可以吸收去那裡逛街的客人。至於店面的總面積，會確保一樓和二樓總共有五十坪，雖然可能無法像目前的店這麼大，但是後面有倉庫，因此我認為可以確保實際使用狀況和『土岐屋吉平』的現狀沒有太大差異。」

通常地主用土地換新建屋時，由於全新的建築物更有價值，通常面積會減少，或是被安排在角落的位置。之前業者來洽談時，提供的是在二樓四十坪店面的條件，這次的確大幅讓步。

「商業大樓內不會有和『土岐屋』的商品性質重疊的店家，如果『酷廚好物』提出申請，還會優先將店面出租給他們。」

「『酷廚好物』之前說，如果要改建商業大樓，他們打算結束營業。」

「那裡的老闆娘在鎌倉有開店，」關口說，「雖然這麼說有點那個，但如果那家店一直留在『吉平大樓』內，恐怕遲早會結束營業。到時候『吉平』想要招租，吸引出色的店家，恐怕就很困難。如果『土岐屋』加入商業大樓的營運，還可以分到其他店面的收益，我可以保證能夠分配到比目前的『酷廚好物』租金更理想的收益。」

「這麼理想的條件，聽起來很不錯。」貞彥說，「但是目前這棟大樓只有三十年，很期待接下來會慢慢更有老店的風格，更何況我們和仲街商店街有交情，繼續保持目前的狀態完全沒有問題，希望你們不要干涉。」

「阿貞，你不要打腫臉充胖子。」市川市長插嘴，「你說的老店、風格，一旦旁邊建了一棟氣派的大樓，就會變得很寒酸，到時候就會抬不起頭。一旦中間建了商業大樓，和商店街就有了距離，而且商店街也必須改變。等到變成孤軍奮戰，最後想賣的時候，就只能做收費停車場了。」

「即使變成這樣，我們也不打算賣，所以倒是不必為我們擔心。」

由於曾經是學長和學弟的關係，無法說得太直接，但說話的語氣中，還是透露出不需要吉川多管閒事的態度。

雖然做生意當然必須和附近的店家和客戶相互扶持，才能長久經營，但是開店做生意本身，必須保持獨立的精神。貞彥之所以討厭這種計畫，就是完全無視店家的獨立性，而是硬性規定必須這麼做，久而久之，就會被綁手綁腳。

「阿貞，你變成了頑固老頭。」吉川市長看到貞彥堅定的態度，露出了失望的表情。「但是，你要考慮一下失去兒子的現實。就算你這樣努力保護目前這家店，以後會有人繼承嗎？」

「目前我媳婦在店裡幫忙，而且還有孫子。」

「話雖如此，你媳婦年紀還很輕，還不知道以後會怎麼樣。」

「不，她很積極參與店裡的工作，這件事不需要擔心。」

「那就好。」吉川市長不悅，「但是，正因如此，才更要讓你的店符合時代的趨勢，讓年輕人能夠順利繼承。」

無論怎麼說，他們都想要說服貞彥接受計畫案，但貞彥完全沒這個打算，雙方完全沒有交集。

最後，貞彥帶著對方硬塞到他手上的提案計畫回到店裡。對方希望他回家之後，再好好研究。

雖然貞彥面對對方的遊說，表現出無動於衷的態度，但貞彥終究是商人，姑且不論是否接受，晚上躺在床上時，還是忍不住研究起新的提案。

對方提出了比之前更理想的合作條件，而且還找來吉川市長說項，不難看出對方的誠意，而且聽了他們的遊說，內心產生隱約的不安，很擔心如果不答應這個提案，自己很快就會成為時代的眼淚。

如果店開在新建成的商業大樓內，客人的人數可望成長。客人原本可能並不打算買碗盤，走進來隨便逛一逛時，對店內陳列的商品一見鍾情，在衝動之下買回家。大部分客人或許只是進來逛逛，但只要客流量增加，營業額就一定會增加。

但是，貞彥認為自己目前擁有整棟大樓，更能夠配合時代的腳步調整生意模式。如果車站前更加繁榮，客源增加，就可以將三樓收回自家使用，增加店面的面積。相反地，想要撐過經濟不景氣的低潮時，可以將賣場縮小到只剩一樓，將樓上出租給流行的店家。

貞彥之所以不願加入再開發計畫，不僅是基於想要守住從祖先手上繼承的房子的想法，更因為從這個角度思考這件事。

只不過在自己這一代，這樣處理當然沒問題，但必須思考以後的事。再開發計畫即使一切順利，仍要五年之後才能搞定，一旦進度拖延，就會耗費更長時間。說起來，不是貞彥這個世代，而是下一個世代的問題。

雖然貞彥很希望那由太能夠對「土岐屋吉平」的經營產生興趣，但不知道那由太長大後的情況，他也可能會成為完全不適合做生意的人。

貞彥之前也沒有強迫康平繼承老店的招牌，而是認為子孫的幸福更重要。再開發大樓的店面直接出租，租金收入豐厚，再加上商業大樓營運的收益分配，就算不是做生意的料，仍可以悠閒過日子。

只不過縱使目前「吉平大樓」整棟大樓都出租，租金還是比不上再開發大樓的收入，更何況還需要耗費心力維修，如果什麼都不做，真的會越來越難處理這棟破舊大樓。

儘管如此，若是選擇在其他地方找份公司工作，那樣的收入其實已經足夠維持生活。既然這樣，就維持現狀交給那由太，之後靠他自己的能力，走一步算一步。

貞彥思考著這種無法輕易理出頭緒的問題，睡在隔壁床上的曉美叫了他一聲。

「欸，今天東子得知我受傷，來家裡看我。」

「不要把事情鬧大。」雖然現在說這種話已經太晚了，但貞彥還是無法不叮嚀。

「我可不想把事情鬧大，只是她問我是什麼狀況，我不能不回答啊。」曉美說，「她好幾天沒有看到我，又看到想代子穿著和服，很好奇我怎麼了。」

雖然貞彥從曉美說話中感受到她對現實的不滿，但是他假裝沒有發現，完全沒有吭氣。

「但這些都不重要，」曉美略微壓低聲音，繼續說道：「那個週刊記者又去找東子，就是為了隈本在判決時說的那些話。」

之前曾經有幾家媒體別有用心地報導隈本的脫序發言，因此貞彥聽到有週刊記者在調查這件事，並不驚訝，但心裡還是不太高興。

「妳姊姊應該沒有亂說話吧。」

東子很擅長和媒體打交道，但是她這個人向來多嘴，可能會說一些招致記者不必要臆測的話。

「她才不會隨便亂說話。」

年輕時曾經被媒體追捧的東子是曉美引以為傲的姊姊，即使到了這個年紀，她仍然很依賴東子，但是貞彥覺得東子很懂得操控曉美的心，巧妙地讓曉美依賴自己。雖然姊妹感情好勝過姊妹不和，但貞彥擔心東子站在曉美的立場談論那次審判的過程，很可能會把事情變得更複雜。

「根據那名記者調查到的情況，想代子以前曾經在橫濱的酒店上班，是在那裡認識隈本的。你知道這件事嗎？」

「法庭上不是有提到，想代子在隈本常去喝酒的地方上班，他們就在那裡認識了。」

「但並沒有說是在酒店吧。我一直以為她只是在居酒屋上班。」

「那是康平和她認識的時候。」

事到如今，再去挖想代子的過去有什麼意義？雖然不知道曉美是否想要挑剔夜店這種地方很不正經，但東子以前在銀座的文藝酒吧工作，成為她被媒體捧紅的契機，哪有資格說別人？

但是，這似乎並不是曉美想說的重點。

「這也無關緊要，」曉美說，「康平不是在她懷了那由太後，才決定和她結婚嗎？那時候他們才剛正式交往不久，也許那時候她和隈本還沒有徹底斷絕關係，她的態度有時候不是讓人搞不清楚到底在想什麼嗎？」

「妳到底想要說什麼？」

貞彥隱約感覺到曉美接下來要說的並非好事，於是在發問的同時翻身。

「我要說的是，」曉美用幾乎在說悄悄話的聲音，但清晰地說出口：「那由太到底是不是康平的骨肉。」

「……！？」

貞彥完全沒想到會聽到這樣的回答，一時說不出話。

「這並不是東子說的，是那個記者問她，會不會有這樣的可能性。」

「有什麼根據……」貞彥低喃。

「只是說有這種可能，當然沒有證據。但是，光是聽到有這種可能性，你不覺得很可怕嗎？正因為覺得是康平的兒子，我們才會這麼疼愛他，想要幫助他們，但隈本是殺害康平的凶手。一想到可能是那種男人的孩子……」

曉美嘀嘀咕咕地說著，好像故意激發貞彥不舒服的感覺。

「如果真有這回事，不是就會更在意隈本說的那件事嗎？說不定隈本也覺得那由太是他的孩子才會犯案。如果是這樣，可能是想代子告訴他，或是這麼暗示……總之，這就代表他們兩個人聯手。」

「太荒唐了……」貞彥打斷曉美，但是他的聲音沙啞。「如果他們兩個人真的聯手，不是隱瞞真相到隈本刑期結束就搞定了嗎？為什麼會在法庭上拆穿這件事？」

「因為隈本腦袋不清楚啊，他可能無法忍受只有自己必須坐十幾年的牢。想代子就算真的有鬼，但絕對不會露出狐狸尾巴。」

曉美的言下之意，就是正因如此才會很棘手。

「不能光憑臆測說這種事……」

「我也不願意這麼想啊，問題是聽到之後就無法擺脫。」

貞彥仔細聽曉美說話的聲音，發現她的聲音很痛苦。

雖然貞彥不願意承認，但貞彥能夠理解她無法擺脫這件事的心境。

事實上，貞彥自己的心情和前一刻在考慮那由太的將來和陶瓷器店未來時，也已經完全不一樣了。

至今為止，雖然聽到曉美一再提及對想代子的懷疑，但貞彥完全不想理會。他仔細分析了自己的內心想法，弄清楚到底是為什麼，發現是因為那由太。那由太是和自己有血緣關係的孫子，想代子悉心照顧他，想代子本身又很積極幫忙家業，而且努力協助那由太親近貞彥，說白了，這就是表示有意讓那由太代替康平，成為貞彥的繼承人，貞彥善意地解讀這件事。

正因如此，他才能夠對曉美說的那些話充耳不聞。

但是，說句心裡話，他也的確刻意放棄思考這件事。

貞彥之前也看到了想代子手上的瘀青，曾經看到康平在工作的時候，不時打電話給想代子。康平對貞彥說話時不會情緒化，但是經常很凶地對想代子說話。貞彥曾經委婉提醒，要注意對她說話時的用字遣詞，只不過康平遲遲沒有改正，想代子要出門時，康平會頻頻打電話給她，問她「妳在哪裡？」、「和誰在一起？」對想代子管東管西。

想代子本人不承認被家暴，在案件發生之前，也沒有煩惱家暴的跡象，因此貞彥沒有進一步懷疑。

但是，在和想代子共同生活一年多之後，發現想代子這個人不太願意表現出內心真正的想法，有時候必須從她模稜兩可的回答中，解讀出她真正想要表達的意思。

這麼一想，就發現光憑想代子釋出的訊息，無法瞭解真相，亦無法證明她不曾受到家暴。

週刊雜誌的記者之所以會提到那由太，八成認為家暴的問題對事件的樣貌有極大的影響。

如果隈本在判決時所說的話屬實，就意味著他相信只要殺害康平，就可以和想代子破鏡重圓，進而行兇殺人。

他這麼想有什麼根據嗎？他會只因為想代子去找他，就賭上自己的人生嗎？

如果再多說一句——想代子偷偷告訴隈本，其實那由太是你的孩子……

如此一來，誰是礙事的人就很明確，隈本當然會產生要殺了對方的強烈動機。

回想起來，在那由太還是嬰兒的時候，康平的確很疼愛他，會從想代子手上搶過來抱，眉開眼笑地哄那由太，充滿年輕父親的樣子。

然而，自從那由太學會說話，而且學會走路，雖然是幼兒，但個性逐漸顯現之後，康平對那由太的態度似乎就有點冷淡。

雖然並沒有看到虐待的跡象，但是曾經聽到康平抱怨，那由太不喜歡被他抱，很不可愛。

康平是否察覺了什麼？

如果康平真的曾經家暴想代子……那麼，孩子是否成為康平鬱悶的原因，導致他動手？

那種感覺，就像是一腳踏進泥沼，越掙扎，就陷得越深。

如何才能走出泥沼……貞彥輾轉反側，悶悶不樂地熬過了難眠之夜。

「那由太，吃完飯之後，請爺爺幫你刷牙。」

想代子把那由太用的叉子和盤子端去水槽時，對他這麼說。

曉美因為肩膀和腿受傷，無法自由活動期間，想代子每天早上都很忙。她要張羅一家人的早餐，吃完飯後還要洗碗，然後要穿和服，準備出門工作。同時還要為那由太換衣服、帶他上廁所，還必須陪著他一起吃早餐，在一旁照顧他。

貞彥雖然同樣要為出門去店裡做準備，但是無論穿和服還是西裝，都是曉美忍著疼痛的肩膀，從衣櫃中幫他拿出來，同時準備好搭配的配件，似乎藉此表示這件事絕對不假他人之手，因此貞彥每天早上並不需要花太多時間做準備工作，通常比較悠閒，還有時間看報紙。

因此，之前貞彥會幫忙照顧那由太。這種程度的照顧，就像是陪孫子玩的延伸，並不是太麻煩的事。

尤其他經常協助那由太刷牙。那由太似乎仍然覺得牙刷放進嘴裡很不舒服，不願意自己把牙刷放進嘴裡，想代子幫他刷牙時，他有時候會排斥，或是想要嘔吐。

但是，或許是貞彥幫他刷牙時的力道得宜，那由太都會乖乖地張開嘴巴，讓貞彥為他刷牙。

「爸爸，你無論做任何事都很厲害。」

想代子曾經這麼稱讚貞彥。雖然其中難免有奉承的成分，但可以感受到她忙得分身乏術時，對貞彥願意幫忙照顧那由太的感謝。

貞彥已經很習慣照顧那由太做很多事，所以想代子這一天沒有徵求貞彥的意見，就很自然地叫那由太請貞彥幫他刷牙。

但是，自從貞彥從曉美口中聽說了對那由太的懷疑，這幾天面對那由太時，無法再像以前一樣。看到他孩子氣的舉動或是說一些孩子氣的話，無法發自內心地笑出來，他可以意識到自己內心冷漠的眼神。

那由太聽從想代子的吩咐，從盥洗室拿來自己的牙刷和牙膏，走到在餐桌旁看報紙的貞彥身旁。

「爺爺，刷牙。」

那由太說完，準備把牙刷遞給他。

「那由太，你差不多該學會自己刷牙了。」貞彥用委婉的語氣說，並沒有接過他遞過來的牙刷。「你不是已經習慣把牙刷放進嘴巴了嗎？」

那由太不知所措地看看牙刷，然後又看向貞彥的臉。

「我會看著你，你自己試試看。」

那由太愣在原地片刻，然後叫了一聲「媽媽」，向想代子求助。

「那由太，你會自己刷嗎？還沒辦法吧？」

想代子在洗碗的空檔看著那由太問，然後又瞥了貞彥一眼。她的眼神似乎在試探，貞彥是基於什麼意圖，要求那由太自己刷牙。

貞彥坐立難安，折起報紙，起身準備出門。

「來，把牙刷給我。」

想代子關上水龍頭，開始協助那由太刷牙。

只是發現一個疑問，即使這件事沒有任何明確的證據，面對那由太時，再也無法再像以前一樣了。

貞彥自己無所適從。

無論是誰的孩子，那由太就是那由太……雖然他努力這麼想，但是這種想法無法在內心扎根，很快就消散了。

如果不是康平的兒子，並非只是其他人的孩子這麼簡單，而是意味著，他是殺害康平的凶手隈本的兒子。

同時，想代子在某種程度上知道這件事，卻讓貞彥照顧他。

如果事實真是如此，身為一個人，在感情上當然無法接受。

貞彥不可能質問想代子，那由太到底是誰的孩子。如果能夠這麼做，當然很輕鬆，但是，無論是不是家人，嚴肅地問這種問題都是不道德的行為。一旦問出口，無論那由太是誰的孩子，都會影響之後的人際關係。

但是，如果擱置這個問題不處理，也無法回到以前的感覺生活。

既然這樣，那該怎麼辦？

這幾天，貞彥在店裡確認網路訂單之後，並不會關掉電腦，而是開始搜尋關於親子鑑定的資料。

他找到好幾家鑑定機構，只要委託鑑定機構，對方就會寄來檢測試劑，由委託鑑定者採集鑑定檢體，再寄回鑑定機構。

檢體除了可以用棉花棒擦拭口腔內側，還可以採集唾液。他從網站上確認各家的費用和鑑定所需要的天數。

不知道是否能夠明確鑑定出祖父和孫子的關係……他認為必須向鑑定機構確認這件事。

最後鎖定兩家感覺不錯的鑑定機構，一次又一次來回比較、思考。

當他聚精會神地看著放在櫃檯上的電腦螢幕時，聽到旁邊傳來想代子的聲音。

「老闆。」

貞彥慌忙關掉鑑定機構的網站，掩飾著自己的慌亂。「有什麼事嗎？」

「這個星期天是托兒所的運動會，我想知道老闆會不會去。」

「喔喔。」不久之前，貞彥還想去參加，但是現在完全沒有這種心情。「曉美行動不方便，星期天店裡走不開，我還是不去了。」

「果然是這樣啊……」

想代子以遺憾的表情說話時，雙眼仍然注視著貞彥，似乎想要捕捉貞彥的感情微妙變化。

貞彥不由得緊張起來，不知道想代子會說什麼。想代子問他：「那我可以去嗎？」

「當然可以，妳要好好為他加油。」

貞彥說。想代子似乎鬆了口氣，露出一絲安心的笑容，鞠躬說：「謝謝。」

傍晚，想代子去接那由太，貞彥立刻去到四樓的倉庫，打電話聯絡其中一家鑑定機構。

根據對方的說明，如果是孫子和祖父的檢體，只要超過百分之九十，就可以確定有血緣關係。

如果同時有祖父母的檢體，鑑定的精確度超過百分之九十九。

請曉美提供協助並不是問題。她一定會一口答應。

貞彥請對方寄三份試劑過來。

星期天，下午兩點多時，想代子就回到店裡。

那由太在運動會上的比賽在中午之前就結束，他們母子兩人吃完便當就回來了。

「謝謝老闆讓我請假。」

想代子向貞彥道謝。她在匆忙之中仍然換上和服才來店裡。她的舉動似乎表示，那是她得到的權利，她並不打算放棄。

「那由太跌倒了……」想代子說完，覺得很好笑似地笑了。

想代子說，那由太在賽跑比賽中途跌倒，結果跑了最後一名。

「哈哈哈，這樣啊。」

這種事發生在不擅長運動的那由太身上並不奇怪，貞彥發出笑聲，但是他發現自己擠出笑容的臉頰很不自然地抽搐著。

這一天，鑑定機構要用宅配寄試劑到家裡。想代子和那由太去參加運動會不在家，曉美可以在家裡收貨，因此特地安排這個時間。貞彥當然交代了曉美。

但是，沒想到運動會提早結束，貞彥很擔心想代子回到家時，剛好收到宅配送來的包裹。

想代子並沒有特別說什麼，貞彥在店裡期間，都一直心神不寧。

回到家時，發現宅配的小包裹放在臥室的床頭櫃上。

「送到了。」

曉美跟著貞彥走進臥室說，她的話聽起來好像貞彥很期待收到，因此貞彥心裡有點不太舒服。

「想代子不在的時候收到的嗎？」

「對，是我收到的。」

貞彥聽到曉美的回答，才終於鬆了一口氣。寄件人是「DTL」，乍看之下，應該不知道是什麼公司，但是包裹上除了「DTL」的標誌以外，還用小字寫了「DNA TESTING LABO」的正式名稱。如果是想代子接到這個包裹，可能會對陌生的名字感到訝異，然後對「DNA」這幾個字產生疑問。

這是在未告知同居家人的情況下，進行親子鑑定。既然決定這麼做，就必須秘密進行。只有在鑑定結果證實和那由太沒有血緣關係，要求他們母子搬離這個家的同時，才能夠向想代子攤牌。

試劑很簡單，除了棉花棒以外，還有保管棉花棒的容器。只要用棉花棒在被鑑定者的口腔內側刮一下就可以採集到檢體。

隔天，托兒所因前一天運動會而放假，那由太穿著睡衣，坐在餐桌旁吃早餐。想代子必須去店裡工作，所以一如往常地忙碌地準備早餐。

「今天都要在家裡乖乖聽奶奶的話喔。」

想代子把切成小塊，方便那由太吃的煎蛋放在他的盤子裡，照顧他吃早餐時說。

自從曉美受傷之後，那由太明顯避著她，但聽到想代子這麼說，順從地點點頭。八成是想代子昨晚再三開導的結果。

這當然是他們母子的努力，只不過不知道該肯定他們很聰明，還是該警戒他們的頑強。無論是哪一種情況，貞彥都難以接受。

「等一下幫你換OK繃。」

那由太在吃煎蛋和加上香鬆的飯時，不停地在意腿上的傷。他吃飯的速度比平時更慢，而且胃口似乎不太好。

「不吃了嗎？」

想代子看到那由太放下叉子時問。她自己還要做出門的準備，不能一直陪著那由太。貞彥坐在客廳的沙發上，喝著飯後的咖啡，暗自感到焦急。

「不吃了。」

那由太回答後，想代子開始收拾餐桌。

「那媽媽幫你刷牙，去把牙刷拿來。」

「爺爺來幫你刷。」

貞彥早就在等這一刻，立刻開口說話。連他也發現自己的聲音有點緊張。

自從貞彥幾天前拒絕協助那由太刷牙後，想代子沒有說什麼，每天都自己幫那由太刷牙，因此現在有點驚訝地看著貞彥，但貞彥若無其事，好像只是基於善意，主動提出這個要求。

貞彥認為利用這個機會採集親子鑑定的檢體最理想。即使那由太是小孩子，如果突然把棉花棒放進他嘴裡，無法保證他會乖乖順從。如果他覺得奇怪，可能會告訴想代子，所以不妨假裝為他刷牙，不讓他發現。

「那由太，爺爺要幫你刷牙，真是太好了。」

想代子高興地這麼說，叫那由太趕快去拿牙刷。

那由太走去盥洗室，拿著牙刷和牙膏走了回來。貞彥像往常一樣拿了幾張面紙，準備幫他擦流下來的口水，然後把棉花棒藏在面紙中。為了避免不小心沾到自己的DNA，因此還沒有拆開棉花棒的包裝。

「好。把嘴巴張開。」

貞彥把牙膏擠在那由太的牙刷上，要求那由太張開嘴巴，趁那由太抬頭看向上方時，拿出藏在左手的棉花棒，拆掉包裝。

原本正在看電視的曉美轉頭看著貞彥。這種時候應該找想代子說話，分散她的注意力……貞彥不由得這麼想，內心有點煩躁。

想代子原本看著貞彥和那由太，但很快拿著保鮮膜開始收拾餐桌。

貞彥用眼角確認後，把棉花棒塞進那由太的嘴巴，在他的臉頰內側刮了一下。

「不要嗷嗷！」

那由太突然大聲慘叫起來，後退兩、三步。雖然貞彥察覺到自己太用力，但那由太的反應更強烈。貞彥一時緊張，棉花棒掉在地上。

「怎麼了？」

想代子抬起頭，跑過來問發生什麼事。貞彥眼角掃到掉在地毯上的棉花棒。

「好痛！」

那由太捂著嘴巴叫著，貞彥不理會他，找到腳附近的白色棉花棒，立刻用腳踩住。

「很痛嗎？」想代子看著那由太，然後對貞彥苦笑。「他昨天跌倒時，嘴巴好像破了。」

「這、這樣啊，我完全不知道。那由太，對不起，很痛嗎？」

貞彥掩飾著問，幸好沒有引起懷疑，只不過掉在地上的棉花棒無法再使用，只能再找機會重新採集。

打電話詢問鑑定機構，對方回答說，如果棉花棒髒了，可以用市售的棉花棒代替，於是貞彥去藥妝店購買棉花棒。

在那由太嘴巴裡的傷口癒合之前，暫時保持觀望，只協助他刷牙。雖然有點搞不懂為什麼只是採集檢體，就把自己搞得這麼緊張，但既然決定要做這件事，就只能認命了。

第五天，發現那由太刷牙時已經不痛，於是就準備了棉花棒。

「嘴巴裡的傷口好了嗎？讓爺爺看一下。」

傷口可能已經完全好了，那由太順從地張開嘴巴，貞彥就用棉花棒在他的臉頰內側刮了一下。

想代子似乎沒有發現。

檢體寄出大約四週左右，想代子從店裡回到家中時，從信箱裡拿出郵件分類時，側著頭納悶。

她手上的信封上印著「DTL」的標誌。雖然貞彥記得鑑定差不多快有結果了，但因為已經相隔一段時間，貞彥疏忽了這件事。他覺得此刻如果有奇怪的反應會打草驚蛇，因此就完全沒有吭氣。

想代子把那個信封和其他寄給貞彥的郵件放在一起。

「廣告還是這麼多。」

貞彥隨口嘀咕，拿起寄給自己的信件。

「要不要我拿去丟掉？」

「不，不用了。」貞彥拒絕想代子的提議，「這些廣告可能對工作有意想不到的幫助。」

他假裝回臥室換衣服，曉美跟了進來。

曉美的傷勢已經痊癒，這個星期開始回到店裡工作，但是她整天抱怨腰痛、肩膀痛，身體大不如前。

她也注意到「DTL」的報告來了，因此放下手邊的事，想要趕快知道結果。

貞彥決定先看報告，等一下再換衣服。他既急著想要打開報告，但又不想打開，有一種難以形容的鬱悶。

他打開報告看結果。當初申請鑑定時寄來的資料，已經說明過要怎麼看結果。

那由太和貞彥夫婦血緣關係的可能性。

百分之九十九點五。

「百分之九十九點五……」

他讀出這個數字的聲音忍不住顫抖。

「啊？！」

曉美聽到意外的結果，完全說不出話。

下一剎那，貞彥把手上的報告和信封打向曉美的臉。他的手指也碰到了曉美的臉，力道並不小，曉美「啊！」地叫了一聲，捂著自己的臉。

在多年的夫妻生活中，貞彥從來沒有對曉美動過手，但是這一次實在忍不住了。竟然懷疑自己可愛的孫子和自己沒有血緣關係，而且還偷偷去做了親子鑑定，這種行為脫離常軌。他因自己被毫無根據的臆測煽動，並做出這種行為而羞愧，甚至覺得傷害了自己身為歷史悠久的老店老闆努力維持的高尚生活方式。

「竟然讓我做出如此愚蠢的行為！」

他只能向曉美發洩對自己的這份怒氣，尋求在內心幾乎失控的平衡。

他不顧曉美低著頭，自顧自迅速換好衣服後，走出臥室。

曉美一直沒有走出臥室，於是就由想代子準備好晚餐。

「要不要去叫媽媽來吃飯？」

晚餐都端上桌，想代子拿筷子時問道，貞彥只回答說：「她不舒服，讓她多休息一下」，就結束了這個話題。

「那由太，你是不是該學習用筷子了？」

他對這一陣子都一直愛理不理的那由太說。

「啊，那由太有自己的筷子。」想代子從碗櫃的抽屜裡拿出不知道什麼時候已經準備好的兒童筷子，「那由太，媽媽拿筷子的方法不正確，請爺爺教你正確的方法。」

「好，那爺爺就來教你。」

貞彥站在那由太的背後握住他的手，讓他的小手抓住筷子。那由太雖然動作很生硬，但還是努力用貞彥教他的方法，用筷子夾起菜。

「就是這樣，很棒，沒想到那由太這麼厲害。」

貞彥看到那由太聽從自己的教導，高興不已，大肆稱讚著。

想代子眉開眼笑地看著眼前這一幕。

「那由太專心的時候會皺起眉頭，和爺爺一模一樣。」

那由太在用筷子時，臉部的確很用力。

「啊……我也會這樣嗎？」

貞彥從來沒有意識到這件事，於是忍不住問，想代子微笑著說：

「會啊，那由太很像爺爺。」

她心情愉快地這麼說。

10

肩膀、腰和腳踝都很痛。

雖然骨科醫生說情況已經大為好轉，但曉美的疼痛仍是事實。

貞彥完全不當一回事，若是向想代子抱怨，她也只是說家事都交給她就好，因此無法解決根本的問題。曉美在無奈之下，利用公休的日子去了鎌倉，走進了之前東子介紹的整骨院。

「妳的腰部和肩膀的肌肉都很僵硬，我會慢慢幫妳放鬆。」

整骨師說，之前休息療養造成肌肉僵硬，才會造成疼痛，然後開始為她按摩。

曉美在接受整骨師整骨時，覺得很可能是心理因素造成身體的疼痛，很希望從整骨師口中聽到這句話。

想代子在家裡越是神采飛揚地忙來忙去，曉美就越覺得地盤被人侵佔，身體就更不舒服了。

那由太的DNA鑑定結果出爐之後，這種情況就更加明顯。想代子理所當然地霸佔廚房，曉美想要插手時，她會一臉意外，她說的那句「妳不要太累了」，曉美聽起來很刺耳。

想代子當然不可能知道親子鑑定的結果，但是貞彥為了消除罪惡感，比之前更加溺愛那由太，想代子母憑子貴，得寸進尺。

而且貞彥對曉美的態度很冷淡，好像覺得自己鬼迷心竅，才會去做親子鑑定，而且把這件事的責任全都推卸在曉美身上。

曉美的確鼓勵貞彥，如果不用親子鑑定搞清楚這件事，就無法安心，也無法推卸責任，但曉美並沒有惡意，從東子口中得知週刊雜誌的記者在意這件事，就覺得萬一真的是這樣就慘了，然後就覺得一定是這樣。後來得知鑑定結果時，甚至懷疑自己聽錯了。

貞彥用力的巴掌則讓她更加驚愕。雖然身體所承受的痛並沒有「甩耳光」這三個字聽起來那麼強烈，但好像鞭子打在心上。她心情沮喪，至今仍然耿耿於懷。

即使這影響到了店裡的工作和家務，想代子卻能輕而易舉地代勞，這讓曉美很不是滋味。在自己因傷療養的這段時間裡，想代子已經完全學會了這些。在私下解決那由太的血緣問題後，貞彥無論於公於私都很依賴想代子，好像少了她就無法生活了。

「壓力很大的時候，到底該怎麼辦呢？」曉美趴著接受按摩時嘀咕著。

「有什麼讓妳操心的事嗎？」整骨師好像閒聊般問道。

「媳婦和我們住在一起。」

如果向左鄰右舍抱怨這種事，一定會成為八卦話題，但是在鎌倉，就不必擔心這種事。

「原來是這樣。」整骨師笑著回答，「我能夠理解妳的心情，但是和媳婦較勁，只會讓自己心累，令公子又無法選邊站，所以當婆婆的乾脆退一步海闊天空，讓自己輕鬆過日子算了。」

雖然整骨師的話完全無法安慰曉美，但她心想，如果康平還活著，應該不會幫想代子，而是和自己站在同一邊。

曉美離開整骨院，直接去了位在小町路附近的「好物三明治」。東子今天應該在那裡。

十幾年前東子開設那家店時，這裡雖然是觀光景點，但感覺古都和三明治格格不入。也許是因為沒有競爭對手，目前成為外地人造訪這裡時的必訪地點之一，完全成為一家熱門店。店裡還販售最近很流行的水果三明治，冬天有很多人買了熱壓三明治邊走邊吃，使用佐賀牛的牛肉三明治更是店裡的招牌商品，連旅遊導覽書上都有介紹。

不知道是否因為東子在康平事件的媒體應對得宜，發揮加分作用，在審判告一段落之後，街頭漫步節目的鎌倉特集，介紹了東子的店。東子親自接受採訪，在那些藝人面前侃侃而談，宣傳自己的店。對她來說，那根本是輕鬆簡單的事，聽說節目播出之後，三明治店就更紅了。

「啊喲啊喲，妳怎麼特地來這裡？」

在店裡忙碌的東子雖然一副明天就會在「吉平大樓」見面的態度，但還是帶著曉美來到內用區深處，倒了咖啡給她。她將店務交代給店員之後，在曉美面前坐下。

「上次的鑑定結果出爐了。」

這不是能隨便用手機訊息聊的事，因此曉美還沒有把結果告訴東子。

「結果怎麼樣？」

東子探出身體問，曉美搖搖頭回答：

「有血緣關係，百分之九十九點五。」

「啊？是這樣嗎？」東子的意外反應和曉美一樣，「雖然是應該要覺得太好了……」

「我老公看到結果後回過神，生氣地說是我讓他做了這種蠢事。」貞彥打她的事曉美實在難以啟齒，「我以前從來沒有看過他這麼生氣。」

「這樣啊，」東子滿臉歉意，臉頰抽搐。「那真是災難啊。我不是故意無事生非，是那個記者說得好像真有那麼一回事。」

「我自己也左思右想，覺得應該真的是那樣。」曉美向東子坦承。

「就是啊。」

「結果現在我老公好像為了消除內心的罪惡感，對那由太疼愛得不得了，想代子好像有點得寸進尺。」

「但是，那由太的事雖然猜錯了，還是無法證明想代子的清白。」

「就是啊。」

曉美沒有忘記這件事。那由太的事固然會影響想代子和隈本之間的關係，但就算那由太不是想代子和隈本的孩子，仍無法證明想代子和那起事件無關。

「只不過現在這樣，很難找到查明真相的突破口。」曉美嘆著氣說。

「是啊。」東子點點頭。

自己能夠帶著疑問，繼續正常過日子嗎？會隨著歲月的流逝，漸漸不在意，覺得這種事根本不重要嗎？

曉美完全不這麼認為。

自己已經開始嫌惡想代子，甚至不想看到她，無法想像這種感情會隨著時間自然消失。

「如果能夠明確知道她和那起事件無關，就算要我跪在她面前向她道歉，我也願意。」曉美說，「我只想知道她到底是不是清白的。」

「是啊，我們也不想懷疑她。」東子表示感同身受。

姊妹兩人陷入沉默，曉美心不在焉地喝著咖啡，不一會兒，東子若有所思地開口。

「要不要乾脆去問隈本？」

「啊？」

「他不是還在看守所嗎？我在想，是不是可以當面問他和想代子之間的事。」東子說完後，點點頭，似乎找到了唯一的解方，然後看著曉美。「曉曉，妳要不要和我一起去？」

「別開玩笑了。」曉美反射性地這麼回答。

從常識判斷就知道，自己如果面對殺害兒子的凶手，不可能有辦法冷靜地和對方說話。

「那倒是。」東子雖然表示理解，但仍然繼續說：「但是，如果我一個人去問他，然後告訴妳，我和隈本談話之後，從他的態度感覺到，他當時說的話是胡說八道，妳就會放下嗎？」

「這……」曉美吞吞吐吐起來，「問題是，難道想見就可以見到他嗎？」

「這就不知道了。」東子說。

「我想應該沒這麼簡單。」

「不，去看守所會見並不是多困難的事。我以前剛在銀座上班的時候，有一個暴發戶客人因為逃漏稅被抓了。雖然稱不上是慰問，但是我跟著媽媽桑一起去面會。那一趟沒有白去，在他保釋出來後，就馬上來店裡豪邁地喝酒。不過，這也算是那個時代特有的風氣吧。我記得當時好像有律師陪同，也許可以先找一個律師問一下。」

東子越想越起勁，似乎已經有了這樣的打算。曉美甚至不知道該不該認真看待這件事。雖然當東子突然提議時，覺得很荒唐，但是獨自靜下來之後，就萌生了很多想法，甚至很希望自己能夠鼓起勇氣這麼做。

一切都因隈本的脫序發言而起。他在法庭上說的那番話，至今仍然對曉美造成影響。那番話的本意是什麼？到底是胡說八道，還是事實？——如果可以，當然很希望當面問清楚。

正如東子所說，就算聽東子轉述隈本當時的狀況，自己恐怕還是無法就這樣放下。只有親耳聽到隈本說話的聲音，看到他的表情和態度，自己判斷那些話的真偽，才能夠接受。

無論曉美再怎麼懷疑，貞彥都憑自己的判斷，完全相信想代子。同樣地，曉美也無法交由東子進行判斷。

只不過一旦想像自己真的面對隈本時，是否有辦法提出問題，就感到很沒有自信。她還記得在法庭上作證時，根本不敢看隈本一眼。坐在旁聽席上，不小心瞄到他的身影，全身都感受到好像起了雞皮疙瘩的不適感，無法承認他同為人類。隈本看起來就很危險，即使他戴著手銬，繫著腰繩走進法庭，還是會懷疑他的長褲口袋裡是否藏著刀子。

現在竟然要主動去見那種男人。照理說，根本不可能理會這種提議。

但是，自己不可能獨自帶著對想代子的猜疑心正常過日子，遲早會有一天，無法克制這種猜疑。

她沒完沒了地思考這件事，幾天之後，東子走進「土岐屋吉平」後，小聲對她說：

「上次那件事，我認識一個橫濱的律師。我打算去諮詢一下，妳要不要去？」

曉美覺得除非自己親自參與，才能接受親眼目睹的結果，否則無法放下。東子也覺得一個人去心裡有點毛毛的。雖然東子很有膽量，但是曉美完全能夠瞭解她排斥去見殺人凶手的心情。

只不過曉美至今仍然沒有決定該怎麼做，當東子問她「要不要去」時，有點不知所措，只能勉強擠出「妳這樣問我要不要去……」的回話。

「妳還是不想去嗎？」

「嗯。」

曉美的確意興闌珊，但是又覺得如果不趁東子對這件事有興趣的時候點頭，就會錯失良機，因此仍無法下定決心。

「這次只是去諮詢，要不要先去聽聽律師怎麼說？」東子用不同的話術再次邀請，似乎逼她妥協。

「也對……」曉美猶豫半天之後，決定接受這種模稜兩可的說法。「那就這麼辦。」

兩天後，曉美交代說，會在想代子去接那由太的傍晚之前回來，然後就放下店裡的工作出門。以前除非身體不舒服，曉美幾乎不會因為私事請假，但現在想代子就可以張羅店裡的事。貞彥也經常對曉美說，叫她不要太累，於是曉美只說東子找她有事，貞彥就點頭送她出門了。

她和東子一起來到橫濱的馬車道。東子認識的法律事務所位在一棟舊大樓的四樓。

她們被帶到一間安靜的會議室，曉美和東子坐在一起，不一會兒，一個戴著眼鏡，五十多歲的男律師走進來，遞上一張印有「小山明憲」的名片。

能言善道的東子說明來龍去脈，小山律師聽到原來是喧騰一時的東鎌倉事件，「喔」了一聲，但之後始終面不改色，默默聽東子的說明。

「原來是這樣。」

小山律師聽完之後回應道。

「如果我們去看守所面會，有什麼問題嗎？」東子喝了一口茶之後問。

「除非是收押禁見的被告，否則可以自由接見。」小山律師回答，「只不過就算去申請接見，還是要由對方決定是否願意見妳們。雖然在重大案件中，很少聽到有這種情況，如果是比較小的案子，有時候被害人或是被害人家屬會想要和加害人談一談，只不過那是希望加害人向自己道歉，所以加害人不想和被害人見面，最後就沒有成功。」

「道不道歉是另一個層次的問題，對不對？」東子說完，看向曉美。

「我們並不指望聽到他道歉。」曉美這麼回答。

隈本道歉仍不會讓康平回來，自己更不可能原諒他。光是回想起隈本毫不掩飾對判決不滿的態度，就絲毫不期待他會道歉。

「既然這樣，要不要附上不要求對方謝罪這個條件，試著向對方的律師提出申請？」小山律師說完這句話之後，又繼續說了下去，似乎想要確認曉美的想法。「聽了剛才的說明，發現加害人缺乏贖罪意識，或者說對於只有自己遭判重刑感到很不合理，總之，他目前的精神狀態可能仍然不穩定。比方說，也許必須做好心理準備，你們的談話可能無法產生交集，他會咒罵一些不堪入耳的話，或是中傷妳已經去世的兒子。就算會發生這種情況，妳還是想要去見對方嗎？」

當律師再次確認時，她意識到自己內心的膽怯。

「請讓我考慮一下。」

曉美當場這麼回答。

和律師見面時，當場沒有給出明確的答覆。接下來的三天，曉美左思右想，思考著這件事。說句心裡話，她根本不想見到隈本，只不過那是基於生理上的嫌惡和害怕，但是在思考的過程中，意外地發現害怕漸漸消失，反而萌生類似決心的心情。雖然當初說只是去向律師諮詢一下，但終究還是踏出了第一步，於是就覺得事已至此，不如乾脆豁出去完成這件事。這代表她已經擺脫了不知如何是好的煩惱處境。

既然有可能見到對方，如果因為畏縮而不敢嘗試，之後一定會後悔。如果不當面向隈本確認，就無法找回平靜的生活。事到如今，只能下定決心。

曉美發現自己已經得出結論，於是把想法告訴東子。

時序邁向冬季，土鍋展終於結束時，曉美被東子叫出去。天空一片灰濛濛，北風很強，但特地回店裡拿披肩容易啟人疑竇，於是曉美穿著在開了暖氣的店裡穿的夾襟和服，來到寒風吹拂的屋頂。

「小山律師聯絡我了。」

由於申請接見隈本的事瞞著貞彥，因此就由東子擔任聯絡的窗口。

「律師說，隈本同意會面。」

雖然是自己委託的事，但一旦成真，就有一種不可思議的感覺，好像要去做一件很不真實的事。

「小山律師說，他原本以為隈本會拒絕。我當然會去，小山律師也會陪我們一起去，不知道會有什麼樣的結果。」

隈本對一審的判決不服，目前已經提出上訴。二審會在東京高等法院進行審理，因此隈本目前已經移送到東京看守所。小山律師已經根據自己的行程，提出幾個可行的日期。

曉美在寒風中瑟瑟發抖，感受著內心的恐懼，知道自己踏上無法後退的路。

小山律師提出的日期中，剛好有陶瓷器專賣店公休的日子。年關將近的這一天，曉美上午就出了門，和東子會合後，兩人一起搭電車前往東京。

她們在橫濱和小山律師會合，中途在上野車站吃了午餐，出發前往小菅。

在小菅車站下車後，走在看守所前那條寒冷的北風狂吹的路上，曉美的心情越來越憂鬱，沒有自信是否能夠承受即將發生的事。「怎麼辦？」她小聲地向東子表達內心的無助，發出求救信號。

「交給我吧。」東子無奈地淡淡苦笑，「妳不用說話，只要在旁邊看著就好。」

曉美聞言，心情輕鬆了些。

在寒風刺骨的路上走了一段，踏進看守所的建築物時，感到有點喘不過氣。小山律師辦理接見手續時，總算調整好呼吸，努力讓心情恢復平靜。

跟著辦完手續的小山律師搭上電梯，來到接見室所在的樓層。打開指定房間的門走進去後，發現在電視劇中看過的透明壓克力板另一側，也有一個房間。

請小山律師坐在中間的座位後，曉美和東子分別坐在他的兩側。

令人窒息的寂靜中，另一側房間的門打開，一個身穿黑色毛衣的男人慢吞吞地走進來。

不知道隈本是不是比之前在法庭上見到時更為瘦削，相隔多日見到的他，臉頰凹陷，但是雙眼炯炯，散發出異樣的光芒。

隈本不發一語地在椅子上坐下來，以銳利的眼神看向他們三個人。曉美不小心和他對上眼，立刻有衝動想要移開視線。

「我是律師小山。」

小山律師把名片貼在壓克力板上，出示在隈本面前，向他自我介紹。

「我想宮田律師已經告訴你，今天被害人的兩位家屬來這裡和你面會。雖然我從來沒有參加過這種形式的面會，但被害人的母親和她的姊姊強烈提出這樣的要求，於是就由我提出這次面會申請。她們並不是針對案子有什麼話要說，今天暫時不提案子，她們想要瞭解的是，你在判決之後，在法庭上提及的話。你在法庭上說，是因為被害人太太的拜託，你才會犯下這起事件。她們想瞭解你說這番話的本意是什麼。」

隈本默不作聲地聽著小山律師說完，在律師說完之後，仍然沒有立刻開口，只是雙眼一直看著曉美和東子。

「什麼本意？」他終於用低沉的聲音發問。

「就是你說的話究竟是真是假。」東子說。

「妳們為什麼要知道這種事？」隈本繼續追問。

「為什麼？當然是因為很重要，所以才會問啊。」

「如果我說是真的，如果檢察官沒有採取任何行動，妳們會相信嗎？」

「要看你怎麼回答。」

隈本聽了東子的回答，嘴角露出一絲笑意。他剛才很有戒心，懷疑這次面會真正的目的，不過他的警戒現在似乎漸漸消除。

「想代子怎麼說？」

「她當然否認，說是你在胡說八道。」

從隈本還在問想代子的反應，就知道他仍然很在意想代子。只不過不清楚是因為他胡說八道，所以好奇想代子的反應，還是違反了他們當初的約定，不小心說出真相，才想要知道想代子的反應。隈本聽了東子的回答後，臉頰微微抽搐，但無法解讀他內心的感情。

「想代子都否認了，妳們還是不相信……？」隈本說完，以探詢的眼神看向曉美和東子。

「並不是你想的那樣。」

東子努力掩飾，但隈本露出冷笑。

「如果妳們相信她，根本不會特地來問我。」

「你說出那麼可怕的話，」東子反駁說，「任何人聽了都會在意。」

「想代子最近還好嗎？」

「沒必要回答這個問題，」小山律師插嘴說，「你不必一直關心她的事。」

「剛好聊到想代子，我只是順便問一下，」隈本帶著嘲諷的眼神，「而且，我有一、兩個會來面會的朋友，告訴我外面的事，我聽說了關於想代子的傳聞。聽說她目前在她婆家的店裡工作，是東鎌倉車站前餐具店吧？以前知道那家店的少爺和她勾勾搭搭時，我曾經去看過，很有歷史，是一家很不錯的店。他在那樣的環境長大，我當然不如他，看了當然很不爽，但是女人對這種事看得很清楚，不知道該不該說是精明，反正她得逞了。」

「得逞」這兩個字聽起來很刺耳，曉美皺起眉頭。隈本似乎注意到她微小的表情變化，瞥了她一眼，噗嗤一笑。

「我沒說錯啊，」他說，「想代子家境不好，從鄉下地方來到城市，對這方面很敏感。那家店的大樓是你們自己的，而且聽說再開發之後，要改建成大型商業大樓。」

「這種事你聽誰說的？」東子忍不住問。

「想代子說的啊。」隈本一副理所當然的態度說，「這代表婆家不只是生意人，而且還是有錢人。她的婆婆現在這麼在意她，想必她目前的生活由你們照顧。既然她的老公不在，這是最好的方法，而且她希望兒子日後可以繼承那家店，如果這不叫得逞，到底要怎麼說？」

「你似乎對被害人太太的感情很複雜，」小山律師說，「你是不是想要讓她回頭，所以才說她和案子有關？但是，她在遭遇這種事之後，為了自己和兒子的生活，已經選擇了新的道路，你卻陷在泥沼中走不出來。你想把她拖下水，所以才會在法庭上說那種話吧？」

「是又怎麼樣？」隈本用低沉的聲音問。

「你必須在久野太太面前承認這件事，久野太太因為你的發言非常迷惘困擾。」

「我承認是這樣，難道久野太太就會釋懷嗎？」隈本看向曉美，好像要看透她的內心。

「我剛才說過，如果相信想代子，根本不可能不會迷惘，既然迷惘，就代表原本就不相信想代子。我說錯了嗎？」

曉美沒有回答。因為她所有的精力都耗在不把視線從隈本臉上移開這件事上。

「原本完全沒把想代子放在眼裡，但是一起生活之後，就會發現她這個人很頑強，很會得寸進尺，發現她有野心的一面吧？我不知道妳是否知道，當初我是在橫濱的一家酒店認識她，她是店裡的紅牌，除了我以外，還有好幾個客人是為了她去那家店喝酒。她把這些男人玩弄於股掌，但她自己一副根本沒有玩弄男人的態度。她天生就會這一套，而且很厲害，所以很難搞。」

「雖然我不是不能理解，你因愛生恨，想要說想代子太太的壞話，但是，我剛才提過，你說這種話，只會讓久野太太更加困擾。」小山律師用規勸的語氣說，「你的行為，造成久野太太失去兒子，在精神上承受莫大的痛苦，我無法苟同你用這種言論，繼續造成久野太太的心痛。雖然並沒有要求你現在道歉，但是，你不想讓被害人的父母更加悲傷吧？即使你懷恨在心，應該不是針對久野太太，難道你不認為沒必要增加久野太太的痛苦嗎？」

隈本沉默片刻後，微微揚起下巴，興致索然。

「好啦好啦，我知道了。」隈本說，「這件事和想代子完全沒有關係，這樣就行了吧？」

小山律師瞥了曉美一眼後，將視線移回隈本身上。

「真的嗎？」

隈本噗嗤一笑，「說到底，無論我說什麼，你們不是都不相信嗎？」

「並不是這樣……」

雖然小山律師這麼說，但是雖然隈本現在否認，很難馬上讓人相信。曉美更加迷惘了。

「檢方聽了我的話，似乎沒打算採取行動，我沒有要堅持這種說法，造成久野父母的痛苦。」

「你的這種說法稱不上是否認，讓聽的人更加好奇，真實情況到底如何。」

「那我該怎麼說呢？」隈本盛氣凌人地說，「不然你告訴我，我就照你說的重複一遍。」

「重複說出我們的話那可完全沒有意義。」東子說，「必須由你自己說。」

「那不是一樣嗎？」隈本冷冷地說，「我就算完全否認，妳們還是覺得——隈本和想代子一定暗通款曲。雖然在法庭上因為情緒失控，脫口說了那些話，但是想代子不承認，檢察官又沒有採取行動，沒有把想代子抓起來，於是隈本又恢復冷靜，改變想法。只要忍耐一下，服刑期滿，想代子應該會等自己，然後內心的怒火就消除了。妳們一定會這麼想，所以無論我怎麼回答，都無法滿足妳們的期待。」

雖然好像被隈本看透內心的想法，有點不悅，但隈本說得沒錯。曉美有點搞不清楚，今天來這裡，是期待可以從隈本口中聽到什麼話。

「你也可以承認啊。」

曉美回過神時，發現自己脫口而出。

也許是因為曉美第一次開口，隈本挑了一下眉毛看著她。

「如果真的和她有關，就希望你說明白。」

隈本注視曉美片刻，隨即避重就輕地緩緩搖著頭。

「這也沒有意義，」他說，「既然妳無法相信我在法庭上說的話，我在這裡說同樣的話，妳還是不會相信。」

「我才沒有說不會相信。」曉美說，「只要你能夠拿出證據。」既然這樣，說她其實涉案也沒無論從隈本口中套出多少話，都無法消除對想代子的懷疑。既然這樣，說她其實涉案也沒關係，或者至少，讓我能夠相信她確實是有罪的吧……曉美陷入了這種心境。雖然她不知道這種想法對不對，但她強烈希望能夠解決目前不安定的心理狀態。

「要我拿出口頭約定的證據，」隈本不屑地說，「這根本不可能，當作沒這回事不就好了嗎？」

「你該不會認為，我的孫子是你的親骨肉？」

如果是想代子唆使隈本犯案，很可能欺騙他，說那由太是他的兒子。曉美問了這個問題，想要看到他內心的起伏。

也許是因為曉美的視線很銳利，隈本反射性地迎戰，用力瞪著她。

「我的孫子百分之百是康平的兒子。」

「真是太好了，一定很可愛。」

曉美無法判斷隈本的情緒是否有起伏，他看起來不感興趣，但有可能是故意裝出來的。

「如果覺得是我的兒子，你們一定會渾身不舒服，這麼想完全沒問題啊。」他若無其事地補充說。

「已經做了鑑定，知道明確的答案。」

曉美嚴肅地說，隈本笑了起來，連肩膀都跟著抖動不已。

「妳還特地去做DNA鑑定嗎？真是辛苦了。」

隈本一直笑不停。雖然是曉美提起這件事，但她實在羞愧不已。自己只是被隈本耍得團團轉嗎？從隈本的反應，發現他並不在意那由太，也許並不是因為那由太的關係，讓他們兩個人狼狽為奸。

「他是妳去世兒子的遺孤，妳可以好好疼愛他。」隈本冷笑著說，「對想代子……也不要這麼冷漠，對她好一點。」

他似乎仍然很在意想代子。正因如此，所以更加無法說服自己，相信他們兩個人沒有狼狽為奸。

「你似乎對想代子念念不忘，但是想代子似乎很想趕快忘記你。」

隈本臉上的一絲笑容消失了。

「妳根本不知道想代子真心的想法。」他用低沉的聲音說。

「生活在一個屋簷下，當然就會知道。」曉美言不由衷地說。

「只有我才知道。」

隈本用幾乎聽不到的聲音嘀咕著。

這是他單方面的執著嗎？

還是……

「等我服完刑出獄就知道了。雖然不知道二審會怎麼判，但無論怎麼判，都必須坐幾年牢，所以我會努力。」

「我勸你不要有服完刑之後，再去糾纏想代子太太這種愚蠢的想法。」小山律師像是在事先警告般提醒道。

「這和你沒有關係吧。」

隈本說這句話時，能夠嘲笑別人的從容又回到臉上。

「久野太太，不知道妳那時候是否還活得好好的……如果妳想看結果，希望妳長命百歲。」

以前也聽過他說這種挑釁的話。他在法庭下，曾經撂過這句話。

只是他一廂情願的說詞嗎？

還是他自信滿滿，認為自己服完刑，想代子真的會回到他身邊，才會說這種話？

曉美還是無從得知。

隈本的情緒有起有伏，前一刻還露出從容的笑容，下一剎那，就瞇起眼睛瞪人。有些問題和所說的話，的確造成了他內心的動搖。

只不過曉美無法分辨，他這些情緒的起伏背後的原因。是因為他和想代子串通，或是雖然原本和想代子串通，但是被想代子背叛；又或是之前以為想代子背叛了他，但後來改變想法，認為並非如此；還是想代子根本就和他沒有關係。原本以為當面見到他，親耳聽到他的回答，就可以理出頭緒，但是事情並沒有這麼簡單。

在接見室的緊張情緒造成極大的疲勞，走在回家路上時，腳步格外沉重。

「雖然我不想亂發表意見，但他似乎對想代子太太很執著，所以他的所有言行都和這件事有關。這並不是因為想代子太太和他站在同一陣線，才會變成這樣，反而是相反的情況，他才會說那些話……這是我個人的看法。」

小山律師說出了自己客觀的印象，只不過曉美無法如此輕易得出這樣的結論。聽到這種意見後，只覺得律師是勉強想為這件事做個了結。

「如果記者那裡還有什麼消息，我再告訴妳。」和小山律師道別後，東子帶著煩惱的表情這麼說。「看來去攻打隈本這個大本營，沒辦法得到明確的答案，妳再煩惱這件事也是白費力氣。姑且不論是否真的能夠放下，既然想代子努力想要融入久野家和你們的家業，妳不妨就暫時對所有的事都視而不見，一切都怪罪隈本，不失為解決之道。」

東子想要安慰曉美，但曉美無法就這樣接受，只覺得自己好像變成想代子的共犯。

11

新年的三天假期，「酷廚好物」和樓下的「土岐屋吉平」都沒有營業，但東子在鎌倉的「好物三明治」從元旦就開始營業。

辰也躺在沙發上說著「不需要從元旦就開始工作」，目送著東子出門，但是既然有需求，就必須開門做生意，這是從商的基本。

元旦三天期間，鎌倉會湧入新年參拜的人潮，禮品店都會開門營業，小町路被擠得水洩不通，這些人潮會來到位在隔壁路上的「好物三明治」。這段期間，將熱壓三明治的包裝換成特別的設計，價格提高五成，但客人都買了邊走邊吃，銷量非常好，因此東子不可能像辰也一樣，整個新年期間都在家裡睡覺。

正月二日午後，東子指揮著臨時僱用的工讀生，自己負責在收銀機前結帳。她不經意地看向店外，發現想代子和那由多正在排隊等待內用。想代子穿著和服，搭配和服大衣，和東子對上眼時，微笑著向她點頭打招呼。

不一會兒，隨著隊伍前進，他們母子兩人走進店裡。

「新年快樂。」

想代子優雅地鞠躬拜年。

東子向她拜年後，也對那由太說：「那由太，你和媽媽一起新年參拜，太棒了。」那由太在想代子的催促下，口齒不清地向東子打招呼。

「我之前就一直想找機會來光顧。」想代子說，「那由太，你也說想吃三明治，對不對？」

東子對想代子並沒有特別友善，而且去年底的時候，還煽動曉美去東京看守所和隈本面會，調查對想代子的懷疑。想代子當然不知道這些事，但是應該可以感受到東子看她時視線是怎樣的溫度。

但是她這樣親切地來店裡捧場，反而讓東子有一種心裡發毛的感覺，不由得思考，不知道她在打什麼主意。

只不過無論怎麼看，都不覺得想代子有什麼特別的意思。

「你們隨便點，我請客。」東子心虛地說。

「那怎麼行？我們一定要付錢。」

想代子慢吞吞地準備從皮包裡拿出皮夾的動作看起來很刻意。

「別客氣，沒什麼好招待的，而且就當作是給那由太的紅包。」

「真的可以嗎？」想代子誠惶誠恐地說，然後露出笑容看著那由太。「那由太，真是太好了。姨婆說，你想點什麼都可以。」

他們在櫃檯前看著菜單，開心地討論著要吃這個還是那個，最後點了炸牛排三明治和水果三明治，以及熱牛奶。

「這是佐賀牛的炸牛排三明治，聽起來就很好吃。」

東子很納悶，為什麼她會注意到佐賀牛這個宣傳的文字，然後才想起想代子的老家是佐賀。

「這是我們店的招牌商品，就快賣完了，小心不要因為太好吃流口水。」

東子說著這句話，把三明治和熱牛奶遞給想代子。

想代子和那由太坐在內用區的桌子旁後，用手機拍下三明治的照片，吃得很開心。

看他們母子的樣子，完全感受不到絲毫陰影，難以察覺他們是失去丈夫和父親這個一家之主的悲慘事件中的不幸母子。

事件至今已經過了兩年，是否該佩服他們終於走出來了？

雖然東子內心仍然疑心想代子和隈本暗通款曲，但是之前已經和曉美一起懷疑猜測諸多可能，現在已經變成想猜疑也不知道要從何開始了。

「謝謝款待。」

想代子向東子道謝，然後又對那由太說：「是不是很好吃？」就牽著那由太的手離開。如果她真的涉案，她的背影看起來就像是確定自己打了勝仗。

只不過即使見過大世面的東子，仍不知道想代子是故意來向自己炫耀，還是完全沒有這個意思，只是自然的表現。

東子除了「好物三明治」和「酷廚好物」的官網以外，還透過自己的社群網站、部落格，分享在文化中心的講座和兩家店的最新消息。

她之前曾經是隨筆家，很擅長寫這種類型的文章。康平案子剛發生時，她曾經減少發文，但是，有不少媒體藉由報導，提到以前小有名氣的東子，所以當她重出江湖時，社群網站的追蹤人數和部落格的瀏覽人數都比以前增加了，這就是所謂的歪打正著，因禍得福。

這一天，她在部落格上傳文章後，就像平時一樣，看到「土岐屋吉平」的網站，看有沒有什麼新的消息，結果發現新增加了「小老闆娘部落格」的橫幅廣告，不禁大吃一驚。

「怎麼回事啊？」

她忍不住出聲。躺在沙發上看電視上新年節目的辰也意興闌珊地問：「怎麼了？」東子沒有回答，用滑鼠點入橫幅廣告。

大家好。我是東鎌倉的陶瓷器專賣店土岐屋吉平的小老闆娘想代子。

今年決定開始寫部落格，請大家多多指教。

元旦開始，店裡公休三天。

所以今天要分享帶著兒子小N，一起去光顧婆婆的姊姊開的店。

去鶴岡八幡宮新年參拜後，就去了鎌倉很紅的三明治店「好物三明治」。我之前就很想來這裡，但今天是第一次造訪。店門口有很多穿著和服的人大排長龍。

我們也排了一會兒，終於走進店裡，向姨媽拜年，然後點了「好物三明治」的招牌商品炸牛排三明治和水果三明治。

炸牛排三明治的價格最貴，最受歡迎，今天差一點就吃不到了。這也難怪，因為材料是頂級品牌佐賀牛。不瞞各位，我也是佐賀人，不禁感覺到和姨媽之間的緣分。

很好吃。謝謝款待。

部落格上還有一張她準備吃三明治的照片。雖然遮住了那由太的臉，但是想代子自己完全沒有遮，似乎很得意地展現自己穿和服的身影。她的照片拍得很美，可能使用了美圖軟體。

原本還好奇她為什麼會來自己的店，如今終於知道她是為了拍照，同時成為寫部落格的素材，於是興味索然。

「剝皮魚很難釣，會趁人不備，巧妙地吃掉魚鉤上的魚餌，康平以前很會釣。」

「他的確曾經釣了很多回來。不過您即使只釣到兩尾，姨媽應該還是會很高興吧？」

「她哪會高興？只會一臉『這魚也太小了吧』的反應。」

「就算魚很小，只要是努力釣到的，都會很高興。」

「那我下次釣到時，就拿去給妳。」

「好啊，如果釣到很多的時候。」

「不，沒有釣到很多一樣會拿去給妳。給東子吃，也只是浪費。」

「土岐屋吉平」新年的第一個營業日，東子去拜年的同時，在店裡張望了一下，沒有看到想代子的身影。原本以為她是因為送那由太去托兒所遲到了，沒想到回到三樓，看到她正在開心地和辰也有說有笑。可能東子去的時候，想代子剛離開，剛好擦身而過。

「啊喲，說到她，她就出現了。」辰也看到東子，好像做壞事被逮到般說。

辰也之前做外匯投資，賺了點零用錢，但是初冬的時候，匯市大幅波動，他的投資嚴重虧損。年底的時候，甚至沒錢去買有馬紀念賽馬的馬票，他心情很差，無心做好店裡的工作。

新年期間，他決定整天在家睡覺。東子給了他一點零用錢，於是他去了以前不時和康平結伴同行的船釣。但是他因為宿醉搭船，幾乎沒釣到什麼魚，帶回來的釣魚冰箱裡只有兩尾巴掌大的剝皮魚，而且好像是其他釣客分給他的。

他卻對想代子說，自己在身體不舒服的情況下努力釣魚，想要讓東子感到高興。

這件事讓東子感到傻眼，但看到想代子聽得雙眼發亮，讓辰也得意不已，就覺得心裡很不是滋味。

「前天謝謝款待。」想代子結束和辰也閒聊，對東子說：「那由太很喜歡水果三明治，說改天還想去吃。」

「如果想吃水果三明治，根本不需要特地去鎌倉，我隨時可以帶給妳。」東子回了這一句之後，又用輕鬆的語氣說：「我看到妳開始寫部落格，而且馬上就寫下這件事，我嚇了一大跳。」

「對啊。」不知道是否很高興東子看到了部落格，想代子難得用興奮的語氣回答：「雖然我不擅長寫文章，但我希望可以為店裡多做一些宣傳，所以開始寫部落格。」

「妳的文字很坦率，閱讀的感覺很順暢。」

「沒想到可以得到姨媽的稱讚，」想代子高興地說，「如果有時間，我想去參加姨媽的隨筆講座，學習怎麼寫文章。」

雖然覺得想代子只是隨口說說，但東子還是保持親切的態度。

傍晚在倉庫前遇到曉美，東子在和曉美說話時，還是不自覺地皺起眉頭。

「她主動提出要寫嗎？」

東子只問了這個問題，曉美就知道她在問想代子部落格的事。

「好像是這樣。」從曉美的語氣，可以感受到她心裡不悅。「我老公太好說話，沒多想就答應了。」

「這樣不會讓老店的招牌變得很輕浮嗎？」

「就是啊，我也這麼說，但我老公說，吸引年輕人的興趣很重要。」

「年輕人才不會看那種文章，只有沒有任何興趣愛好的大叔才會看。」東子完全不認同，「而且還自稱是『小老闆娘』，別人這麼叫就罷了，哪有人這樣自稱的？」

「她事先問了我老公，『有客人這麼叫我，我的部落格可以用這個名字嗎？』」

曉美毫不掩飾內心的不悅，模仿著想代子當時撒嬌的語氣說道。

「別看她那樣，可能強烈渴望得到認同。」東子說，「雖然並不意外。」

東子的生活離不開部落格和社群網站，整天在意瀏覽人數和追蹤人數，照理說沒有資格批評別人，但是她認為這是兩回事。自己經營部落格和社群網站只是熟齡者打發時間的興趣愛好，但是想代子的行為則充滿追求成功的野心或者說是謀生的欲望。

「我也不想因為她開始寫部落格而不舒服，」曉美嘆著氣說，「說到底，還是因為內心無法放下過去，才會東想西想。」

「終究還是會回到康平的案子上，」東子點點頭，「雖然我覺得既然去問了隈本，還是無法得到明確的結果，那就只能把這件事藏在心裡，繼續過日子，但是我能夠理解妳的心情。」

不知道是否知道她們姊妹調查陷入瓶頸，想代子似乎覺得對她的懷疑早就煙消雲散，已經擺脫所有嫌疑，表情也變得很開朗。

曉美可能無法從正向的角度接受這件事，東子和她交換眼神，確認想法後，心有不甘地嘆了一口氣。

將近十天後的一月中旬週末，東子正在鎌倉「好物三明治」的收銀台前，看到有一個男人拿著相機，正在拍攝這家店。

上個月有一個街頭漫步節目來採訪，這個月也會有另一個節目的採訪。或許是因為受到這些節目的影響，最近有不少可以稱之為粉絲的觀光客上門。東子有空的時候，會和那些觀光客合影，他們都很高興。

東子以為外面的這個男人是這種類型的客人，但是仔細一看，發現竟然是《東西週刊》的米村。

去年秋天，東子從曉美口中得知那由太的親子鑑定結果後，通知了關心這件事的米村，之後就沒有再和他見面。

雖然是週末，但已近傍晚，因此內用區還有幾個空位。東子請他坐在那裡。

「你竟然會來拍我的店，你有在經營社群網站嗎？」東子問。

「這裡拍出來很好看。」米村的回答模稜兩可。

東子根本懶得去看他的社群網站，她覺得這種事根本不重要，於是立刻改變話題。

「有什麼新的消息嗎？」

米村很乾脆地搖頭。

「沒有，我只是在想，也許妳這裡會有什麼狀況。」

之前得知DNA鑑定的結果時，他發現自己猜錯了，於是很快放棄，覺得繼續追查，恐怕不會有任何收穫，之後似乎就沒有再追查想代子的事。

「去年年底，我們鼓起勇氣，去見了隈本。」

「喔？」米村聽到東子提起這件事，有些好奇，只不過東子不得不告訴他，完全沒有任何成果和收穫的結論，米村冷笑，似乎並不意外。

「這件事的確很難處理。」他說，「檢警完全沒有採取任何行動，也許只是無中生有。」

「我也覺得只能得出這樣的結論，」東子說，「只不過觀察她的言行，總覺得很虛假，或者說很刻意。看起來好像很關心別人，但其實是以自我為中心。」

「我相信她有和普通人一樣的自我意識，我看了她的部落格，照片都很上相。」

「你看了嗎？」東子很自然地提高音量，「我看到時很驚訝，她一副好像完全把過去拋在腦後的態度。」

「要她一直表現出服喪的態度，也有點強人所難啦。」

「雖然是這樣……」

「總之，雖然我曾經積極四處調查，但在這種情況下，沒辦法寫出任何報導，所以只能放棄了。」

「只能這樣了。」

雖然東子覺得無可奈何，但說話的語氣還是有點不甘心。

米村似乎不理會東子的這種心情，又繼續說道。

「只不過我千里迢迢去了佐賀那種地方，如果就這樣空手而回，有點不甘心。」

「什麼意思？」東子不由得產生興趣，以為可以從其他角度切入想代子的問題。

「沒有啦，」米村看著東子的眼中透露出異樣的光彩，「之前提到我去佐賀時，妳不是說，佐賀是和妳毫無瓜葛的地方嗎？」

東子不太記得當時說了什麼，但是事實就是如此，自己說出這種話很自然。她不知道這句話有什麼問題，微微側著頭。

「我看到她的部落格中提到，這裡的招牌商品炸牛排三明治使用的是佐賀牛，然後就想起了這件事，覺得妳說毫無瓜葛有點奇怪。」

「我只是向業者進貨，又不是去當地採購。」

「嗯，我想也是。」米村在不知不覺中壓低聲音，「我只是很好奇，為了謹慎起見，去向相關人士打聽，結果就發現了。」

「發、發現什麼？」東子發問的聲音不由得緊繃起來。

「根本不是這麼一回事啊，」他說，「妳用的是普通的國產牛，也就是乳牛。」

「等、等一下，」東子著急起來，「誰告訴你的？」

「這就不太方便透露，但我認為證詞並無虛假。炸牛排三明治在菜單上最貴，通常都會認為材料是真正的品牌牛，真是沒想到啊。」

東子想起《東西週刊》的前輩倉森說，米村很精明，會努力撈內幕消息當作自己的跑腿費。

「不，你誤會了，一開始真的是，但是後來因為業者的關係，無法找到貨源，就暫時用其他牛肉代替。」

「聽說起初的確用了佐賀牛，不，正確地說，使用的只是『佐賀產的牛』，因為只有一定等級以上的，才能稱為佐賀牛，妳用的是等級更差的牛肉。但是，妳在不到一年之後，就降級使用沒有品牌的國產牛，之後十幾年來，都一直持續使用，這可不能叫『暫時』吧。經過了這麼長的時間，妳應該有很多機會可以不再標榜使用的是佐賀牛。」

「我並沒有惡意，更何況用的是沒有品牌的牛肉又怎麼樣呢？反而是沒有霜降，口感比較清爽的肉更適合，而且大家都說很好吃。」

「感謝妳的意見。」米村露齒一笑，從上衣內側口袋拿出錄音筆給東子看。「我會引用妳的意見。」

「喂，等一下。」

「除此以外，雞肉三明治所使用的雞肉也不是比內土雞，而是巴西的雞肉。」

「等一下嘛！」東子已經顧不得周圍客人會聽到，悲痛地叫著，「你寫我們這種小店的事，到底有什麼意義？」

「這一陣子不是經常上電視嗎？有越來越多人知道，曾經風靡一時的隨筆作家，如今在鎌倉做生意很成功。這樣的內容很適合用來湊篇幅，主編已經點頭同意了。」

「主編是誰？是我認識的人嗎？讓我先和主編溝通一下。」

米村把錄音筆收進口袋後站起來，東子張開雙手攔住他，但米村只是從鼻子發出一聲冷笑。

12

一月進入下旬，半年一度的陶藝家聯展將在下個月舉行，順三帶著多位陶藝家的作品來到了「土岐屋吉平」。

「正市郎這次完成黃瀨戶，要我無論如何，都要問一下『吉平』老闆的評價。」

順三把山本正市郎燒製的酒盅放在桌上後，貞彥拿了起來。拿在手上的感覺和他其他作品一樣順手，不得不說，這只能是天生的品味。

黃瀨戶和志野、織部，是美濃燒的三大陶器，施有淡黃色釉藥的陶器紋理樸實無華，有一種難以言喻的風情。原本是美濃地區歷史悠久的窯廠，在織田信長的勢力從尾張延伸到岐阜後，以瀨戶燒出名的瀨戶陶工都紛紛移居美濃，將當地的窯業推向顛峰，這些移居的陶工據說便是黃瀨戶的創始者。

「以黃瀨戶來說，他就還是個小毛頭。」

貞彥很喜歡黃瀨戶，因此接觸過很多作品。由於作品本身樸實無華，更能夠反映出手藝的高低。貞彥情不自禁說出帶著促狹的感想。

「你又和喜市大師進行比較嗎？」順三苦笑起來，「大師曾經看到我爸手上有他年輕時代的黃瀨戶，感到無地自容，就拿起來打破，叫我爸可以去他的窯廠挑選喜歡的。拿大師作為比較的標準，未免太可憐了。」

「我知道。」貞彥的確在無意識中，和喜市大師的作品進行比較，他聳聳肩。「話說回來，如果今天晚上，想好好喝一杯熱日本酒，就會用這個。」

「我就在等你這句話。」順三拍著手說，「現在的年輕人，聽到批評會變得畏首畏尾，必須用鼓勵的方式讓他們成長。」

「如果用喜市大師的酒盅喝酒，手會發抖，根本沒辦法好好享受。」

「言之有理。」順三聽到貞彥這麼說，笑著回答。

除此以外，順三還帶了這次參加聯展的陶藝家燒製的花瓶。

這是想代子提出的構想，她希望可以用鮮花點綴每一位陶藝家的展區。

時序進入二月，在聯展的前一天，她去買了花，忙碌地在各位陶藝家的花瓶內插花。

「今年真熱鬧。」

展場的佈置比往年更華麗，店員山中祥子不禁感嘆。想代子精通插花，曾經就讀花藝學校，插花很有品味。在織部花瓶中使用大量綠葉，色彩豐富的花瓶則搭配繽紛的鮮花，高明地配合各陶藝家作品的色調，令人感到驚嘆。

「鮮花太顯眼，會不會搶走作品的風采。」

曉美不由得表達擔憂，讓想代子不知所措，但貞彥立刻反駁：「來買花瓶的客人，目光才不會被花吸引。」

「明天開始聯展嗎？」

在店面和倉庫之間忙來忙去做準備工作時，在四樓遇到辰也。他可能正在休息，坐在通往屋頂的樓梯上，正在抽電子菸。

「是啊。」貞彥隨口回答後問辰也，「東子之後的情況怎麼樣？」

「很不好，她深受打擊。」

「是嗎？真是太可憐了。」

半個月前，週刊上揭發「好物三明治」假冒食材產地的報導。

報導的篇幅並不大，而且在大部分人眼中，東子已經是過氣的名人，似乎並沒有引起太大的風波，但是東子的社群網站遭到炎上，在網路上的反應似乎有點激烈。「好物三明治」接到大量抗議電話，客人大量減少。聽曉美說，東子身心俱疲，變得很憔悴。

貞彥雖然嘴上表示擔心，但是同為生意人，在內心完全無法同情東子。以「土岐屋吉平」來說，就像是把工廠大量生產的商品假冒是知名窯廠的作品賣給客人，說什麼沒有惡意，這種藉口根本行不通。之前一直認為東子在做生意方面嗅覺很敏銳，對她刮目相看，但現在對她很失望。

辰也一如往常地不問世事，即便東子出事，他仍然一副雲淡風輕的樣子。聽說他最近不太賭博，只是偶爾去船釣而已，現在恐怕無法毫無顧慮地去釣魚了，但是他可能並沒有意識到事態的嚴重性。

「先不說這個，我說貞彥啊。」

辰也說話的同時，向辰也招手，貞彥走上樓梯。辰也走到樓梯口，然後在那裡停下腳步。

「如果你是顧慮到我們，就不必操心了，我們並不是非要開這家店不可。」

貞彥側著頭，不知道他想說什麼。

「我是說再開發的事。」

「喔喔。」

「外面都在傳一些有的沒的，其他地主好像都已經贊成了，我擔心你如果再硬撐下去，會被排擠得更嚴重。」

雖然不知道辰也聽到什麼，但反正不會是什麼好事，貞彥沒打算問明詳細情況。

「假設我在公司上班，也已經到了退休的年紀；沒有這家店，還有老婆的店，我覺得差不多是收掉的好時機。」

雖然他說什麼假設自己在公司上班，但在別人孜孜矻矻工作時，他都一直好逸惡勞。他已經習慣遊手好閒的生活，所以意見和從曉美轉述的東子想法很不一樣。而且「好物三明治」才剛經歷了失去信用的風波，目前正努力重新站起來。雖然不難理解辰也厭倦做生意這件事，但是他想要依賴東子的店過日子，只能說他不切實際。

「關於再開發計畫的事，我並不是因為在意你們而反對。」貞彥說，「雖然你說我會被排擠，但是商店街的人都很支持我，你不用擔心。」

東鎌倉的站前商店會由站前路，與站前路交叉的商店街組成，「吉平大樓」位在站前路上，但是久野吉平最初開的店，位在商店街深處，由於有這樣的歷史，所以和各家店的關係比目前的鄰居更密切。

「商店街會走向沒落。」辰也搖著頭說。

他自以為是評論家。貞彥內心帶著嘲諷想道。

在昭和年代，那裡是拱廊商店街，比車站前更熱鬧，但之後因為老舊而拆除拱廊，有些店家已經拉下鐵捲門，不再有往日的繁榮景象。

「三十年前就開始說，商店街會走向沒落，即使這樣，大家還是都撐了下來。」

「目前維持現狀或許沒有太大的問題，但是一旦旁邊建起大樓，到了想代子和那由太他們那一代，不是就很辛苦嗎？想代子這麼努力，卻被人說那些閒言閒語，真是太可憐了。」

外界對想代子的評論仍然很負面。辰也從來沒有在社會上走跳的經驗，有時候雖然沒有惡意，但是會說一些不顧他人感受的話。如果是順三，就算是多管閒事，也會用更委婉的方式表達。

貞彥沒有吭氣，辰也可能意識到自己管太多了，聳聳肩。「這不是我該插嘴干涉的事。」然後收起了電子菸。

想代子和那由太那一代……雖然在辰也面前假裝充耳不聞，但是這句話一直留在貞彥的腦海，讓他悶悶不樂。

貞彥並不是沒有為下一代著想。不，正因為考慮到下一代，才會做出目前的判斷。外人在不瞭解的情況下說三道四，才讓人傷腦筋。

貞彥決定不去想這件事，然後走進倉庫。聯展的準備工作已經大致結束，想代子正在掃地。貞彥瞥了一眼之後，走向後方的架子。他打算配合正市郎的作品，把山本喜市的黃瀨戶拿出來展示。

「老闆，在這裡所有的收藏中，你最喜歡喜市大師的黃瀨戶吧？」

貞彥在中央的作業台上打開桐木盒時，想代子停下手問道。

「我喜歡黃瀨戶，」貞彥說，「雖然織部和志野都不錯，但黃瀨戶有一種難以形容的純樸高雅。」

「的確是。」

「尤其喜市大師的作品更是絕品。」貞彥把抹茶碗從盒子裡拿出來，按照茶道禮儀，在手掌上轉動著欣賞。

「你經常拿出來展示。」

「我在考慮這次拿出來展示，正市郎這次也有黃瀨戶的作品，但是拿出來展示，好像在比較，就覺得正市郎未免太可憐了。」貞彥說完，輕輕一笑。

「我覺得正市郎先生的作品也很出色，有這麼大的差異嗎？」

「這稱為『油揚手』，」貞彥走去拿了一件正市郎的作品，放在喜市的作品旁。「黃瀨戶的作品具有像油豆腐那樣，表面有略微的光澤，有點粗獷的手感更受歡迎。喜市大師的作品就很完美，至於正市郎的作品，還不夠老到，光澤太強了。」

「原來如此。」

想代子站在貞彥身旁，比較著兩件作品，終於理解了。

「這麼卓越的作品，應該很貴吧？」

她難掩好奇地問。

「這並不是買來的，而是上一代老闆在建造這棟大樓時，大師特地燒製，作為竣工賀禮，在開張的第一天，就放在玻璃櫃中展示。」

「哇，這麼貴重啊，」想代子說完，瞪大眼睛。「所以才最珍惜。」

「是啊，妳說得沒錯，」貞彥說，「雖然我們有差不多十件喜市大師的作品，這個和紅志野的花瓶是雙璧。」

「那個花瓶真的很美。」想代子說，表示她之前已經注意到了。「我很喜歡。」

「既然妳也很喜歡，我就不擔心了，」貞彥說，「但是希望妳記住，就算以後有人願意出價五百萬或是一千萬，都絕對不可以放手。本店擁有這些作品，證明我們對美濃燒的熱愛和見識，多年下來的價值絕對超過一、兩千萬，無論是上一代還是我都這麼認為，一直守了下來。」

不知道是否因為辰也剛才提到想代子和那由太那句話在腦海中迴盪的關係，當他回過神時，發現自己說了這些話。

想代子似乎充分明白貞彥的想法。

「當然不可能放手。」她聽了貞彥的話，滿臉感動。

「妳也可以自由地欣賞這些作品。」貞彥對她的反應很滿意，「多接觸名品，也可以培養識貨的眼力。」

「謝謝。」

自己不需要外人插嘴，本來就會為下一代考慮。貞彥認為傳承想法很重要。

為期十天的陶藝家聯展盛況空前。山本正市郎的作品平時在店裡就設有專區，但在聯展時，作品的種類更豐富。喜愛他作品的客人紛紛購買，幾乎銷售一空。其他陶藝家的作品因為經過順三和貞彥的精挑細選，銷售情況符合預期。

距離案件和審判已經過了很久，一度遠離的客人又逐漸回歸。久違的正常買氣終於回來，在聯展結束的夜晚喝的酒格外美味。

但是，在聯展結束的隔週，商店會的大西會長等幾名幹部面色凝重地走進了「土岐屋吉平」。

貞彥雖然擔任本市商工會和美濃燒振興會等多個團體的委員，但是他最關心，也最積極投入的就是本地的商店會。目前他在商店會擔任副會長，原本預定在去年接任會長，但是因為康平的事，在商店街開設「大西和服店」的大西認為貞彥在事情平息之前會很忙碌，於是主動延長了會長的任期。

貞彥帶他們來到四樓的倉庫。雖然倉庫內只有作業台和鐵管椅而已，但可以放心地談事情，因此在談一些重要的事時，都會過來這裡。所謂重要的事，就是再開發計畫的因應措施，或是委員的人事等問題。

「我們覺得如果瞞著你，會讓氣氛很尷尬，還是必須讓你知道。」

大西說完，拿出一張紙交給貞彥。

那張紙上用大字寫著「反對土岐屋吉平接任站前商店會會長」這行字，還寫著「同時必須辭去副會長一職」。

「最近在這一帶散發。」

這就是所謂的黑函，貞彥看了眼標題下方的內容，就覺得很不舒服。上面寫著貞彥和死去兒子的妻子有染，把她當成自己的小老婆。媳婦涉嫌參與兒子命案，貞彥很可能是命案的幕後黑手，全都是令人傻眼的胡說八道。

貞彥立刻知道，辰也之前說的就是這件事。

「太可笑了。」貞彥憤慨地把黑函交還給大西。

「商店會的委員並沒有任何特權，我們又不是想做才做的。」大西一臉為難。

「就是啊，」貞彥表示同意，「如果有人想做，完全可以讓賢。」

如果沒有為地區服務的精神，根本無法勝任這個工作。

「『土岐屋』老闆，如果你不願意接任，就很傷腦筋。」

貞彥當然不打算輸給這種惡意攻擊，辭去副會長的職務。

「我並沒有放在心上，這種東西撕一撕丟掉就好。」

大西聽到貞彥這麼說，鬆了一口氣。

「但是，我搞不懂誰會做這種事。」擔任商店會委員的文具店老闆北瀨側著頭說，「雖然半年後就是市長選舉，難道這麼早就已經開始選舉活動了嗎？」

「不。」

市長選舉時，貞彥會站在第一線，在商店會和商工會為現任市長全力拉票，但是目前並沒有出現和吉川市長競爭的人選，他並不認為和這件事有關。

但是聽到北瀨提起市長，貞彥想起一件事。正確地說，他想不到其他可能性。

「應該是再開發計畫那件事……我猜想是這樣。」

雖然業者不時來和貞彥交涉，但貞彥自始至終都表示拒絕，會不會是業者忍無可忍，出此下策，試圖動搖貞彥的立場？

「果然是這樣。」大西似乎與他不謀而合，「聽說他們為了推動計畫，委託惡劣的業者排除障礙，處理手段完全交給對方自行決定，可能會做出像泡沫經濟時期的地面師那種事。」

「我想應該就是這麼一回事，」貞彥指著黑函說，「我才不會輸給這種惡意攻擊。」

大西等人離開後，貞彥仍然氣憤難平，他走出店外，來到和菓子店「鎌倉庵」。

「午安。」站在櫃檯內的老闆笠山輕鬆自在地打招呼，迎接貞彥。

「最近有人在這一帶散發關於我的黑函，你有沒有收到？」

「黑函？」笠山有點裝傻地問，「不，我不知道有這回事。」

但是，贊成計畫的笠山沒有收到黑函，就證明了是再開發的業者所為。

「你去告訴那裡事務局的人，」貞彥用大拇指指向再開發計畫的事務局所在的隔壁陽光大樓說，「不要做這種骯髒的事，做出這種事，我不可能改變主意，只會連同商店街的人都一起激怒。」

「我不知道是什麼樣的黑函，事務局會做這種事嗎？」

「你就別問了，幫我這樣轉告他們。」

笠山還在嘟嘟噥噥地辯解著，貞彥叮嚀完這一句，就走出他的店。

不知道是否貞彥的喝斥奏效，之後沒有再聽到有新的黑函出現，業者沒有再來找他，似乎想要等事情慢慢平息。

短暫的二月很快就過去，進入了三月。

三月是決算月，每年都會策劃舉辦暢貨市集，店裡的平台和貨架上堆滿一千圓可以買好幾個的餐盤。雖然賣相不如平時賣的那些知名窯廠的商品，但是國產的美濃燒商品仍然有一定的品質。很多之前都買一百圓均價的中國產商品湊合使用的客人，會利用這個機會大量採買，是業績最理想的企劃。

暢貨市集的前一天，動員所有店員，更換店內的商品，根據餐具的種類和大小，分別放在平台和桌子上，盡可能在有限的空間內，排放更多商品。不需要製作店頭廣告，客人只是看商品上的標籤，決定是否購買。

客人還沒有走進已經變成活動會場的店內，就已經感到很雜亂。這個活動的場合並不適合穿和服，貞彥決定穿西裝。雖然平時很少有機會穿西裝，但他不願意穿成衣西裝敷衍了事，每年都會訂製一、兩套西裝。

今年同樣在暢貨市集的第一天，就穿上請裁縫訂製的西裝。穿新衣服時，心情特別愉快，很自然地抬頭挺胸，但從某種意義上來說，這只是自我滿足。貞彥這麼想著，在等待開店時，想代子突然走到他身旁，把手伸向他的肩膀。

「穿新衣服時，灰塵特別明顯。」

剛才忙著做開店的準備工作時，灰塵似乎不小心沾到了肩膀。想代子露出調皮的笑容，幫貞彥拍掉灰塵。她今天好像特別配合貞彥，穿上很有春天氣息的洋裝。

「想代子桑。」

在一旁看到這一幕的曉美大步走過來。她和想代子不同，今天仍然穿著和服。

「不要這樣隨便碰觸別人的身體，我們這裡不是酒家，在旁人眼中，會覺得在勾三搭四。」

「哪有……」想代子感到很意外，露出僵硬的表情。

「妳有時候和男客人相處時，態度過於輕浮。」

「我並沒有這個意思。」

「妳沒有這個意思，但看在有心人眼裡，就會覺得別有用心。」

「好……我會注意。」

曉美的語氣很嚴厲，想代子原本還想回嘴，但最後把話吞下去，對曉美道歉。

「不需要為這種事大動肝火。」貞彥苦笑著一笑置之。

「行為若不端正一些，就會有莫名其妙的傳聞。」

貞彥雖然隻字未提，但他發現曉美不知道從哪裡得知黑函的事。曉美原本並不是愛挑剔的人，其他店員都豎起耳朵聽到這些對話，想代子很沒面子。

想代子不時會對貞彥表現出親暱的態度，貞彥認為她正在努力和自己建立如同親父女的關係，反而很歡迎她這麼做。

曉美這一陣不再提及隈本之前說的話、繼續懷疑想代子，無論家裡和店裡都漸漸恢復平靜。但是當出現像黑函之類的攻擊，就會輕易破壞這種安定。也許曉美內心還無法完全相信想代子。

這天傍晚，貞彥看到店裡沒有太多客人，就去倉庫準備補貨。畢竟是男人，不能因為自己是老闆，任何事都交給員工處理。

一走進倉庫，已經從托兒所回來的那由太正坐在作業台旁的椅子上吃糰子。去接那由太的想代子一起回來了，正打開收藏品的桐木盒子。

「對不起，那由太說他肚子很餓。」

想代子一臉尷尬，似乎覺得自己偷懶被抓到，把收藏品放回桐木盒子。

「沒關係，現在店裡沒什麼客人，妳慢慢來沒關係。」

那由太目前仍然很挑食，貞彥知道有時候他不太吃托兒所的營養午餐。

「是喜市大師的作品嗎？」

想代子剛才在看山本喜市的紅志野花瓶。那天之後，她開始對店裡的收藏品產生興趣。

「並不是因為老闆說這件作品與黃瀨戶同為逸品，才特別關注它，」她輕輕笑著回答，「光是看著就覺得心情很平靜，是很出色的花瓶。」

志野燒雖然統稱為「志野」，但根據施加於志野釉下的化妝泥漿種類，其發色有所不同。使用黃土泥漿後，整體會呈現帶有一抹紅色的稱為紅志野，山本喜市的紅志野紅色特別強，他製作的花瓶依然展現出彷彿與花朵相互較量般的存在感。

「思考適合插什麼樣的花很有趣吧。」

「是啊。」想代子點點頭，好像她正在思考這個問題。「我正在想，如果插上杜鵑花，不知道效果怎麼樣。」

「喔，」貞彥輕輕點點頭，「我想起喜市大師的工房種了杜鵑，大師曾經剪下幾枝，插在紅志野的花瓶中。」

「真的嗎？」想代子開心地說。

「我因為覺得不敬，所以不敢在大師的花瓶中裝水，但是去大師的工房時，看到他在花瓶裡插花，他也會用他做的茶杯倒茶給我喝。」

「真是太奢侈的經驗了。」

「嗯。」

想代子鑑賞一陣子之後，把花瓶放回盒子，收到架子上，然後問貞彥「要補貨嗎」？立刻一起幫忙。

「今天早上的事，妳別放在心上。」貞彥和她一起把庫存的貨放在推車上時說。

「啊？」

「就是曉美說的話。」

「喔。」

「無論外面有什麼閒言閒語，都是那些人別有用心。」

「我完全沒有放在心上。」

想代子用輕鬆的語氣回答，然後向早上一樣拍拍貞彥肩膀上的灰塵，又為他整整領帶。

「我們店裡只有老闆一個男人，沒辦法光是坐等不動，確實很辛苦呢。」

想代子這個人神經似乎很大條，看到她調皮的表情，似乎不需要為她擔心。

「那由太，你糰子吃完了嗎？媽媽要下樓去工作了。」

想代子恢復小老闆娘的表情說，然後推著推車，將視線移回貞彥身上。「我之前就想問一件事。經常聽到這一帶再開發的事，老闆，反對這件事嗎？」

貞彥想起從來沒有在想代子面前談過再開發的事。

「妳聽說了什麼？」

「沒有，聽說只有老闆反對，所以我在想是怎麼一回事。」

「並不是只有我一個人反對，」雖然是這樣，但其他反對者都是附近商店街的人，貞彥是唯一反對的地主。「我們的店要單打獨鬥。」

「但是，我聽說過新大樓的計畫，聽起來很有吸引力，難道不會覺得可惜嗎？」

她用天真無邪的語氣問，貞彥有點不知所措。

「妳這麼認為嗎？」

「老闆你經常說，不能只是靠老店的招牌做生意，而且為了吸引年輕客人，經常採納我的點子。之後那棟商業大樓鎖定年輕人和年輕家庭客作為客層，考慮到未來的十年、二十年，我倒認為並不是壞事。」

說到二十年，正如辰也所說，就是想代子和那由太的世代了。也許她想要表達的意思是，如果為他們的世代著想，就應該進入商業大樓。

這是第一次聽到想代子表達意見，有一種新鮮的感覺，但是，想代子以為自己沒有考慮到將來的事，用老派的態度頑固表示拒絕，讓他不太高興。

「我是考慮到以後的事，包括妳和那由太，才做出這樣的判斷。」

也許是因為貞彥的語氣很嚴厲，想代子吃了一驚，臉色大變。

「對不起，我並不是希望您考慮到我和那由太，然後贊成這件事，」她辯解說，「我太多嘴了。」

她收回自己的意見，沒有再多說什麼，貞彥對已經做出的結論產生了一絲懷疑。

為期十天的暢貨市集隨著商品品項減少，客人的人數受到了影響，幸好週六、週日又恢復人潮，還有最後一天才趕來採買的客人，最後完成和往年不相上下的業績數字。

之後，由於會計年度即將結束，各個商業團體又有很多事情要處理，貞彥忙得不可開交。大西和其他幹部為了本地商店會的事，多次拜訪貞彥，討論新年度的委員人事問題，最後決定會長不交接，所有人都繼續留任一年。雖然不能說之前的黑函完全沒有影響，貞彥當然心有不甘，但是站在商店會的角度，不想讓反對再開發計畫的貞彥成為眾矢之的。

在各團體的年度總會終於告一段落時，「土岐屋吉平」在月底公休兩天，所有店員都一起盤點庫存，將店面和倉庫內所有的庫存分門別類，重新清點，確認和帳簿上的數字是否相符。

「『久久利窯』的小碟子少了兩件。」

「『小泉窯』的茶碗也有短少。」

有好幾款商品的數量和帳簿上的數字不符，不知道是否被客人順手牽羊偷走了。

再加上在天數比較少的二月舉辦陶藝家聯展後不久，就接著在三月舉辦了暢貨市集，有點搞不清楚倉庫內什麼東西放在哪裡。

「沒想到『月吉窯』的長方盤竟然放在這裡。」

在倉庫內不時發現在舉辦活動期間放進倉庫後，就忘了拿回店裡的商品。

「那就把這些拿去下面。」

店員忙碌地在倉庫和店裡之間來來回回，盤點作業很順利地進行著。

傍晚時，盤點作業進入尾聲，貞彥獨自離開，走向後方的架子，確認收藏品。這裡總共有七十件收藏品，只要計算放在架子上桐木盒子的數量就知道，但有些收藏品只有在這種時候，才會從盒子裡拿出來，因此貞彥每年都在這一天確認盒子內的所有收藏品。

他站在腳踏梯上，從上層的架子中，小心翼翼地打開桐木盒子，確認裡面的東西。放在上層的都是很少拿出來展示的作品，很多都是上一代基於興趣所蒐集的一些特殊造型的織部燒，很少有像山本喜市那樣在去世之後，仍然很出名的陶藝家，因此那些收藏品的價值並不高，但是每次從盒子中拿出來欣賞，不知道自己的眼光是否隨著歲月發生變化，會覺得有些作品看起來格外出色。這種作品就會移到下層，打算日後在店內展示。

下層都是貞彥很喜歡，而且經常展示的作品，其中包括今年二月，才剛展示過山本喜市的黃瀨戶。

為了謹慎起見，他決定打開檢查一下，把盒子稍微往前挪了一下，立刻聽到「喀叮」的輕微聲音。貞彥皺起眉頭。

難道是因為沒放好，抹茶碗在裡面傾斜了嗎？……貞彥暗自想著，打開桐木盒子。

盒子中用來保護器物的棉布不像是包著抹茶碗的形狀，他不禁大吃一驚。

他戰戰兢兢打開棉布，發現裡面是一堆黃瀨戶的碎片。

「啊啊……」

貞彥的慘叫從喉嚨發出。

「怎麼了？」

曉美驚訝地從後方問道，貞彥說不出話。他無法相信眼前的景象。

貞彥急促地喘息著，曉美從一旁探頭看向桐木盒內，隨後她也發出了尖叫。

「怎麼了？」

其他店員發現出了狀況，紛紛停下手。

「打破了……」

「啊……」

在場的所有人都倒吸一口氣。倉庫內鴉雀無聲。

「是喜市大師的黃瀨戶嗎？」

想代子跑過來。當她發現是貞彥最心愛的收藏品，既驚訝又緊張。

「是誰？」曉美輪流看著在場的每一個人，「是誰打破的？」

沒有人承認。尷尬的氣氛中，所有人都站在原地。

貞彥說不出話。既然已經打破，就再也無法恢復原狀。無論再怎麼用心修復，都是不同的東西，只是復刻原來的真跡。人間國寶山本喜市為慶祝「吉平大樓」竣工特別燒製的黃瀨戶，已經從這個世界上消失了。

或許只有珍愛這件收藏品多年的自己，才能體會這種失落感，就好像曾經同甘共苦的搭檔死了……如果說，內心的悲傷很像是失去康平時的感覺，康平會生氣嗎？但是，這的確是貞彥的真實感覺，他覺得內心出現了一個很深、很大的空洞。

「如果誰知道是什麼狀況，請告訴我，我不會生氣……請老實說出來。」

貞彥費力地擠出聲音說。雖然知道不會有人想要承認，但他不希望除了內心的失落感，還要承受這種鬱悶的感覺。

但是，貞彥的期待落空，沒有人開口說話。

「想代子桑，妳知道是什麼情況嗎？」曉美打破寂靜問道，「妳最近不是經常在這裡看收藏品嗎？」

從曉美的問話中，可以明顯感受到她懷疑想代子。

「老闆說我可以欣賞。」想代子回答時的聲音微微發抖，「但是，我不知道是怎麼回事。」

「但是，其他人並不會動收藏品，也不會走進這麼裡面的架子。」曉美說完這句話，看著其他店員。「剛才盤點時，有人在這裡碰過這個盒子嗎？」

員工都紛紛搖頭。

「我也從來不碰收藏品。」曉美說完，看著想代子。

「我不知道。」想代子只是重複這句話。

「算了……別再說了。」

如果是當事人自首也就罷了，貞彥並不想像魔女審判一樣獵巫。

「盤點結束後，妳帶大家一起去『中西』，我先回家休息。」

原本說好盤點結束後，要一起去「中西」慶功，但貞彥現在完全沒有這種心情，於是交代曉美後，獨自走出倉庫。

東子剛好從隔壁走出來，向他打招呼。「辛苦了。」

「酷廚好物」今天也是盤點的日子，倉庫的門敞開著，中午的時候，還送了三明治到「吉平」。

「怎麼了嗎？」

貞彥太沮喪了，東子看到他後十分詫異。

貞彥什麼話都說不出來，甚至無法謝謝她送來三明治，只是緩慢地搖搖頭。

東子困惑地嘆了一口氣。她最近都愁眉苦臉，但貞彥目前的沮喪程度更不尋常。辰也似乎也察覺到異樣，從隔壁的倉庫探出頭來張望。貞彥沒有理會他們，默默走進了電梯。

雖然想代子矢口否認，但貞彥認為八成是她不小心打破的。正如曉美所說，店裡的員工都知道，不可以碰那些收藏品。

但是，除非想代子親口承認，否則不可能嚴厲追究。該怎麼辦呢？貞彥獨自回到家後，無力地躺在客廳的沙發上，茫然地深陷苦惱。

不一會兒，想代子帶著那由太從托兒所回到家裡。貞彥離開店之後，想代子應該感到坐立難安，馬上就離開了。

「妳去參加慶功宴吧。」

貞彥看到想代子一直和那由太留在客廳，於是這麼對她說，但是她回答「我也沒那個心情」，沒有打算離開，貞彥不再堅持。

「晚餐要不要我來做點什麼？」

想代子問，貞彥拒絕。「我不用了，妳弄給那由太就好。」連他自己都不知道是沒有食慾，還是對想代子心有不滿。

曉美晚上很早就回到家。這也難怪，慶功宴似乎早早就結束了。她從「中西」帶了兩人份的料理回家。

「她有沒有說什麼？」

「沒有。」

貞彥告訴她，和想代子並沒有交談，曉美很受不了地說：「真是的。」

「我不會主動提這件事，妳不要多說什麼。」

就算不是故意的，她也應該知道闖了大禍。既然她不願意自首，旁人大聲指責並無法順利解決這件事。

曉美無奈地嘆著氣，叫了二樓的想代子，把帶回來的料理交給她。想代子簡單道謝後接過料理，又回到二樓。

隔天公休，貞彥在家裡發呆一整天，總算冷靜了些。

既然已經打破，那也沒辦法了，一直消沉下去也無濟於事……他的心境漸漸發生改變。雖然山本喜市的黃瀨戶就像是「土岐屋吉平」的靈魂，但並不是真正的靈魂，如果搞錯了這件事，就可能會失去更重要的東西。貞彥得出這樣的結論後，獨自點著頭。

休假結束後，進入新的會計年度。

「這個月的活動商品很快就會送來，妳有沒有什麼點子？」

早餐時，貞彥用釋然的語氣問想代子。

「馬克杯展嗎？」想代子立刻露出開朗的表情，好像就在等這一刻。「我想了一下，鎌倉的『好物三明治』附近有一家咖啡拉花很厲害的咖啡店。如果請那家店在幾個馬克杯做出咖啡拉花，拍照之後，可以用在店頭廣告上，也可以放在部落格上吸引客人，這樣可以嗎？」

她說話的態度，似乎比貞彥更加淡然，徹底地忘記了前天發生的事。曉美在一旁聽了目瞪口呆。

「咖啡拉花就是在咖啡表面用牛奶畫畫，或是畫出各種圖案。」

曉美驚訝得一時想不出該說什麼，不知道想代子如何理解她的表情，竟向她說明了咖啡拉花。

「原來如此……的確是有趣的點子。」

貞彥好不容易才說出這句話，想代子面帶微笑。「那我去和那家咖啡店談一談。」

「她到底在想什麼啊？」

早餐後，曉美在臥室內穿和服時，忍不住抱怨。

「照這樣下去，事情恐怕解決不了，這樣沒關係嗎？」

「不，我會在適當的時機問她一下。」貞彥說，「而且未必是她闖的禍。」

「太荒唐了，」曉美說，「如果不是她，還會有誰？」

雖然貞彥也這麼想，但是看到想代子今天早上的態度，從她的言行舉止中感受不到一絲罪惡感，開始想是不是自己誤會了她。

「她向來都是這樣。」

事發當時，曉美毫不掩飾地懷疑她，想代子一定很不自在，但是幾天過去之後，她表現得若無其事，好像從來沒有發生任何事。曉美似乎無法理解她的想法。

雖然不知道想代子內心的想法，但她的確讓人有這樣的感覺，貞彥同樣覺得自己無法完全摸透想代子的性格。

無論如何，貞彥想要轉換心情，過一段時間再和想代子談這件事。

「早安，今天也請多指教。」

貞彥走進店內，帶著新年度煥然一新的心情向店員打招呼。她們可能和曉美一樣，搞不清楚想代子在想什麼，但是看到貞彥並沒有為收藏品的事鬱鬱寡歡，鬆了一口氣，所以她們回答的聲音都很有精神。

貞彥把旗幟放到門外，率先開始準備開店。在開門營業之後，就把店交給店員，自己走去四樓。

雖然打破的黃瀨戶形同已經從這個世界上消失了，但是漸漸萌生想要拿出來修復的念頭，證明大師曾經為這棟大樓竣工特地燒製過賀禮。雖然無法再放在店裡展示，但可以一直保存在倉庫的角落。

同時，這也有點像想要確認自己身上的傷口到底有多嚴重的衝動，他走進倉庫，來到後方的架子前，再次打開山本喜市的黃瀨戶。

雖然已經沒有第一次看到時的衝擊，但是看到盒子裡的慘狀，還是不禁皺起眉頭。因為並不是破成兩半，而是碎成無數碎片。想要修復，就必須像立體拼圖一樣重組，甚至讓人擔心，到底是不是能夠修復。

到底怎麼掉落，才會碎成這樣？……貞彥想到這裡，內心隱約浮現了一些想法。

前天因為狀況太慘，並沒有深入思考。

如果失手掉在地上，不可能碎成這樣。只有連續摔在地上好幾次，才會這樣支離破碎。是不是故意摔破的？……這種可能性帶著真實浮現在腦海，讓他有點不寒而慄。

同時，難以言喻的不安浮現在眼前，他決定繼續確認上次中途放棄的其他收藏品。

山本喜市的織部燒平盤。那是十吋的大盤子，放在玻璃櫃中格外搶眼。

他打開桐木盒子，確認之後放心了。沒有異常。

接下來同樣是山本喜市的瀨戶黑酒盅。他輕輕打開桐木小盒子。

這也沒問題。

黑織部沓形茶碗。志野抹茶碗。鼠志野茶杯。

他依次確認過十件山本喜市大師的作品，除了黃瀨戶以外，目前都完好如初。貞彥鬆了一口氣。

自己想太多了……

但是，當他把第十件紅志野花器的盒子拉出來時，再次聽到輕微的「喀叮」聲音。

在所有收藏品中，這個紅志野是和黃瀨戶不分軒輊的絕品。

該不會……

他倒吸一口氣，打開一看，發現盒子中的棉布並沒有呈現花瓶的形狀。他打開布，親眼確認那副慘不忍睹的景象，喉嚨深處發出了低沉含糊的呻吟。

「怎麼回事？」

他把曉美叫到倉庫說明情況後，她十分驚訝，緊張地問。

「八成不是不小心，」貞彥說，「而是故意打破。」

「為什麼要做這種事……」曉美難以置信地搖著頭，「老公，你做了什麼惹惱她的事嗎？」

「我完全沒有頭緒，」貞彥停了一下，「事到如今，我反而覺得無法斷言是想代子幹的。」

「你又說這種話。」曉美看著貞彥，很傻眼。「這只是你希望不是她幹的。」

「不，她很喜歡這個紅志野，妳覺得她會做這種事嗎？」

「你從很久之前就經常說，喜市大師的黃瀨戶和紅志野很有價值，一直很珍惜，旁人一看就知道了，所以這是復仇。」

「嗯，我的確向想代子提過這兩件作品。」貞彥承認說。

「你看吧。」

「我並沒有完全排除想代子的嫌疑，只是完全想不到她做這種事的理由。而且，如果是為了洩恨特地打破，那其他店員不會去碰的說法就無法成立。」

「其他的哪個店員？」曉美仍然難以接受地反問，「如果有什麼不滿，辭職離開就好了，像山中這種在店裡工作多年的人，不可能會做這種事。」

「我不知道是誰。」貞彥只能這麼回答。

「無論如何，如果是故意打破，就是犯罪，必須報警；要是就這樣完全不處理，其他收藏品會接連遭殃。」

曉美的擔心很有道理，但無法排除想代子的嫌疑，因此貞彥並不想報警。如果是想代子幹的，他希望能夠息事寧人，好好斥責她一番，就讓這件事落幕。

貞彥決定首先更改倉庫密碼鎖的密碼。

回到一樓後，貞彥沒有提紅志野的事，只是告訴其他店員，暫時禁止進入倉庫，有事需要去倉庫時，必須告知貞彥或是曉美。想代子也一樣。

然後，貞彥聯絡了一位姓榎木的人，他在橫濱專門修理美術品。

之前有客人帶了打破的陶瓷器來店裡，委託代為修復時，貞彥就交給榎木修理。貞彥不小心打破愛用的備前燒茶杯時，曾經請他修復，他用金繼的方式修復得很完美。

如果要修復打破的黃瀨戶和紅志野，就不能用金繼的方式，最好能夠讓裂縫看起來不明顯，但因為這件事有可能需要報警處理，所以目前無法立刻委託榎木修復。只不過貞彥很希望請榎木來看一下這些碎片，弄清楚到底是用什麼方式打破的。

榎木下午來到店裡，貞彥把他帶去倉庫，拿出黃瀨戶和紅志野的碎片，他同情地發出「啊喲喲」的叫聲。

「真是慘不忍睹。」

「我看了很傻眼。」貞彥回答後問榎木，「我想請教一下你的看法，你覺得如果只是失手，會碎成這樣嗎？」

「不，如果只是失手掉在地上，力量都會集中在某一點，碎片會大小不一。」榎木說，「既然所有碎片的大小都差不多，就代表可能把較大的碎片再次摔在地上。」

「果然是這樣啊。」貞彥發出嘆息。

「喜市被這樣的摧殘，支離破碎啊。」榎木拿起碎片，感傷地說。

「之後應該會拜託你修復，但目前要先調查是誰幹的。」

「但是，」榎木看著眼前的碎片時，突然皺起眉頭。「這是真的喜市的黃瀨戶嗎？」

「啊？」

「我之前曾經修理過一次喜市的黃瀨戶。」

貞彥搶過他拿在手上的黃瀨戶碎片，「啊！」地叫了起來。

這的確不是貞彥把玩多年的喜市黃瀨戶，表面沒有被稱為「油揚手」的手感，厚度根本不一樣。

經人提醒後，很容易發現這件事。當初發現打破時，一時亂了方寸，完全沒有察覺。

他看向紅志野。仔細觀察後，發現紅色也有點不太對勁。有大量緣口的碎片，顯然不是花瓶的形狀。

想到這裡，貞彥又想起另一件事。之前盤點時，發現少了幾件帳簿上記載的商品。當時以為被人順手牽羊偷走，貞彥記得其中有「小泉窯」的黃瀨戶茶碗，還有兩件「久久利窯」的紅志野小碟子。

「看來是被人偷走了。」

榎木說這句話時，貞彥剛好得出同樣的結論。雖然產生或許絕品並沒有遭到破壞的一線希望，但是詭異事態又淡化了這種希望。

榎木離開後，他獨自思考著。

如果小偷瞭解喜市作品的價值，應該會連同桐木盒子一起偷走。因為有沒有盒子，對鑑定真偽有重要的意義，價格大不相同。

既然只偷走器物，是否可以認為小偷只想要器物，並不打算轉賣？

或是有其他理由？

倉庫原本使用普通的金屬鎖，但因為不時會遺失，而且隔壁辰也他們的倉庫有相同的問題，於是就在五年前換了密碼鎖，只不過不必在意鑰匙遺失的問題後，在管理上變得有點漫不經心。經常更換密碼會造成混亂，這五年來從沒有換過。若有外人在場，會當著外人的面按密碼。如果有人心懷惡意，可能會偷看密碼的數字，如此一來，並不能只懷疑店內的員工了。

貞彥走出倉庫，來到三樓的「酷廚好物」張望。東子並不在，只有辰也在店裡。

「你好，你好。」辰也向他打招呼，因為沒有客人，貞彥單刀直入地詢問。

「最近我們店公休的時候，你有沒有看到可疑人物去四樓？」

「吉平」公休的日子，「酷廚好物」有時候會營業。只要使用後方的貨梯就可以去四樓，而且樓梯的門雖然關著，但是可以自由通行。

「不太清楚。」辰也側著頭，但似乎聽到貞彥的問題想到了什麼。「就是為那件事嗎？你們好像有什麼寶物被人毀壞……」

辰也夫婦前天同樣在隔壁盤點，事發當時，也曾好奇張望。貞彥離開之後，他們應該問了曉美。

「嗯，是啊。」

但是貞彥並沒有告訴他，其實是被人調包。

「既然你在找有沒有可疑人物，就代表並不是店員打破的？」

「我目前完全沒有頭緒，」貞彥難掩疑惑，「雖然緊急更改了密碼，但是之前從來沒有改過，可能太大意了。」

「嗯，我們也一直沒有改密碼，沒有資格說別人。」辰也自嘲地說，「如果是這樣，意味著可能是外面的人幹的嗎？……不，我並沒有看到任何可疑的人物。」

「這樣啊。」

從辰也的反應，不難預料到他的回答，貞彥聽了之後沒什麼反應。

「我會問一下東子。」辰也說完這句話，似乎還有話要說。「但是我現在想起來，最近商店會的幹部不是經常來這裡嗎？」

「對，剛好是年度末，有很多事情要討論。」

「其中有沒有人值得懷疑呢？」

雖然貞彥覺得辰也的話令人難以置信，但是他表情很認真。

「貞彥，你知道之前黑函的事嗎？」

「我知道。」

「我之前就是為了那件事才提醒你一下，我認為那是因為你反對再開發，於是對方採取了心理戰。」

「嗯，我想也是。」貞彥點點頭，表示他已經瞭解這件事。

「雖然我無法告訴你是誰，但是商店會內，有些年紀比較輕的人，似乎很希望日後可以進入再開發大樓開店。」辰也說，「我覺得最近的事可能是心理戰的環節之一，有人在背後搞鬼。如果你不趕快表示贊成，真的會災難臨頭。」

原本可能不會相信這種話，但是貞彥現在覺得好像有點道理，甚至有點不知所措。辰也說的商店會年輕幹部，是不是指「鎌倉農場」或是「朝比奈烘焙坊」的老闆？他們的店生意都很好，會主動爭取商店會的記錄和會計工作。

他們並沒有特別反對再開發計畫，認為大型商業設施會帶來人潮，會對附近的商店街帶來正面影響。由於商店街一些年長的人都強烈表示反對，他們並沒有明確表達自己的主張，但想必還有其他人也有相同的意見，其中若有人帶著私心，希望能夠擠進新商業大樓內開店也很正常。於是業者可能利用那個人，提出某種交換條件，讓那個人幹了這次的勾當。

「鎌倉農場」的老闆和「朝比奈烘焙坊」的老闆個性都很爽朗，看起來不像是會參與這種偷雞摸狗的事，只不過知人知面不知心。

「雖然你聽了可能會不舒服，只不過你一直對抗下去，會被那些老傢伙一起拖下水，我站在旁觀者的角度，覺得不如趁這個機會退一步，讓事情圓滿落幕。」

理。

雖然辰也日前提過相同的意見，但奇怪的是，再次聽到這番話，竟然覺得他的想法不無道

如果這次的失竊是業者在暗中搞鬼，一旦貞彥接受再開發計畫，也許那兩件收藏品會重新回到自己手上。小偷沒有破壞那兩件作品，而且留下盒子，表示沒有轉賣給別人的意圖，不正是想要表達這個意思嗎？

只不過現在改變態度，就等於向那種骯髒的手法屈服，當然無法馬上點頭。貞彥若有所思地嘆著氣，離開了「酷廚好物」。

他沒有回到店裡，而是走出大樓，很自然地走去商店街的「大西和服店」。

他站在馬路上向店內張望，發現老闆大西正在和坐在店內脫鞋處的女性客人有說有笑，那個女人順著大西的視線，把頭轉過來時，貞彥發現竟然是想代子。

「老闆。」貞彥走進店內時，想代子站起來，把位置讓給他。「我之前訂購的腰帶到了，我來拿腰帶。」

「這樣啊。」

曉美都在這家店做工作時穿的和服，想代子也一樣。

「那我回去了。」

想代子說完，向大西點頭打招呼後，走出「大西和服店」。

「你家的媳婦很努力啊。」大西瞇著眼說。

貞彥向想代子離去的方向看了一眼，並沒有回答，而是對大西說：「可以佔用你一點時間嗎？但不是關於商店會的事。」

「什麼事？」

大西看著貞彥凝重的表情，示意他坐下。

「上個月，我們不是曾經在我店裡的倉庫開了幾次會嗎？」貞彥和想代子一樣，坐在脫鞋處，略微壓低聲音。「除了你以外，還有『北瀨堂』、『町田印章』的老闆，有時候『鎌倉農場』和『朝比奈烘焙坊』的老闆會一起參加。」

「嗯，是啊。」

「那時候，我可能有時候暫時離開，你有沒有發現誰的舉動怪怪的？」

「嗯……什麼意思？」

「比方說，在倉庫內走來走去，或是對放在架子上的東西有興趣之類的。」貞彥說，「我要告訴你一件事，希望你不要傳出去，我放在倉庫內的某位大師的作品被人破壞了。」

大西呻吟一聲，知道出大事。

「當然，可能是自家店裡的員工幹的，只不過不知道動機。如果是想要整我，我認為很可能和再開發的事有關。如果是這樣，很可能是外面的人所為。只不過再開發業者並沒有去過我店裡的倉庫，而且我懷疑他們會想到用這種手法嗎？」

「你的意思是，有人和業者勾結嗎？」

「對，」貞彥點點頭，「有可能是發生很多事，我想太多了。」

「對啊，」大西抱著手臂說，「之前還有黑函的事，你會這樣懷疑很正常。」

「我之前為黑函的事去向『鎌倉庵』抗議，如果是業者幹的，我相信對方已經知道了，我原本還以為事情慢慢平息下來。」

「沒想到這次用更卑劣的手法嗎？……嗯，我覺得有可能。」大西說，「但是，幹部中倒是沒有人有任何可疑的舉動。你是不是想問『鎌倉農場』和『朝比奈烘焙坊』的態度？」

貞彥沒有吭氣，承認了這件事。

「我知道他們心裡並不反對再開發計畫，但是如果他們是這件事的幫凶，應該會先試著說服你。」

「有道理。」貞彥同樣認為這樣更合理，「他們並沒有特別向我提過再開發的事。」

「嗯，真是傷腦筋啊。」大西煩惱地看著天花板，然後將視線移回貞彥身上。「那件收藏品遭到的破壞無可挽回了嗎？」

「不，如果和業者有關，我認為可能會視我的態度，有機會恢復原狀。」貞彥說，「只不過並沒有所謂的犯罪聲明，很難說。」

「雖然我搞不太清楚，但你好像被他們戳中微妙的點。」大西嘆著氣說，「但還是不希望向用這種手法的人舉白旗。」

「就是啊。」

「叫你不要認輸很簡單，」大西鬆開抱著的雙臂，「但這是你要面對的問題，我並不會不負責任地鼓勵你和他們對抗。雖然這麼說可能太直白，但是無論我們再怎麼反對，再開發計畫還是會進行。這是大家都心知肚明的事，而且有人已經贊成，我們意識到自己是處於劣勢的一方，仍然表示反對。說起來，就像是有媳婦嫁進門的婆婆，不囉唆幾句，心裡就不痛快。」

「有媳婦嫁進門的婆婆」這種老派的比喻很像是大西會說的話，貞彥產生親近感，忍不住微微苦笑。

「但是我沒想過把『土岐屋』一起拖下水，因此無論你怎麼判斷，只要考慮你自己就好。你家有媳婦和孫子，要考慮到將來的事。無論你在判斷後做出任何決定，我都不會有任何意見。」

大西似乎想要表達，如果他站在貞彥的立場，就不會逞強堅持下去。雖然他身為傳統商店街的代表，無法公開表達這樣的意見，但這或許是他的真心話。

離開「大西和服店」後，貞彥內心仍然舉棋不定。

只有確定黃瀨戶和紅志野毫髮無傷地回到自己手上，才能轉向支持再開發計畫，只不過目前根本不知道該去向誰確認。

如果要保持強勢的態度，目前無法報警。如果這件事和「鎌倉農場」和「朝比奈烘焙坊」的老闆無關，有可能是業者的主謀唆使貞彥店裡的員工調包，目前無法排除想代子就是這個人的可能性。雖然很想查個水落石出，但又不希望警方開始調查後，影響店裡正常運作，與其如此，還不如就這樣不了了之。

只不過如果是業者主導這件事，沒有人保證不會有下一次。如果為這件事必須每天都提心吊膽，繃緊神經，就太令人鬱悶了。

貞彥回到自己的店，悶悶不樂地仰頭看著之前向來感到自豪的大樓。

13

「老闆娘，不好意思。」

曉美正在櫃檯前包裝客人買的一對茶杯時，想代子拿著盤子走過來。

「『月吉窯』的這個盤子，上面還有庫存，客人說想看一下。」

陶藝家和窯廠的作品都是手工燒製，相同形狀的器物，釉彩的顏色和鐵粉呈現的效果仍會有微妙的差異，有些客人想要仔細比較庫存的所有商品，購買自己最喜歡的那一個。

貞彥改變倉庫密碼後，目前只有他和曉美能夠出入倉庫。貞彥剛好外出，只能曉美去倉庫。

「那這裡就麻煩妳了。」

曉美請想代子代為包裝，於是就走上四樓。她用新的密碼打開倉庫，在倉庫內尋找「月吉窯」的盤子，但是沒有看到。她在倉庫內找了半天，想起之前在盤點時，已經拿去樓下。

她回到樓下，這麼對想代子說，她裝傻地拍下手，發出「啊啊」的聲音，然後打開貨架下方的儲物櫃，很快就找到那個盤子，然後就去接待客人，沒有來向曉美道歉。

「老闆娘，客人還想要兩個這種杯子，可以請妳去看一下還有沒有庫存嗎？」

「老闆娘，這個系列的五吋盤子，樓上還有庫存嗎？」

其他店員也不時請她確認庫存，曉美每次都要在店裡和倉庫之間來來回回，簡直變成跑腿的，讓她開始厭煩。

貞彥終於回到店裡，但滿臉煩惱。他似乎還沒有決定要怎麼處理打破的器物，也還沒有報警。

雖然他嘴上說，有可能並不是想代子，但是在內心深處，還是無法消除是想代子動手的懷疑。如果報警處理，最後查出不利店家聲譽的真相就很傷腦筋……曉美猜到了貞彥內心的想法。

曉美雖然不經意地觀察想代子，但是想代子並沒有任何鬼鬼祟祟的舉動，和平時沒什麼兩樣。貞彥今天早上似乎調整好心情，整個人看起來神清氣爽，想代子可能認為已經不再懷疑她了。果真如此的話，真想說她這個人神經未免太大條，但她向來都是如此。

只不過破壞店裡重要收藏品的行為絕對無法原諒，如果是故意的行為，更加不能寬貸。若是想要藉此發洩私怨，已經超出了可以容忍的限度。

反向思考的話，之前費了很大的工夫，仍然無法查明想代子是否涉入康平的案子，如果這次確定是想代子所為，就可以順理成章地把她趕出家門，貞彥應該無法再保護她。

正因如此，曉美覺得絕對不能讓這件事不了了之。

曉美利用休息時間去了「酷廚好物」。

東子在店裡，但正在接待客人。曉美在一旁等她，想找她去屋頂說話，但辰也叫住了曉美。

「關於前天的事，貞彥問我最近有沒有看到可疑人物在四樓出沒，東子也說沒看到。」

貞彥似乎為了證明不是想代子所為，正積極尋找線索。

「不可能是外面毫無關係的人偷偷溜進倉庫打破吧？」

雖然對辰也說這些話毫無意義，但曉美覺得貞彥根本搞錯調查的方向，忍不住這麼說。

「不，貞彥說，不能排除這種可能。」辰也說，「在再開發的事上，他的態度很堅定，搞不好敵人就是原本以為站在同一陣線的商店會成員。」

原來貞彥提出了這種可能性。雖然瞭解貞彥開始懷疑外人的理由，但這充其量只是一種可能性。如果因此放棄針對內部進行調查，那就太危險了。

「曉美，妳最好不著痕跡地勸勸他，照這樣下去，他的處境會很不利。看來對方會不擇手段。」

辰也似乎認為向對方投降算了。雖然辰也這麼說，但曉美不打算這樣勸貞彥；不過，既然從辰也口中聽到這件事，就知道再開發計畫遇到瓶頸，很難再像之前一樣，持續維持旁觀的立場。貞彥似乎得考慮很多問題，面色才會如此凝重。

「前天的事？」

東子送走客人，加入他們的談話。曉美聽說辰也很支持想代子，因此無法明說她懷疑想代子，有點難以啟齒。

「對啊對啊，」辰也代替曉美回答，「她剛才說，不可能是外人，我告訴她，未必是這樣。」

「曉曉，妳該不會在懷疑想代子？」東子微微皺起臉頰問，「怎麼辦呢？雖然我很想幫妳，但如果又惹禍上身就傷腦筋了。」

「好物三明治」假冒食材產地的報導似乎對東子造成很大的打擊。雖然想代子應該並不知道這些內情，但是她寫的部落格成為這件事的起點，東子認為搞不好是她爆的料。無論如何，對東子來說，想代子都像是瘟神，不想和她有任何牽扯。

「不能把所有的事都怪罪到想代子身上，她太可憐了。」

辰也這麼說，曉美的士氣很受打擊，因此沒有多說什麼，就離開了「酷廚好物」。

既然東子無法為自己助陣，曉美只能自己採取行動，但是她想不出該怎麼辦。

「妳陪那由太入睡之後，再來樓下一趟。」

晚上，想代子泡完澡後，在客廳沙發上休息的貞彥對她這麼說。晚餐的時候，貞彥一直沉默不語，好像在思考什麼，沒有提前天的事，甚至沒什麼交談，曉美猜想貞彥應該打算和想代子談些重要的事，不禁有點緊張。

不一會兒，想代子從二樓下來。

「要不要喝點什麼？」

貞彥今天吃完晚餐後沒有喝酒，想代子貼心地問。

「不，不用了。」

貞彥回答後，想代子坐在沙發前的地毯上。貞彥似乎在等這一刻，原本躺在沙發上的他坐了起來。

「想代子，我想問一下妳的意見。」貞彥開口，「妳之前說，再開發計畫聽起來不錯，頗有吸引力。」

「不……是啊。」想代子有點不知所措地輕輕點點頭。

曉美有些驚訝，不知道他們原來聊過這件事。曉美不記得曾經在想代子面前提過，雖然她可能從康平口中聽說過相關話題，但是康平當時覺得業者提出的條件太可笑了，想法和貞彥差不多，因此曉美不知道想代子從哪裡聽說這件事，也不知道她什麼時候表達過這樣的意見。

「妳目前的想法仍然沒有改變嗎？」貞彥向她確認。

「不，我之前沒有經過深思熟慮就說了那些話，請爸爸不要太當一回事。」想代子說。

「一切順利的話，再開發的商業大樓還是要五、六年後才能完成，搞不好需要更長時間，我的任務就是決定方向，規劃方針，實際上，這個決定真正影響店鋪命運的，是妳和那由太一代，所以我想聽聽妳真正的想法。」

貞彥這番話聽起來好像想代子繼承這家店已經是既定路線了。曉美難以接受，但這不是今天討論的重點。

「我認為維持現狀很好。」

她可能知道貞彥持反對的態度，這句話聽起來是顧慮到貞彥的立場。

貞彥只是點了一下頭，不知道是否同意想代子的意見，沉默片刻後，又繼續說道：

「喜市大師的黃瀨戶那件事，我認為可能和再開發的問題有關。」

「是有人故意搞破壞嗎？」

「也不是故意搞破壞，而是某種心理戰。」

想代子聽了貞彥的話，似乎表示同意。

「的確，店員不會碰那些收藏品，也不可能有人失手打破。」

想代子的語氣聽起來像是自然而然地推論，但曉美覺得她根本在裝傻。

「當然是有人故意幹的，」曉美插嘴說，「否則怎麼可能連紅志野的花瓶都打破。」

「啊？那個花瓶也破了嗎？」想代子大吃一驚，然後看向貞彥。

貞彥沒有回答，但這種態度等於證實了曉美說的話。

「太過分了。」想代子嘀咕說，「就算要搞破壞，也不要做這種無可挽回的事。」

曉美覺得她只是巧妙地假裝站在這一方。這件事根本不可能是外人所為，照這樣下去，只會讓想代子脫身。

「是啊。」曉美在附和的同時，用銳利的眼神瞥了她一眼。「如果是為了再開發的事施壓，會做出這種無可挽回的事嗎？若真的是這樣，只會讓我們的態度更強硬。」

根本就是妳幹的吧。曉美心裡這麼想，瞪著想代子。

想代子突然移開視線，「等一下……」然後就沒有再說話。她似乎想了一下，然後又看向曉美和貞彥問：

「那些碎片是真的嗎？」

「啊？」

「如果和再開發的事有關，搞不好是假的。」

「什麼意思？」曉美覺得她根本是在故弄玄虛。

「也許當我們態度軟化時，真品就會送回來。」想代子一臉嚴肅，「我記得那天盤點的時候，好像少了哪家窯廠的黃瀨戶的碗。」

竟然想用這套說詞狡辯。曉美越聽越生氣，沒想到貞彥微微瞪大眼睛，然後用力點點頭。

「妳說對了。榎木先生告訴我之後，我才發現這件事。那並不是真品的碎片，而是短少的『小泉窯』或是『久久利窯』的黃瀨戶。」

「啊？」曉美驚訝地叫了起來。

「果然是這樣。」想代子自言自語著，似乎豁然開朗。

「如果是普通的偷竊，小偷會連同盒子一起偷走。如果只是想要搞破壞，就會把真品打破。這次特地用其他黃瀨戶的碎片調包，我認為這是對方想要傳達的訊息。也就是說，會視我之後的行動，把真品歸還回來。既然是業者指使，對方不會發表所謂的犯罪聲明，對方認為只要我們想一下，就不難猜到。」

「這樣的話，爸爸會考慮低頭嗎……？」想代子問。

「老實說，我還猶豫不決。」貞彥說，「所以我才想徵求妳的意見。」

「如果要問我的意見……」想代子猶豫了一下，「如果因此低頭，就真的太不甘心了……但是，我有看到爸爸發現黃瀨戶被摔壞時難過的樣子，紅志野也一樣，如果可以拿回來，真的很希望可以拿回來。」

「沒錯。」貞彥說，「我一度心灰意冷，覺得既然摔破了，也只能死心，但是如果可以，就希望可以重新拿回來，這麼一想，就覺得有必要這麼強硬反對再開發的事嗎？」

「可以認為是有捨才有得。」想代子迎合貞彥的說法。

「等一下。」曉美完全跟不上事態發展的節奏，她插嘴說：「有什麼證據證明是再開發業者做的？如果一廂情願地這麼認為，不是太草率了嗎？」

「只要想一下，就知道這是唯一的可能。」

貞彥雖然這麼說，但是曉美覺得他根本沒有回答自己的問題。

「你是說，業者的人進入我們的倉庫嗎？小偷會挑選喜市大師的黃瀨戶和紅志野，不就是知道在所有收藏品中，這兩件作品最有價值嗎？外人怎麼可能知道這種事？」

「關於這件事，」貞彥有點難以啟齒，但還是繼續說道：「之前商店會的幹部曾經在倉庫內開會，我認為其中有可能有業者的內應，或是我們店裡有人在業者的要求下提供協助，無論是哪一種情況，除非報警，否則很難揪出這個人。」

「既然這樣，那就報警啊。」

曉美認為自己說了理所當然的話，但貞彥微微皺起眉頭，似乎不願意這麼做。

「這等於在向對方表示不願意做交易，如此一來，就真的不知道黃瀨戶和紅志野會變成什麼樣。」

雖然貞彥說得冠冕堂皇，但是曉美隱約猜到貞彥不想找出真凶的理由。如果是店員提供協助，其中當然包括想代子。貞彥不想懷疑想代子。

儘管對黃瀨戶和紅志野的碎片竟然是贗品感到震驚，但現在曉美漸漸理出頭緒。

貞彥的分析可能沒錯，再開發業者的確有可能和這件事有關。

但即使如此，是不是代表有內應，而且這個內應會不會是想代子？

想代子以前曾經表達贊成再開發計畫的意見。雖然現在表現出交由貞彥決定的態度，但其實是巧妙地引導貞彥表示贊成。

真搞不懂她到底在想什麼。

「我反對這種毫無根據的做法。」曉美斬釘截鐵地說，「假設我們身邊有對方的內應，如果不找出這個人，我們就會被對方耍得團團轉，而且事態無法朝我們希望的方向發展。」

「我已經說了，這件事很困難。」貞彥一臉為難，「我問了大西會長，來開會的成員中，是否有人出現不自然的舉動，大西會長不覺得哪個人有問題。」

這根本不是重點。曉美想說的是，想代子才是最可疑的人。

但是，曉美沒有足夠的證據可以直截了當這麼說，貞彥也刻意避談這件事。

曉美偷偷觀察想代子，發現她低著頭，好像在思考什麼。

「想代子桑，妳有什麼看法？」

曉美問，但想代子遲遲沒有抬起頭。

「怎麼了？」貞彥問。

「沒有啦，」想代子終於回答，然後若有所思地看向他們。「我只是在想一些事……可以給我一點時間嗎？」

「什麼意思？」曉美皺著眉頭問。

「因為涉及到其他人，目前還無法……」她含糊其辭，「爸爸，請你暫時不要處理這件事。」

「到底是怎麼回事？」貞彥有點不知所措。

「總之，今天就先這樣。」想代子強勢地結束這個話題，說「晚安」之後，就回去了二樓。

她顯然知道什麼內情，貞彥有點震驚。即使到了平時回臥室睡覺的時間，他仍然坐在沙發上。

曉美在完全不瞭解狀況時，還可以不負責任地嚷嚷說要報警，但是當從想代子說的話中發現，她顯然和這件事有關，立刻被這種不安的感覺嚇到，有點不敢深入追問。原本覺得即使會影響目前的生活也無所謂，但現在覺得這種影響太危險，甚至可能連她自己都會遭到池魚之殃。

結果就被想代子的那一招唬住，接下來的幾天，只能和貞彥一起保持觀望。

但是，想代子的態度並沒有明顯的變化。

「上次提到的鎌倉那家咖啡店，應該會答應為我們的馬克杯做咖啡拉花。」

吃晚餐時，想代子眉飛色舞地報告這件事，好像已經把喜市的黃瀨戶和紅志野拋在腦後，貞彥只能無力地回答：「這樣啊。」

曉美漸漸厭倦只能等待，逼問貞彥：「現在要怎麼辦？」

「沒怎麼辦啊，想代子似乎有什麼想法，就只能看她怎麼做了。」

曉美覺得貞彥的回答根本在逃避現實，感到很不耐。

「從她那天說話的態度，她明顯和黃瀨戶和紅志野的事有關。」

「最好不要未審先判。」貞彥顧左右而言他。

「她說的話，不就是已經承認了嗎？我很驚訝，她竟然會想到那些碎片是假的。」

「只要想到在盤點時缺少的其他器物，很自然會想到這樣的答案。」

「這只是你一廂情願，希望事情是這樣，」曉美武斷地認定，「既然她說什麼涉及其他人，就代表她提供協助。因為我說必須報警，她發現事情可能會鬧大，才想去和對方商量，看能不能把東西送回來。」

貞彥沉默不語。想必他也想到了這些情況。

「如果她若無其事地把東西送回來，你就打算不追究嗎？」

「我會問她到底是怎麼回事。」

「如果她回答說，由於涉及他人，無法說明呢？」

曉美追問道，貞彥不悅地皺起眉頭。

「現在去想這種還沒有發生的事有什麼用？」

「這根本……」

曉美覺得貞彥內心根本認為只要想代子把東西拿回來，就可以不追究責任。

貞彥終究是生意人的後代，很習慣根據利害得失思考問題。康平以前讀初中時代，在學校犯錯時，也是貞彥決定用捐款的方式解決問題。俗話說，有錢人不吵架，只要從長遠的角度來看有利可圖，就不會在意眼前的損失。

曉美在思考問題時，無法像貞彥那樣放得開。有些事可以原諒，有些事無法原諒。或許有點情緒化，但是她認為這就是人性。

只不過她發現貞彥也心神不寧，在曉美逼問他的隔天，他吞吞吐吐問想代子：「前幾天的事……後來怎麼樣了？」

「前幾天的事？」

想代子微微側著頭，似乎想要徹底裝傻。

「就是黃瀨戶和紅志野的事。」

「喔喔。」她叫了一聲，好像已經把這件事忘得一乾二淨。「請再給我一點時間。」

「再給妳一點時間，目前到底是什麼狀況？」曉美忍不住插嘴問。

「我有點頭緒，所以正在拜託對方，把東西還回來。」

果然是這樣，但是不知道如何理解她說的「有點頭緒」這句話。她似乎想藉此表示和她沒有直接的關係。

「妳不能告訴我們，那個人是誰嗎？」貞彥問。

「之後還要來往，我認為還是不要說出來比較好。」想代子說，「對方目前沒有明確承認，但我認定是那個人，我向對方保證，只要把東西還回來，我會把整件事藏在心裡，用這種方式拜託對方歸還東西，所以我不知道什麼時候會歸還，也不知道會以什麼方式歸還。也許不是直接交到我手上，而是放在店裡的某個地方。」

「妳的意思是，這件事和妳無關嗎？」曉美問。

「和我沒有關係，」想代子在否認之後，又接著說：「但是……」

「但是……？」

「我記得曾經向對方提及黃瀨戶和紅志野，我當時完全沒有想到會發生這種事……對不起。」

這不是和康平的事件發生時，她說沒想到會發生這種事，所以她把自己要回娘家的事告訴隈本一樣嗎？

而且她現在又說，無法透露對方是誰，當然可以堅稱和自己沒有關係。

曉美心想，難道只有自己認為她是在巧妙地逃避嗎？

「這樣啊……那等事情稍微明朗之後，妳會告訴我們嗎？」

貞彥敷衍地結束這個話題。

「我會。」

他顯然輕易地被想代子糊弄了。

又過了好幾天，事情完全沒有任何進展，懸而未決的煩悶持續存在。開始準備馬克杯市集後，就必須專心投入，活動的第一天忙得不可開交。

但是，像馬克杯市集這種特定商品的活動，除了第一天和週六、週日以外，無法期待有太多的客人，第二天果然只勉強維持店內隨時有客人的狀況。

第三天，曉美休息，沒有去店裡。一方面是她猜想今天應該不會太忙，更重要的是她感到身體不太舒服。或許是因為之前的準備工作和第一天的疲勞所致，前一天晚上狹心症的症狀又出現了，這天早上也感覺不太舒服。

她送貞彥和想代子出門後，又回到床上，一整個上午都躺著休息。

她在較晚的時間吃了茶泡飯，然後就在客廳看電視打發時間，但很快就膩了，她覺得身體狀況恢復了一些，可以稍微活動身體，於是想整理桌子。

她把保險公司寄來的保險證書等收進檔案夾，把檔案夾放回架子時，看到放在架子上的筆記本。

那是康平設計陶瓷器物的筆記本，之前在二樓的房間找到之後，幾乎每天都會看，但久而久之，就漸漸忘了這件事。也許人就是這樣，只不過曉美並不打算丟掉這本筆記本，對她來說，這仍然是很重要的東西。

曉美正打算相隔多日，重溫康平的筆記本時，突然停下手。她想要去二樓的房間看一下，也許可以發現想代子和黃瀨戶、紅志野的事有關的東西。雖然她內心有一點猶豫，但是現在管不了這麼多。如果不主動採取行動，無法查明任何實情。

一旦這麼想，就再也坐不住了。她幾乎在衝動之下，走向樓梯。

她沿著階梯緩緩上樓。光是這樣，就開始心悸。剛才覺得身體狀況稍微恢復只是心理作用嗎？但她又覺得也許只是因為緊張，於是就放慢了呼吸。

康平以前的房間變成了適合年輕母子生活的清爽明亮空間，那由太的玩具箱放在牆邊，書架上放著繪本、漫畫和幼兒雜誌。

康平以前使用的橡木書桌上，放著平板電腦和筆電。

曉美試著按了平板電腦的電源鍵，螢幕上出現鍵盤，她輸入想代子名字的羅馬拼音「SOYOKO」，並沒有順利解鎖，輸入那由太的羅馬拼音「NAYUTA」也一樣，於是她放棄了平板電腦。

她打開筆電。筆電似乎是休眠狀態，螢幕上出現了還沒有寫完的文章，介紹了在馬克杯市集銷量很好的商品。八成是她準備發在部落格上的文章。曉美也會偷偷看想代子的部落格，但部落格中所呈現的是想代子對外表現的形象，曉美並沒有興趣。

如果隨便亂動，被想代子發現就慘了。想代子用筆電寫部落格和製作店頭廣告，應該不會寫私事。手機上應該有她和外界聯絡的證據，但曉美沒有機會看她的手機。而且也可能和她之前和限本打交道時一樣，她的手機中也可能並沒有留下什麼重要的紀錄。

曉美很想看她有沒有記事本，但是打開書桌的抽屜，並沒有發現。

書架的上層放著美容雜誌。那是那由太拿不到的高度，曉美發現上面有一本Campus筆記本。

筆記本封面上沒有寫任何字。

但是，曉美隨手翻了一下，發現裡面寫著不少內容，於是產生興趣。

她突然看到「曉美」這兩個字，大吃一驚。

《曉美「如果妳希望我早死，這樣調味也沒關係」》

這句話下方還劃了紅線，似乎想要特別強調。曉美大吃一驚，覺得好像有人用力揪住自己心臟。

這是、什麼意思……？

曉美記得之前有一次吃晚餐的時候，自己說過這句話。那天晚上的烤鮭魚太鹹了，她覺得自己沒必要忍氣吞聲。

想代子似乎把曉美當時說的話寫下來，但是不知道她這麼做的用意，而且還特別強調自己隨口嘀咕的話，寫成好像報紙的標題，當然會讓人吃驚。

《曉美「連這些東西都丟掉，就等於抹滅康平的人生」》

下方還寫下了這句話。和想代子平時的筆跡相比，字跡很潦草。

曉美也記得這句話。想代子整理這個房間時，曉美對她這麼說。想代子並沒有同時寫下自己的心情，因此不太瞭解她記錄這句話的意圖，但顯然並非只是備忘錄，而是反映出她內心負面的情緒。

曉美感受到筆記本頁面散發出的不平靜，頓時很不舒服。雖然不知道是否真的因為這個原因造成，但她有點想嘔吐，整個人幾乎都無法站穩。

這很像是狹心症發作的預兆。而且繼續留在這個房間，有一種窒息的感覺，於是她拿著筆記本，下樓回到客廳。

她打開一半的窗戶透氣，坐在沙發上讓呼吸慢慢平穩下來。然後，她翻到筆記本的第一頁，想瞭解想代子寫下這些話的目的。

《「是不是根本不是我的孩子？」》

《「妳是不是叫他不要和我親近！」》

《「妳不要老是一臉陰陽怪氣！」》

第一頁上每隔一行寫了這些話。雖然並沒有寫是誰說的話，但不難猜到是康平。康平在曉美他們面前聊到那由太時，曾經說過「真搞不懂他像誰」之類的話，他在想代子面前時，使用了更激烈的字眼。

如果可以替康平辯護，曉美認為他可能因為懷疑那由太是隈本的孩子而煩惱，內心失去平衡。只不過事到如今，已無法瞭解他真正的想法。

《「那又不是妳賺的錢！」》

《「妳只有找藉口的本事是一流！」》

《「妳說了一大堆，根本沒有回答我的問題！」》

那似乎是康平對她說的惡言惡語。她仍沒有提及自己內心的想法，但似乎是提醒自己不要忘記這些充滿屈辱的話。

雖然不是站在康平的立場說話，但是平時若對想代子說一些嚴厲的話，她似乎一轉身就忘了，好像什麼事都沒有發生。

沒想到，她其實用這種方式記錄下這些刺耳的話語，逐漸累積內心的仇恨。想到這裡，就感到很不舒服。

《東子「人在悲傷過度時，即使想哭也會哭不出來。」》

曉美繼續翻閱後，看到這句話。

接下來寫的那句話，應該是在康平死後。

《曉美「無論打不打破，康平都無法死而復生。」》

曉美回想之後，想起當時的情況。在葬禮之後，想代子在玄關敲破用塑膠袋包起的陶瓷器。曉美見狀，問她在幹什麼。

想代子正在敲破康平之前使用的飯碗。那是她連同要放進棺材的東西一起，從他們之前的租屋處帶來的。曉美知道這是習俗，讓死去的人不要再眷戀塵世，但是說句心裡話，當時各種情緒在內心翻騰，根本沒有想到這件事。

想代子向曉美說明之後，又補充說，貞彥對她說，把碗敲破是為了康平，不要有任何顧慮。家裡做陶瓷器的生意，她擔心這種行為會不會讓人覺得不珍惜陶瓷器，事先特地跟貞彥確認過。

她特別提到已經徵求貞彥的同意，很像是她的作風，但是無論是基於任何理由，曉美當時還沉浸在風暴過後的無力感之中，對她把這件事當作是必要的環節，冷靜地進行處理無法苟同，再加上飯碗打破時刺耳的聲音，讓曉美心生反感。

如果對塵世還有留戀，就不要離開，回來這個世界就好，但現實是無論是否敲破飯碗，康平都不可能回來……曉美當初是基於這種想法，才會嘀咕那句話。雖然並不是責罵想代子，但是當時一方面努力讓她不要為康平的死自責，另一方面又不小心嘀咕出這句話，或許聽起來有點和當時的態度格格不入。

不知道想代子是否感到奇怪，才特地記下了這句話。

從記錄這句話的時間來看，前一句『想哭也哭不出來』那句話，應該是康平去世的時候。東子應該不是說自己，而是看到想代子，說了這句話。就是東子說她在假哭。

想代子特地寫下這句話。東子隨口說的這句話，深深刺進了想代子心裡。

她應該覺得東子發現她在假哭。

這時……

外面隱約傳來了那由太的聲音，曉美停止思考。

她立刻看向座鐘，發現想代子從托兒所把那由太接回來了。

必須趕快確認有沒有關於黃瀨戶和紅志野那件事的線索。

曉美走向樓梯，準備把筆記本放回去的同時，翻到最後寫的內容。這時，她感到一陣暈眩，整個視野天旋地轉。

《和想代子見面時，她拜託我這麼做。》

《最惡劣的就是坐在那裡，裝出一副被害人態度的女人。》

那是隈本在法庭上說的話，但是，想代子並沒有寫下自己的心情，而且現在沒有時間去推測她的想法。

曉美在繼續往後翻的同時，決定今天就先作罷，等待下一次機會。

《大西先生雖然擔任會長……》

她剛好看到「大西和服店」老闆的名字。雖然覺得應該和目前發生的這一連串事情有關，但是她不能繼續看下去了。

她準備走上樓梯，把筆記本先放回去，這時，胸口感到一陣劇痛。

「我們回來了。」

玄關傳來想代子的聲音。

曉美站在樓梯上，發出呻吟後彎下腰。

好痛。

好痛。好痛。

實在太痛了，她忍不住咬緊牙關。

和平時狹心症發作時的疼痛不一樣。

她感到腦袋麻木，渾身冒著冷汗。

她聽到想代子母子沿著走廊走過來的聲音。

曉美無法動彈，只能坐在樓梯上。

「媽媽……」

想代子走到樓梯前，看到曉美後，露出了詫異的眼神。

疼痛沒有消失。筆記本從曉美的手上滑落，滾下樓梯。
「妳在幹什麼……？」
想代子瞥了一眼滾落的筆記本後問曉美。曉美無力回答。
她按著胸口呻吟，痛苦地扭著身體。她完全無力招架這種撕裂日常的疼痛。
想代子目不轉睛地看著她。
曉美張嘴想要求救，但是說不出話。
她無法坐起來，身體倒在樓梯上，然後滾下樓梯。
她回過神，在旋轉的視野中，看到想代子默默注視自己的雙眼近在眼前。
想代子雙眼冰冷，完全感受不到溫度。
只是好像在觀察什麼。
啊啊，她會見死不救……
曉美的腦海閃過這個念頭的下一剎那，進入視野的一切開始搖晃，然後她就失去意識。
耳邊隱約聽到了說話聲和電子聲。
睜開眼睛，看到燈火輝煌的天花板，而且天花板的面積很大。
昏昏沉沉的腦袋終於慢慢理解現實。護理師探頭看著曉美，正在對她說話。
自己似乎正在醫院。她發現自己戴著氧氣面罩，但是身體好像不屬於自己。她不知道自己正在恢復，還是已經是無可救藥的狀態。

不一會兒，平時為她看診的飯田醫生走進來。

醫生告訴她，目前已經脫離險境。醫生對她說的話，她連一半都無法理解，只知道醫生請她放心。

曉美反射性地對他說聲謝謝。

之後意識又陷入模糊，在分不清是現實還是夢境的世界徘徊很久。

她看到想代子站在自己身旁。

曉美問她，妳為什麼要假哭？

什麼意思？想代子裝傻地回答。

妳是不是哭不出來？曉美對想代子這麼說，但是想代子沒有再回答。

曉美清醒，意識漸漸恢復之後猛然想起這件事，既覺得是現實，又覺得好像是夢中的對話。

曉美住在市民醫院的加護病房。

狹心症引起更嚴重的急性心肌梗塞，心臟血管阻塞，導致心臟無法發揮功能。心臟差點停止，幸虧緊急進行心導管手術，並注射協助心臟功能恢復的藥物，才終於撿回一命。

在她昏倒的四天之後，她才終於知道這些情況。

貞彥也帶著想代子和那由太來探視她。曉美一直住在加護病房，完全分不清白天和黑夜，但現在似乎是晚上。

「今天晚上再觀察一整晚，如果病情穩定，就可以轉去普通病房了。」

主治醫生飯田醫生向貞彥他們說明，貞彥鬆了一口氣地對曉美說道：「太好了。」

「是妳媳婦救了妳。」飯田醫生瞥了想代子一眼，「在救護人員趕到之前，她替妳做心肺復甦術，救了妳一命。如果她沒有這麼做，妳就很危險。妳要好好謝謝她。」

曉美難以置信，但還是說了「謝謝」。想代子站在貞彥身旁微笑著，輕輕搖搖頭。

那時候——想代子默默看著曉美痛苦的樣子，見死不救的身影深深烙在曉美的腦海中。但是，曉美現在被救活了，就代表飯田醫生說的話是事實。

隔天轉到普通病房。白天的時候，東子來醫院探視她。

「妳在加護病房時，看到妳渾身插滿管子，我甚至做好了最壞的打算。」

當曉美在生死之間徘徊時，東子每天都來看她。

「讓妳擔心了。」

「不管怎麼說，真是太好了。」東子深有感慨地說。

「聽說是想代子救了我。」

曉美說，東子點點頭，表示她也聽說了，然後開玩笑。「妳欠她很大的人情。」

「我昏倒的時候，還以為她會對我見死不救。」

曉美吐露真心話，但東子以為她在開玩笑，笑著回答：「妳別亂說話。」

這時，病房的門突然打開，東子看向入口，然後向曉美使了一個眼色，似乎表示「才說到她，她就來了」。

「啊，姨媽，妳來了啊。」

是想代子。

「醫院安排的病房還不錯嘛。」

想代子為曉美帶來毛巾、牙刷等住院生活需要的物品。

「好了，我要回去店裡了。」

雖然東子才坐了沒多久，但似乎覺得趕快離開為妙，於是從鐵管椅上站了起來。東子似乎很討厭想代子，不想和她有任何瓜葛。

「辛苦了。」想代子目送東子離開後，笑著問曉美：

「今天覺得怎麼樣？」

曉美看著她好像以前的事都不曾發生過，一切都重新開始的笑容，感到不知所措，但在不知所措的同時，只能被迫接受她的問候，對她說聲「謝謝」。

「妳要趕快好起來。」

「不好意思，在這麼忙的時候病倒。」

「雖然週六、週日有點忙，但週一之後，客人就少了。請不要擔心店裡的事。」

從曉美昏倒時的狀況，想代子應該發現曉美偷偷溜進她的房間，偷看了她的筆記本，但是她仍然一副什麼事都沒有發生的態度。

人和人之間的關係，往往在經歷各種事情之後，彼此的距離等之間會逐漸發生變化，但是想代子好像抗拒這種變化，完全無視過去曾經在彼此之間發生的事，一次又一次重啟彼此的關係。

自己是不是真的問過她為什麼假哭？

但又覺得好像是在夢裡。

如果那是現實，沒想到自己竟然有勇氣問這種問題，但或許是因為當初意識朦朧，才能夠問出口。

如果那是夢裡發生的，現實中的想代子聽到這個問題，應該同樣會顧左右而言他，不會正面回答。

曉美在普通病房住了一個星期之後，終於出院了。

雖然對心臟造成傷害，但飯田醫生認為只要避免勞累，不會對日常生活造成影響。

曉美暫時沒有回店裡工作，和之前跌落樓梯時一樣在家療養，有時候去商店街買東西作為復健，傍晚和從托兒所回家的那由太一起在家，準備晚餐。日子就這樣一天一天過去。

馬克杯市集已經結束，不知是否刻意，貞彥和想代子幾乎都不會在曉美面前談工作的事，自從因心肌梗塞倒下後，她甚至覺得自己的世界彷彿被一刀切斷，分成截然不同的兩個時期。

當她的體力逐漸恢復之後，開始覺得病倒之前和之後的世界又連結起來，身體狀況果然會對生活產生很大的影響。

「咦？原來是『土岐屋』的老闆娘。」

曉美在「魚松」買完生魚片，在商店街閒逛時，遇見了「大西和服店」的大西。

「聽說妳之前住院，現在已經康復了嗎？」

「對，託你的福，」曉美擠出淡淡的笑容，「雖然目前還無法回店裡上班，但過一陣子……」

「那真是太好了。」大西點點頭，眼尾擠出魚尾紋。「妳要注意休息，不要太勞累了。妳之前一直太辛苦了，好在妳媳婦很能幹，能交給別人處理的事，交給她就行了。」

曉美想起想代子的筆記本上有大西的名字。雖然無法從筆記本上瞭解當時的情境，但好像是有人聊到再開發的事時，提過大西的名字。

「我媳婦經常去你的店裡，」曉美用試探的口吻提起這件事，「她都和你聊些什麼？」

「聊什麼？」

「因為她在我面前總是不太願意坦露真正的想法嘛……」

曉美用輕鬆的語氣掩飾道，大西瞇起眼睛笑了起來。

「她很正向積極，經常說工作很開心。」

「她有沒有提過再開發的事？」

曉美繼續追問道，大西抿了一下嘴唇，收起笑容後，點點頭。

「她似乎很關心這件事，問我到底怎麼做才是最好的解決方法。我聽妳老公提過，聽說你們店裡的收藏品遭到破壞，目前還沒有解決嗎？」

「是啊……」

雖然貞彥和想代子幾乎不在曉美面前談論工作的事，但是如果黃瀨戶和紅志野送回來了，應該會告訴她。既然沒有提起，就代表事情沒有進展。

「如果和再開發這件事有關，事情恐怕會很棘手。」他說，「我對妳先生也這麼說了，希望他可以思考怎麼做對自己比較有利，然後做出判斷，我們只是基於自己的立場反對，就好像婆婆都會挑剔年輕的媳婦一樣。啊，我知道你們家沒有這種事，哈哈哈。」

這句話甚至稱不上是玩笑話，曉美完全笑不出來，但是她意外地發現，大西身為商店會的代表，似乎並沒有強烈反對再開發，從他說話的語氣，好像認為站在「土岐屋」的立場，表示贊成似乎是更聰明的選擇。貞彥因為聽到大西的這種意見，立場才會有些動搖。

大西比貞彥大一輪，已經上了年紀，而且他原本就很豁達，說這種話並不讓人感到意外。

但是，要如何解釋想代子的筆記本上有大西的名字這件事呢？

想代子一度向貞彥表達贊成意見。曉美和貞彥從來沒有在她面前提過再開發的事，她的想法是受了誰的影響？

曉美回到家後，稍微猶豫，然後走上二樓。她知道不應該這麼做，但還是想再次打開想代子的筆記本確認。

但是，她走進二樓的房間，在架子上找了一下，並沒有看到那本筆記本。

不知道是藏起來，還是丟掉？

既然曉美很可能再次偷看，想代子當然會這麼做。

曉美難以釋懷地走下樓梯。

14

「辛苦了。」

貞彥收起門外的旗幟準備打烊，辰也從大樓內走出來，向他打招呼。

目前正是連續多日的連假期間，東子整天都在鎌倉的「好物三明治」，因此「酷廚好物」會提早打烊。貞彥猜想辰也可能連打烊前的清潔工作都很馬虎。

「曉美的身體還好嗎？」

曉美住院期間，辰也曾經去醫院探視。貞彥從曉美口中得知後，曾經向辰也道謝，現在又微微鞠躬說聲「託你的福」。

「最近氣色已經好多了，已經可以下床活動了。」

「太好了。」辰也點了兩、三次頭，似乎安心不少。「我們男人如果少了另一半，就會很脆弱。想代子失去康平之後，仍然不服輸地持續努力，可惜很少有人能夠像她那樣，更何況我們已經是這把年紀了，你要好好照顧曉美的身體。」

「是啊。」

雖然他的表達方式有點獨特，但貞彥知道他是關心曉美的身體，於是就順從地接受他的意見。

「先不說這個，關於前幾天收藏品的事。」辰也閃避著路人，把身體靠向貞彥。「目前仍然不知道是誰幹的嗎？」

「是啊。」

想代子說，再給她一點時間，因此目前一直在等待進一步的消息。再加上曉美的身體出了問題，所以貞彥更無法採取行動。

「不可思議的是，我聽到一些風聲，有人繪聲繪影地說，其實打破的並不是真品，在『土岐屋』進入新的商業大樓開店時，真品就會送回來。」

貞彥差一點發出「喔喔」的呼聲。他清楚察覺到對方在散播這個傳聞時，就已經料到會傳入貞彥的耳朵。

貞彥用沉默回應帶著探詢眼神的辰也，辰也聳聳肩。「我沒想要多管閒事。」

「你是從哪裡聽說這個傳聞？」貞彥問，「是這附近的『鎌倉庵』的老闆？還是商店街那裡？」

「這附近和商店街都已經不重要了，」辰也說，「聽說這次獲得市長的支持，會配合再開發計畫，補助商店街重建像以前一樣的拱廊。如此一來，除了那些原本就想要擠進商業大樓開店的人以外，就連大西先生都會重新考慮。雖然表面上是反對派，但內心的想法就不得而知了。他不是也曾經出入四樓嗎？」

難道辰也在暗示要懷疑大西嗎？……雖然覺得辰也好像在興風作浪，內心有點不高興，但他之前完全沒有聽說要補助重建拱廊的事，如果真有其事，大西最近的豁達態度似乎可說是事出有因。

那天晚上，走進臥室，只有他和曉美兩個人時，曉美問他：「黃瀨戶和紅志野的事，目前到底是什麼情況？」

曉美的身體狀況已經大幅好轉，開始關心之前就一直掛在心上的事。

「哪有什麼情況？還是老樣子。」

「想代子說什麼？」

「她什麼都沒說，」貞彥冷冷地回答，「這一陣子我滿腦子都想著妳的身體狀況，妳只要關心自己就好。」

雖然貞彥這麼說，但很清楚曉美不可能完全忘記這件事。

「如果不搞清楚，最後就會不了了之。」

貞彥輕嘆一聲後上了床。

「我想了很久，正在考慮是不是接受對方的提議。」

貞彥說出這陣子一直在思考，漸漸得出的結論。

原本想要關燈的曉美停下手。

「對方提出讓步的條件並不差，我覺得自己之前似乎太固執了。」

「等一下，」曉美說，「在目前的狀態下接受，無法保證黃瀨戶和紅志野會回到我們手上。」

「嗯，」貞彥應了一聲，表示他知道。「先不管失竊的器物，但這個問題我們應該另外再考慮。」

「這……」

「我仔細思考過，自己之所以沒有點頭，是因為身為老店的自尊心，和商店會委員的身分，但是，在傾聽別人的意見之後，發現那只是僵化的執念。我爸爸以前處事更有彈性，當初他就是考慮到『吉平』的十年後、二十年後，才會有今天的『吉平』，我也必須這麼做。」

「如果你在認真思考之後，做出這樣的決定，我並不會反對，但是，必須要確定失竊的器物能夠回到我們手上，才能這麼做。」

「我已經說了，要把這兩件事分開思考。」

「那只是你用來說服自己的藉口，」曉美冷冷地說，「你不願意就這樣接受，覺得好像是在屈服於對方的做法，於是就肯定對方提出的條件，以這種方式說服自己。」

正因為是夫妻，曉美直截了當地說中痛處。

「商店會的那些人，每個人的立場和想法都不一樣，有些人內心覺得並不是非要反對不可。」

「我和大西先生聊過，聽到有這種意見，能夠理解你聽了這些意見之後開始動搖。」

「我並沒有動搖。」

「但是，」曉美沒有理會貞彥的反應，繼續說道：「即使大西先生提出這樣的意見，也不知道是不是真的為我們著想。」

「啊……？」

「既然對方不惜偷走我們的收藏品來逼迫你就範，誰知道會買通誰做這種事？」

「辰也對妳說了什麼嗎？」

「辰也？」

貞彥從曉美的反應，知道似乎並不是這麼一回事，但是他很好奇，為什麼從不同人的口中聽到大西的名字。

「想代子桑的筆記本上有他的名字。」

「筆記本？」

「雖然我沒有看得很仔細，但我想應該和再開發的事有關。她因為和服的關係，和大西先生有來往，也許知道一些事。」

聽起來好像有憑有據，但又好像沒有。

但是，想代子可能真的瞭解某些內情，正因為這樣，才說給她一點時間。如果那個人是大西，就難怪她不想說出對方的名字。

既然辰也和曉美都提到大西，這樣下去會影響之後和大西之間的關係，這件事恐怕不能這樣懸而不決。

隔天，曉美終於重回工作崗位。她幾乎一直坐在櫃檯前，並沒有造成身體太大的負擔。雖然從和服領子露出的脖子比以前瘦了些，但在打烊送客的時候，她的身體仍然挺得很直。

晚餐叫了外送的壽司，慶祝曉美身體終於康復。

晚餐之後，想代子哄那由太睡覺後，又回到一樓，貞彥開口。

「黃瀨戶和紅志野的事，之後都沒有動靜嗎？」

「喔喔，對啊。」

想代子回答說，好像貞彥問了之後，她才想起這件事。

「現在到底是什麼狀況？」

「已經過了很久……我再去問看看。」

曉美在一旁聽他們的對話後，似乎對想代子回答時輕描淡寫的態度心生疑竇，看著貞彥的眼神似乎有話要說，但最後可能決定繼續觀察，並沒有插嘴。

接下來的兩天正值連假尾聲，「土岐屋吉平」一整天都客流不斷。

雖然並沒有一直盯著想代子，但她的工作情況似乎和平時沒什麼不同。

連假的最後一天晚上，曉美終於等到想代子哄那由太入睡之後回到客廳時，忍不住問她：

「想代子桑，妳說要問對方，那件事到底怎麼樣了？」

曉美在前天晚上雖然沒有插嘴過問，但她似乎很焦急，一開口就咄咄逼人。「妳不要再避重就輕，老實告訴我們實情。」

「我問了對方，」想代子微微皺起眉頭，愁眉苦臉。「但事情好像沒這麼簡單。」

「沒這麼簡單是什麼意思？」

「雖然對方應該和這件事有關，」她說，「但是那兩件收藏品已經不在他手上了，無法輕易要回來。雖然他去和當初轉交的對象交涉了，只不過那個人不願意就這樣歸還。」

「不還給我們？」曉美驚訝地問，「那不是竊盜嗎？」

「是沒錯，但對方似乎和黑社會有牽連，恐怕沒辦法用一般的方式談判。」

「怎麼會這樣？」曉美義憤填膺。

「是不是可以認為的確和再開發的事有關呢？」貞彥問。

「是啊，」想代子回答，「對方說，只要贊成再開發計畫，東西就會送回來。」

「但不能保證嗎？」

「老實說，真的不清楚，」想代子說，「雖然向對方提出要求，希望先歸還東西，然後我們再重新研究再開發計畫，但是對方拒絕了。」

「太離譜了，」曉美搖著頭，「只能報警處理。」

但是，事到如今，貞彥並不打算報警。

「我可以視情況贊成再開發計畫，」貞彥說，「但是，既然收藏品的事和再開發計畫有關，如果無法確定東西會送回來，我沒辦法表示贊成，這樣說來，倒像是他們故意阻止我改變立場。」

「是啊。」想代子點點頭。

「想代子桑，」曉美用低沉的聲音叫了一聲，「妳說得自己好像局外人，妳和對方到底是什麼關係？」

「沒有關係啊，」想代子說，「但是我提過，我之前不瞭解狀況，曾經告訴過那個人黃瀨戶和紅志野很珍貴。」

「那妳為什麼不能告訴我們那個人到底是誰？」曉美繼續追問，「妳曾經在我生病時救過我，我不願意把妳想成壞人，但是，如果妳不告訴我們實情，我會覺得妳根本在協助對方。」

「之後還要和對方來往，我覺得還是不要說出對方是誰比較好。」

「妳不需要操心這種事，」曉美說，「交給我們來考慮就好。」

「而且我在和對方談這些事時，曾向他保證，不會告訴你們。」

「問題是那個人無法把東西要回來，不是嗎？」

曉美說，想代子不知所措，說不出話。

「能不能透過那個人去向業者交涉，只要我贊成再開發計畫，就會把東西送回來？」

「別傻了，」曉美阻止貞彥繼續問這個表示讓步的問題，「連對方是誰都不知道，怎麼可能保證？」

「但是——」

「想代子桑，」曉美不理會貞彥，繼續對想代子說：「我想妳應該隱約察覺到，我看了一下妳的筆記本。關於這件事，我必須向妳道歉，但是我很想知道妳和那個偷我們收藏品的人，到底是什麼關係。」

想代子沒有說話，只是沮喪地看向下方。

「那本筆記本上，提到過大西先生吧？」曉美以試探的眼神看著她，「雖然我不知道那句話是誰說的，但是關於再開發的事。」

「和大西先生沒有關係。」想代子驚愕地抬起頭說。

「那到底是什麼關係？」曉美毫不留情地追問。

「沒有任何關係。」

「妳經常和大西先生聊天，他也會出入我們家的倉庫。」

想代子嘆氣，輕輕搖搖頭。

「不要這樣懷疑完全無關的人。」

「正因為有關係，妳才會寫在筆記本上，不是嗎？」曉美大聲地說。

「妳不要激動。」貞彥說。

「即使不想懷疑，還是會忍不住東想西想。」曉美毫不掩飾自己的激動。

「是對方，」想代子無法再繼續抵抗，開口回答：「對方提到了大西先生的名字，試圖藉此轉移對他的懷疑。我認為不可以這樣，所以一再追問，對方才終於承認。事情就是這樣。」

「既然這樣，對方到底是誰？」

「我認為不說出來比較好。」

「妳到底在幫誰？」曉美的肩膀起伏，用力喘息著。「妳的行為不知道到底在幫誰的忙，然後完全解釋不清楚我們的疑問，妳知道造成我們多大的精神壓力嗎？」

「別說了，妳不要激動。」

貞彥擔心曉美太激動又會昏倒，慌忙制止她，但是曉美佈滿血絲的雙眼緊盯著想代子。

「這明明是攸關我們店未來的事，她卻把重要的事當成秘密，你要我怎麼和這種人繼續生活在一起？」曉美說，「無論在店裡還是家裡都沒辦法，老公，就算你認為沒問題，我也沒辦法。不管會不會影響到那由太，我就是沒辦法。」

曉美不顧貞彥的阻止說出這些話，顯然表示即便會破壞這個家庭都在所不惜，一定會逼迫想代子把事情說清楚。

想代子似乎意識到事態的嚴重性，閉上眼睛，調整呼吸片刻後開口。

「好吧。」

她睜開眼睛，直視著曉美的雙眼。

「真的和大西先生完全無關，當然也和我沒有關係。」

曉美微微側著頭，默默催促她趕快說下去。貞彥也好奇，那到底是誰。

「是辰也姨丈。」

貞彥聽到想代子說的名字，差一點叫起來。

「怎麼可能？」

曉美情不自禁地脫口而出。但是貞彥覺得完全有這種可能，但自己竟然沒有想到是他。

辰也多次不經意地勸說貞彥贊成再開發計畫，不僅如此，甚至還在貞彥面前提及商店會的成員轉為贊成派的傳聞故佈疑陣，掩護自己。

最關鍵的是，辰也應該知道「吉平」倉庫的密碼。在改成密碼鎖時，辰也和東子一起聽了業者的說明，貞彥和曉美討論之後，決定將密碼設定為這棟大樓峻工的年份，但是當時並沒有在意辰也夫婦在一旁聽到他們的討論，他們很可能聽到了。

而且，辰也經常在四樓的樓梯口附近抽電子菸，或許那個時候看到「吉平」的店員按下密碼，記在心裡。

「他怎麼會去協助對方？」曉美似乎認為不可能有這種事。

「辰也姨丈說，當時他手頭很緊，對方來找他，他就答應了。」想代子回答，「拿了對方的報酬之後，就不得不下手。辰也姨丈的投資好像虧了不少錢，他曾經在我面前解釋過再開發的好處，我之前是聽他說了之後，才會問爸爸，為什麼會反對。」

曉美看著想代子的眼神突然變得無力，她似乎發現，辰也很可能會做這種事。

「我知道了……妳先去休息吧。」

貞彥對想代子如此說道。

「早安，連假結束，今天不知道是不是可以輕鬆點。」

隔天早上，貞彥去店裡時，在「吉平大樓」前遇到了辰也，辰也對他這麼說。連假期間，一直留在「好物三明治」的東子，今天和辰也一起出現。

只有貞彥一人渾身不自在，沒有好好向他們打招呼。向他們道別之後，才漸漸感到氣憤，很生氣辰也竟然能夠假裝好像什麼事都沒有發生。

由於是親戚，貞彥自認為幫了他們不少，沒想到竟然恩將仇報，最後他覺得從今以後，已經無法當作什麼事都沒發生過，繼續與他們相處了。

傍晚的時候，店裡沒什麼客人，六點之後，貞彥比平時提早在門口掛上「準備中」的牌子。

「山中，妳今天早一點回去，剩下的我來收拾就好。」

貞彥讓店員山中祥子提前下班後，對曉美說道：

「妳打電話去樓上請他下來，說有事要談，叫東子一起下來。」

如果只有辰也一個人，可能會找很多藉口推卸責任。只要東子在一旁，他應該就會認命承認。

「你打算怎麼做？」

曉美不安地問。

「妳不用管。」貞彥說。

15

聽到貞彥要求她打電話叫辰也和東子一起下樓，曉美頓時緊張起來。從貞彥嚴肅的表情，不難想像他並不打算善罷甘休。不難猜想，辰也恐怕無法繼續在三樓開店做生意，和他們夫妻之間更是無法再維持和之前一樣的關係。

曉美忍不住後悔，那天為什麼要苦苦逼問想代子，讓她說出實情。看到想代子不願意說實話，就應該多思考一下到底是怎麼回事。由於想到大西的事，覺得想代子在故弄玄虛，所以覺得無論如何都要戳破她，結果就衝動地逼問她。

想代子應該聽到貞彥說的話，似乎覺得不關自己的事，於是拿著拖把開始清潔地板。從托兒所回來的那由太正在櫃檯後方一坪左右的員工休息室內畫畫，等店裡打烊之後，要和大人一起回家。

曉美帶著憂鬱的心情打電話去「酷廚好物」，東子接起電話。曉美說，有事要和他們討論，是否可以請她和辰也一起來樓下。今天上午見面時，東子看到曉美重回店裡工作時感到很高興，她在電話中用和上午同樣開朗的語氣回答：「我們馬上就下去。」

掛上電話後，曉美情不自禁地嘆氣。

不一會兒，辰也和東子從三樓下來，從靠電梯那一側的門走進店裡。

「今天這麼早就打烊了。」

東子看到想代子正在打掃後說。

「請坐。」

貞彥沒有打招呼，請他們在櫃檯前那張平時用來談生意的小圓桌旁的兩張高腳椅上坐下，貞彥在他們對面坐下。曉美站在櫃檯內看著他們。

「今天找你們來，不是為別的事，」貞彥清清嗓子後開口，「就是關於我們失竊的收藏品。」

「失竊？」

東子重複貞彥的話，似乎感到納悶。東子可能完全不知情，辰也雖然看起來面無表情，但他的臉頰似乎有點僵硬。

「當初發現山本喜市大師的黃瀨戶和紅志野被打破，但是後來發現那些碎片是假的，被人調包過，真品被人拿走了。」

「果然是這樣嗎？」東子瞪大眼睛看著辰也，「這不是和我老公聽到的傳聞一樣嗎？原來真有這種事。」

「也就是說，果然和再開發的事有關。」辰也一副我早就說了的態度。

「辰也，」貞彥對他說，「你不要說得好像事不關己。」

「啊……？」

辰也心虛地看著貞彥。貞彥背對著曉美，曉美只能看到他的後背，但猜想他可能正用銳利的眼神看著辰也。辰也忍不住移開了視線，瞥了一眼想代子。

想代子坐立難安，悄悄走進那由太所在的員工休息室。

「你應該很清楚是誰幹的，不是嗎？」貞彥問辰也。

「你、你想說什麼？」辰也聲音沙啞地問。

16

「這是怎麼回事？」

東子發現事態嚴重，小聲地問。

東子剛才接到曉美的電話，說有事情要談，於是就立刻下樓。因為曉美剛回店裡工作不久，原本以為要慶祝她順利康復，沒想到貞彥很嚴肅，談話內容也朝向意想不到的方向發展。

「聽說想代子曾經告訴你，在本店所有的收藏品中，黃瀨戶和紅志野的價值最高，而且我很珍惜。」

「只因為這樣，就認為是我幹的嗎？」辰也一臉驚訝，「那只是巧合而已吧？而且我不記得有沒有聽她說過這件事。」

辰也臉色大變實屬正常。因為貞彥明顯在懷疑他。之前和貞彥、曉美夫妻的相處都很和諧，談事情也從來沒有這麼嚴肅緊張。

「事到如今，你仍然打算否認嗎？」貞彥沒管辰也的反應，繼續說道：「你之前曾經勸我，說贊成再開發才是明智之舉。如果我決定加入再開發計畫，你的店就要收攤，我當時就覺得很奇怪。」

「我只是為『土岐屋』的未來著想才會勸你，再開發的事還要等好幾年才能完成，到時候我差不多該退休了，所以才請你不用在意我們。」

「你怎麼可能單純基於好心來勸我？是對方找上了你，你才會這麼做吧？」

「你這麼說有什麼根據嗎？」辰也手足無措。

「聽說你投資虧了不少錢，只要你願意配合對方，對方當然會支付給你相應的報酬。」

「啊！」東子驚叫一聲，她無法控制自己臉色大變。

辰也炒外匯失利，虧了不少錢，有一段時間，如果東子不給他零用錢，他根本無法出門。再加上後來「好物三明治」狀況不好，東子給他的零用錢減少了，但是辰也最近手頭似乎很寬裕，又開始玩賽馬。他說是當作私房錢存的加密貨幣最近上漲。

「你憑什麼毫無根據地評論我的經濟狀況？」辰也情緒激動地叫道，「真是莫名其妙。」

「辰也，請你說實話吧。」貞彥完全沒有退縮，步步緊逼。「你必須親口承認這件事。」

「商店會的成員有不少人在暗中支持再開發計畫，像是『鎌倉農場』和『朝比奈烘焙坊』的老闆都是，商店會會長的大西先生又如何呢？我之前告訴過你，我聽說他因為商店街可以重建拱廊，已經放棄反對立場，不是還有其他人值得懷疑嗎？」

東子聽到辰也堅稱和自己無關，想要相信他。最重要的是，如果他真的做出這種事，那就太傷腦筋了。

「你這麼說是有什麼證據嗎？」東子插嘴說，「你平時這麼照顧我們，他不可能做傷害你的事。雖然我並不是整天都和他在一起，但是如果他做什麼偷雞摸狗的事，我當然會知道。」

貞彥重重嘆息，似乎覺得東子的這番話毫無說服力。

「你不願意親口承認，真是太遺憾了。」貞彥心灰意冷地說，「但是，想代子全都告訴我了。雖然你似乎拚命想要封她的口，但如果她再不說實話，我們的家庭會出問題，所以她全都說了。」

想代子站在櫃檯後方的員工休息室門口。雖然背對著這裡，但似乎正豎起耳朵。

「那兩件收藏品已經不在你的手上，你交給業者方面委託你的人。那個委託人和黑道有關係，你要求對方把東西還給你，但是對方不答應。只要我贊成再開發計畫，那兩件收藏品應該就可以回到我手上——你是不是對想代子這麼說？」

「等、等一下。」辰也慌亂地搖著手，「我、我有說這種話嗎……？」

「你沒有說過嗎？」

「可能、在混亂的時候、說過……」

「所以你說過，對嗎？」

「我不太記得……不，即使我說了，也不是這個意思。我只是說，可以從這個角度思考，並沒有說是我幹的。」

完全聽不懂他到底想說什麼。

「正因為是你幹的，才會說現在東西不在你手上，你已經無能為力，不是嗎？」

「不是啦，雖然你說的有道理，但那是因為她這麼問，我就不得不這麼回答，當時有點鬼迷心竅，而且並不是我想這麼做，如果可以拿回來，我當然希望拿回來。」

辰也仍然語無倫次，但是他太慌張了，東子不得不開始懷疑他。

「這是怎麼回事？」東子抓著辰也的肩膀問，「是你幹的嗎？」

「我不是說了嗎？並不是我想這麼做，而是被人設計，事到如今，重點不是誰幹的，要怎麼說……」

果然是他幹的……無法否認的事實如潮水般襲來，東子陷入絕望。她用力捶向語無倫次的辰也。

「老公！你怎麼可以做這種蠢事！為什麼做這種無可挽回的事！」

「我並不是想做才做的。」辰也閃躲著東子的手。

「如果不是你想做這件事，到底是誰要你做的！？」東子幾乎哭喊著責罵他。

「這……」辰也從椅子上站起來，眼神飄忽，似乎在尋找逃避的地方。「是想代子……」

東子聽到意想不到的名字，停下了手。

「沒錯，是想代子設計我……」

「為什麼扯到我頭上？」想代子聽到辰也這麼說，似乎大吃一驚，轉身走出員工休息室。

「我做了什麼？」

「你說貞彥把那兩件收藏品看得比生命更重要，那不就是在暗示我動手嗎？」

「哪有……」想代子驚叫。

「我、我聽起來就是這個意思。」辰也結結巴巴來，「是她慫恿我，我就把這些話告訴了業者，對方要我動手……我以為他們馬上就會歸還，反正最後不會造成任何人的損失。」

東子立刻想起隈本在法庭上的答辯。辰也可能想到這件事，所以才會這麼說，但這無疑是推卸責任的最爛藉口，只會激怒貞彥。

「不要說這種丟人現眼的藉口！」果然不出所料，貞彥喝斥著辰也。「你不覺得丟臉嗎？」

辰也眼神空洞，張張嘴巴，但似乎已經說不出話。

「沒辦法拿回來嗎？」東子用力搖著辰也的肩膀問，「你趕快向貞彥道歉，然後把東西還給他！」

辰也痛苦地皺著眉頭，隨即擠出聽起來很悲痛的聲音。「那就還他！」

「啊？」東子停下搖晃他的手問，「有辦法還嗎？」

「可、可以啊。」辰也肩膀起伏，用力喘息著，點了好幾次頭。「馬上還。」

「你說要還？東西在某個地方嗎？」

「對啊……就在我們倉庫裡。」

「原來就在倉庫裡啊。」東子緊張的心情鬆懈了一半，推著他的肩膀。「快……你趕快去拿來。」

「我知道。」

「真的太……」

辰也搖搖晃晃地站起來，走出貞彥的店，走向電梯的方向。

東子重重嘆氣，思考著自己現在能夠做的事。雖然不可能要求貞彥既往不咎，但還是必須妥善解決這件事。

她轉頭看向貞彥的方向，深深磕頭道歉，額頭幾乎碰到桌子。

「貞彥，真的很對不起。我知道這麼說很厚臉皮，我在這裡向你道歉，我會狠狠責備他。我相信他不是貪財，只是一時鬼迷心竅。如果你要求我們的店退租，我們不會有任何意見，但是請你原諒。」

貞彥聽了她的話，冷冷地問：「妳真的認為在倉庫裡嗎？」

「啊……？」

「如果真的在倉庫裡，他應該早就回來這裡了。」

「不，但是……」

「他只是無法繼續坐在這裡，所以離開了。」

「怎麼可能？」東子焦急地看向辰也走出去的方向，「他、他會回來……一定會回來。」

但是，東子太瞭解辰也的性格，覺得這似乎是過度的期待。他遇到麻煩事，就會徹底逃避。

「我、我去看一下。」

東子心神不寧，無法繼續坐在那裡，於是站起身。

她走出去後，按了停在四樓的貨梯按鈕。來到四樓後，敲敲「酷廚好物」倉庫的門，但裡面沒有動靜。她輸入密碼後解鎖，打開門一看，裡面果然沒有人。

在屋頂嗎？

他是不是去屋頂抽電子菸，試圖讓自己冷靜？

東子這麼想著，走上通往屋頂的樓梯，漸漸產生不祥的預感。

多年前，東子和辰也因為橫刀奪愛鬧出緋聞時，辰也想要和她殉情，東子打了他一巴掌，把他打醒了。雖然東子好像說笑話一樣告訴曉美這件事，但是當時的情況讓人笑不出來。當時，他們的車子行駛在靠近山頂的山路上，討論該如何解決問題，辰也不知如何是好，想要一了百了，轉動方向盤，準備衝下懸崖。坐在副駕駛座上的東子拚命把方向盤轉回來，結果撞到另一側的岩壁，車子總算停下來，兩個人才撿回一命。

辰也一旦陷入困境，不知道會做出什麼事。

東子走上階梯，推開通往屋頂的門。

辰也在那裡。

東子看到辰也站在欄杆外，立刻衝過去。

「老公！你在幹嘛！？」

辰也聽到東子的叫聲，轉過頭來。他的臉上不見平日的瀟灑，只有落難武士般的凝重。

他不發一語，轉身背對著東子，向屋頂邊緣踏出一步。

「等一下！」

東子不顧一切地跑過去，踩在花圃上，跨過欄杆。

她抓住辰也的衣領。

「不要！」

「放開我！」

辰也用力抵抗，東子知道他是真心想死。

自己一個人拉不住他。

來人啊。

東子拚命想要拉住辰也，兩個人相互拉扯時，出入口出現了一個人影。

是想代子。

「救命！」

東子聲嘶力竭地大叫。

17

東子走出去後，曉美不知道該如何面對現場令人不舒服的氣氛。

而且，正如貞彥所說，如果那兩件作品不在「酷廚好物」的倉庫，就完全沒有解決任何問題。

她想起辰也走出去時，看起來很不尋常。

曉美突然很不安，看向貞彥。

「他是不是又去我們倉庫搞破壞？」

如果他惱羞成怒，破罐破摔，繼續破壞收藏品就慘了。回想起來，辰也剛才的樣子，很可能會做出這種事。

「我們已經改了密碼，不用擔心。」貞彥說。

那倒是。曉美想起這件事。

想代子似乎覺得不安，很難就這麼放下。

「我去看一下。」

「不必管他們。」

貞彥說，想代子猶豫一下，最後還是走出去。曉美因為大病初癒，雖然有點擔心，但身體不聽使喚。

讓人不適的氣氛可能也讓想代子渾身不自在。

辰也說，是想代子慫恿他。辰也的辯解讓人不得不想起隈本的脫序發言，只不過辰也說的內容本身太牽強，只是在推卸責任。

但是，就算努力理了頭緒，曉美的心情仍一點都不舒暢。這也是曉美感到不舒服的原因之一。對想代子的不信任已經在內心扎根，就算她曾經救了自己一命都無法改變，自己恐怕一輩子都無法擺脫這種感覺。

同時，曉美也無法消除內心對於前途未卜的擔憂，不知道這家店未來到底如何。貞彥似乎開始傾向不得不贊成再開發計畫，但是對方使用這種粗暴的手法，雖然原本想要贊成，不過實在沒辦法就這麼同意。

這件事真的會落幕嗎？……曉美不知道答案。

她不經意地抬頭看向門外，發現一名婦人站在店門口，正在向店內張望。自動門已經關上電源，無法打開。旗幟已經收進店內，外面掛著「準備中」的牌子，那名婦人不知道是否沒有發現，開始敲門。

曉美走向門口，用手稍微打開門。對方似乎這才發現「準備中」的牌子。

「啊喲，已經打烊了啊。」

「不好意思……妳急著買什麼嗎？」

如果是平時，目前還是營業時間，曉美覺得如果對方急著買什麼，可以讓她進來，但是婦人搖搖頭。

「不……我改天再來。」

「這樣啊，不好意思，那就請妳改天再來。」

曉美沒有勉強請她進來，再度道歉後，目送她離開。

她按了升降按鈕，準備拉下鐵捲門。

沿著人行道離去的婦人突然轉過頭，仰頭看著向晚的天空。

曉美順著她的視線看向上方，櫥窗外格子狀的電動鐵捲門正在緩緩下降。

鐵捲門外的空間突然被影子遮住，好像夜幕突然降臨，而且她竟然好像和根本不可能在外面的東子對上眼。

下一剎那，兩個看起來像是人形的東西接連重重地摔在外面的地上。

隱約的地鳴或是類似的東西，從曉美的腳底爬向她的頭頂。

曉美感受到的衝擊變成尖叫。她無法控制自己，全身擠出至今為止的人生中，從來不曾發出的叫聲。

只有好像拉下電閘般昏倒在地，才能夠停止繼續叫喊。

18

一片沒有極限的灰色世界。

黑色和白色的融合，形成了這片灰色。

那是朦朧隱晦的色調，然而，一旦接受，就有一種奇妙的安心感。

純樸的白花在這片灰色的世界綻放，只不過並不知道那是什麼花，甚至無從得知是不是花，只是想代子認為那是花而已。

但是，這一小片柔和的白色妙不可言。只有在那個位置滴落黑色的泥漿，造就這一小片白色。這個鼠志野的抹茶碗把志野獨特的白色封印在圖案中。

「不愧是正市郎。」

想代子對眼前的作品感到很滿意，看著「土岐屋商店」的大祐露出笑容。

「我也這麼想。」大祐點頭表示同意，「雖然是展覽會的焦點商品，但應該很快就會被買走。」

「土岐屋吉平」進駐的大規模商業大樓「東方鎌倉」，將在下個月迎接開業十週年。商業大樓內的各家店都計畫舉辦紀念促銷活動，「山岐屋吉平」打算邀請有交情的陶藝家推出特別的作品。

山本正市郎的鼠志野是這次展覽的焦點商品。想代子剛進「土岐屋吉平」時，正市郎還是年輕陶藝家，大盤子只要一萬圓左右，這十五、六年期間，他在大型陶藝展和具有權威的競賽中多次得獎，成為一名實力派陶藝家，並且建立牢不可破的地位。目前在想代子的店裡，他的作品都放在玻璃櫃內。在十週年紀念展中，這個鼠志野標價十萬圓。這個鼠志野抹茶碗的格調很高，在他的作品中，是很實惠的價格。

「這麼高品質的抹茶碗如果被買走，那得等到展覽結束之後，才能夠交給客人。」

她打算在展覽期間掛上「已出售」的牌子。

「時間過得真快，轉眼之間就十年了。」

大祐深有感慨地說。在「吉平」的店面遷移到「東方鎌倉」時，他剛好從父親順三手上，接手「土岐屋商店」在關東地區的生意。

「新的店能夠這麼成功，全都是老闆娘的功勞。」

「不，你過獎了。」想代子笑著搖搖頭，「我只是守護上一代老闆留給我的一切。」

想代子回想起自己進入這家店工作之前的事。那由太年幼的時候，她經常牽著那由太的手去當時的店，雖然表面上是帶孫子去見祖父母，但是其實想代子很喜歡這家歷史悠久的店內各種漂亮的陶瓷器，以及品味十足，令人平靜的氣氛。她夢想有朝一日，那由太不再需要自己照顧時，自己可以來這家店工作。

如今，不僅陶瓷器店變新了，而且自己掌管了這家店。她感到很不可思議，更有一種恍如隔世的感覺。

「前代老闆應該很欣賞妳吧。」大祐說完這句話，看向螺旋階梯。「喔，那由太。」

剛才在二樓工作的那由太沿著樓梯下樓後走過來。

「大祐叔叔，你好。」那由太來到想代子他們面前後，靦腆地輕輕點頭打招呼。「好久不見。」

「都會說『好久不見』了，打招呼有模有樣。」大祐愉悅地瞇起眼睛問：「大學放春假了嗎？」

「對，最近每天都在這裡打工。」

那由太並不擅長和別人打交道，但是繼去年暑假之後，今年春假又在店裡打工，表情開始變得柔和，漸漸學會如何接待客人。他對工作的適應能力很強，想代子覺得他的品味很不錯。

「你真了不起。你爸爸住在我們家的時候，二、三月的時候，我們都會一起去滑雪。」

那由太聽了大祐的話，聳聳肩。

「我對這種事沒什麼興趣。」

「這個孩子沒有任何興趣愛好。」想代子似乎對這個整天喜歡宅在家裡的兒子有點傷腦筋。

「今年暑假，你來我家玩吧。」大祐說，「我帶你去釣香魚，這算是『土岐屋』的男人必學的技藝。」

「喔，好。」那由太微微鞠躬，從他的反應，無法知道他是否有興趣。

「我爸爸很想見一見那由太。」

「順三叔叔最近還好嗎？」想代子問。

「託妳的福，」大祐說，「老闆娘，請妳一起來我家走走。」

「好啊。」

一旦帶那由太去了土岐，順三一定會多管閒事地和他談論未來的事，也許會建議在他大學畢業之後，去土岐就讀窯業學習之類的事。

想代子從來沒有直接和那由太談過這件事，但公公貞彥曾經在回憶往事時，聊過自己和康平走過的路。

那由太似乎很自然地接受自己未來該走的路。他來「吉平」打工，不是想代子的建議，而是他主動要求。

雖然有一部分是受到他從幼年時代，就整天黏著母親的性格影響，但更因為想代子獨自把他撫養長大，他想要協助母親，讓母親能夠輕鬆一點。他在讀小學和中學時的作文，曾經寫下這種心情。

雖然想代子不知道小時候他是基於什麼想法才導致她跌倒，但因為曉美當時狠狠訓斥了那由太，那由太之後的成長過程中，並沒有出現任何讓想代子不安的行為。想代子給他滿滿的愛，這種付出總算有了回報。雖然那由太還是無法坦率地表達內心的感情，但他成為一個心地善良的人。

「還有，這個是要給『想代子』的。」

大祐說完，打開一只比較大的桐木盒子。

桐木盒內裝著的仍是山本正市郎的鼠志野，那是可以用來插花的橢圓形水盤。

「哇，好美。」

雖然水盤沒有圖案，但是緣口有一圈志野釉的白色。雖然看起來並不突出，但其內斂的美感，可以襯托所有花卉。

「好美的盤子。」

那由太感嘆地說。

「你的眼光似乎越來越好了。」大祐調侃，「你來我家時，我帶你去看正市郎的工房，他也很關心你。」

「謝謝。」那由太聽到這句話，露出笑容，興奮地道謝。

「那就拜託妳顧店了。」

想代子送大祐離開後，把店交給店員山中祥子後，穿上和服外套走出去。

「土岐屋吉平」位在「東方鎌倉商業大樓」面向馬路的店面，總共有兩個樓層，店內的螺旋階梯連結著一樓和二樓的空間。

「土岐屋吉平」最後同意加入再開發計畫，決定進入「東方鎌倉」的過程一波三折。為了解決收藏品失竊的事，當時的老闆貞彥不得不傾向支持贊成，但這件事並不是決定性因素。有人從「吉平大樓」屋頂跳樓，許多客人都覺得不吉利，漸漸不再上門。

之後，每個月舉辦各種展售時都門可羅雀，三樓的空店面乏人問津，「土岐屋吉平」的經營立刻面臨危機。只有加入再開發計畫，一切重新開始，才是唯一的解決之道。業者乘人之危，重新提出稍微減少店面面積的合作條件，貞彥最後還是點頭同意了。「吉平」入駐「東方鎌倉」，重新出發，再加上嶄新商業大樓所吸引的人潮，經營終於起死回生。這代表貞彥當時的判斷很正確。

「東方鎌倉」開幕的前一天，山本喜市的黃瀨戶茶碗和紅志野花器又出現在「吉平」店內設置的玻璃櫃上，對方似乎以此作為賀禮。就是辰也用店內庫存商品的碎片調包，交給業者方面負責收購土地人士的那兩件收藏品。

黃瀨戶茶碗是山本喜市為「吉平大樓」竣工特地燒製的作品，可以說是貞彥的心頭肉。但是，這兩件命運多舛的收藏品在「土岐屋吉平」重新開張之際，又重新回到店裡之後，他再也沒有放在玻璃櫃內展示。並不是擔心會再次遭竊，而是因為會回想起那兩件收藏品引發的不幸事件，對他來說，已經變成了愛憎參半的收藏品。

當時發生的一連串事件，對想代子一家人之後的生活，產生了很大的影響。

想代子突然發現一個五十歲左右的男人站在店前，正注視著自己。她覺得那個男人似曾相識，把原本準備移開的視線移回男人身上。

辰也拉著東子一起跳樓雖然對「土岐屋吉平」和久野家的未來影響很大，但是，康平遭到殺害所帶來的影響更加巨大。那起案件造成的波瀾始終無法平息，持續對「吉平」和久野家造成影響，甚至可以認為，是康平一案最後招致那起跳樓事件。

站在店門口看著自己的男人好像是隈本重邦。他的一頭短髮有一半已經白了，臉色極度蒼白，但是勉強可以從他凹陷的臉頰和下巴，看到往日的影子。他的雙眼已經失去當年的銳利眼神，但仍然帶著獨特的危險感覺。他的眼神和其他行人完全不一樣。

「想代子嗎？」當他們視線交會時，他似乎認出想代子。「妳穿上和服，看起來還真是有模有樣。」

他說話時帶著試探的語氣。這意味著想代子的外形隨著歲月流逝改變，讓隈本不敢用以前的態度和她接觸。

但是，隈本仍然努力想要營造出輕鬆的氣氛，一步一步走向想代子。

「你出獄了嗎？」想代子用眼神制止他繼續往前走，冷靜地問他。

「一個月前，終於出來了。」他說。

垂頭喪氣的他身體瘦了一圈，牙齦萎縮，牙齒縫隙變得很明顯。也許是因為服刑多年的關係，他老得很快，看起來很不健康。

「那真是太恭喜了。」

隈本似乎從想代子客套的恭喜中，感受到她的敷衍冷淡，臉頰的肌肉抽搐著。

「妳看起來很好，真是太好了。」

「託你的福。」

「是不是多虧我幫妳收拾了家暴老公？」

「你又在胡說八道了。」想代子故意大聲嘆氣。

「妳婆婆還好嗎？」

想代子不知道隈本為什麼關心這種事，沒有吭氣，他好像猜到了想代子想法，微微伸出下巴，點點頭。

「這樣啊，真是太遺憾了。妳婆婆一直懷疑妳和我是不是有一腿，還特地來看守所問我這件事，可惜她對我的回答很失望。」隈本說完這句話，輕輕促狹一笑。「但我還是很希望妳們相處愉快。」

原來曾經發生過這種事。想代子怔怔地想著，但只是淡淡地應了一聲「這樣啊」。然後又接著說：「雖然不知道你想來看什麼好戲，但是你已經看到我目前的狀況，可以離開了。」

隈本看著想代子，一臉掃興。

想代子察覺身後有動靜，回頭一看，那由太抱著用方巾包起的桐木箱，裡面就是那個水盤。他已經準備好要陪想代子出門。

那由太瞥了站在想代子面前的隈本一眼，訝異地看向想代子。

想代子不在意那由太的反應，從他手上接過包裹。「你從架子上的鹽堆中抓一把鹽過來。」要那由太回去店裡。

「這是久野家的店，不能讓你進去。」想代子把視線移回隈本身上說。

「像妳這種原本很順從的女人，到了這個年紀，也會變得這麼囂張。」

「託你的福，」想代子說，「你好不容易恢復自由，希望不要再浪費生命，好好過日子吧。」

隈本注視想代子片刻，然後放鬆嘴角，似乎覺得眼前的一切很荒謬，吐了一口氣。

「那我就在別人要撒鹽之前先閃人了。」

他自言自語般地說，當那由太拿著鹽走回來時，他已經轉身背對著想代子，走向車站的方向。

想代子把包裹交還給那由太，接過他手上的鹽撒在路上。

想代子之前就覺得隈本可能會來找自己，一直都有心理準備，沒想到這麼簡單就解決了。

「他是誰啊？」那由太看著隈本漸漸離去的背影問。

「以前認識的人。」

想代子冷冷地回答，那由太沒有追問。

他們一起走到車道旁，攔了計程車。

「請去鎌倉。」

想代子和那由太一起坐在後車座，一路顛簸，前往目的地。

她思考著曉美在康平遭到刺殺的事件發生後，特地去向隈本確認這件事。

康平的事對曉美身心造成很大的打擊，旁人一眼就可以看出她的情緒不穩定，「吉平大樓」的跳樓事件更成為致命一擊。因為她親眼目睹姊姊姊夫跳樓的慘劇，難怪她會受到這麼大的打擊。

那起案件後，曉美的行為舉止越來越奇怪。她一度陷入妄想，認為是想代子在屋頂把她的姊姊和姊夫推下樓。想代子當時的確去了屋頂，而且跑過去想要阻止，但是她沒有成功，兩個人就這麼從她眼前消失。在當時的緊急狀況之下，身穿和服的她根本不可能馬上跨越欄杆，就連警察都沒有懷疑她。

不久之後，曉美出現憂鬱症的症狀，想代子和貞彥商量之後，決定帶著那由太搬出去。他們母子搬出去之後，曉美的狀態仍然沒有明顯改善，只能服用抗憂鬱的藥物控制情緒的變化，但因為有心臟病，身體狀況一直很不理想。有很長一段時間，都無法去店裡幫忙，在「東方鎌倉」即將開幕的幾個月前，貞彥在下班回家時，發現在家休養的她倒在地上。是心臟病發作造成的猝死。

想代子和曉美之間的關係很複雜。想代子覺得曉美到死之前，都沒有諒解自己。想代子努力想要獲得她的認同，雖然和普通人一樣，內心會對婆婆的行為產生反彈，但是想代子努力克制，即便如此，仍然無法獲得曉美的肯定。

曉美顯然對隈本在法庭上說的話耿耿於懷，才不惜當面質問。雖然想代子知道曉美對那件事無法釋懷，但是她無能為力。想代子就算否認，曉美還是無法相信，想代子根本束手無策。

曉美中了隈本在墜入黑暗深淵之際，為了拖人下水所說的言語詛咒。隈本原本應該想要詛咒想代子，但沒想到最後竟然是曉美中計。這麼一想，就不忍心苛責她無法理解自己，甚至覺得她很可憐。

想代子覺得曉美無法完全相信自己，自己無法完全消除曉美的懷疑，和自身感情的微妙變化有關係。

隈本的殘暴行為奪去康平的性命，她和康平的生活突然結束時，想代子卻無法完全沉浸在悲傷之中。

在得知康平的死訊時，的確感到慌亂和衝擊，她發現自己就像斷了線的風箏般無依無靠。從娘家回來的飛機上，她無法克制內心的不安和悲傷的感情，忍不住落淚。但是她後來發現，自己是因為終於擺脫康平的暴力束縛，產生解脫的感覺才會如此。當她猛然回過神般地意識到這件事時，鬆口氣的感覺就滲入了內心。

被害人的妻子當然應該傷心欲絕，當然必須以淚洗面。想代子回到東鎌倉後，努力讓自己扮演好這樣的角色。她並沒有惡意，只是周圍的人認為這是理所當然，她也覺得自己必須這麼做。

只不過她並不知道自己是否做好了這件事。想代子原本就不擅長掩飾自己，雖然有時候為了取悅對方而迎合對方，但態度似乎有點不自然，反而因此惹對方不高興。當初就是因為這樣才引起康平的反感，經常對她動粗。隈本也是，正因為看穿自己的這種弱點，才會在判決時說那種話，試圖破壞想代子的生活。

曉美應該敏感地察覺到想代子的心口不一。是否曾經發生過隈本提到的家暴——曉美這麼問想代子時，想代子否認了這件事。因為她覺得如果曉美發現自己死去的兒子有暴力傾向，未免太殘忍了。雖是事實，死者為大。丈夫已經成為殘酷事件的犧牲者，她無法說丈夫的壞話。

曉美可能無法相信，覺得想代子只是在粉飾太平，進而更加不信任她。但是想代子無能為力。

曉美因為心臟病發作昏倒，想代子去加護病房探視時，她問了一個意想不到的問題。

妳為什麼假哭……？

曉美當時剛從鬼門關回來，意識還很模糊，對她說話時反應很遲鈍，但是她似乎知道想代子在她面前，戴著氧氣面罩的她突然叫了想代子。

想代子應了一聲之後，把耳朵貼到她的嘴邊，她就問了這個問題。

想代子答不上來。雖然當時在場的貞彥似乎搞不懂曉美在說什麼，但是想代子清楚知道是怎麼回事。

曉美說的是康平遭到殺害時的事。

想代子覺得身為被害人的妻子，必須表現出痛不欲生的樣子，但是這種想法太強烈，反而讓她無法流下眼淚。一開始還可以勉強擠出眼淚，但是越在意周圍人的眼光，原本應有的感情就像從指尖溜走般消失不見。

想代子知道曉美是指當時的事。曉美那時候墜入悲傷的深淵，以她當時的狀態，根本不可能清楚想代子是否感到悲傷。想代子完全沒有想到會被人發現。

曉美心臟病發作昏倒之前，似乎看過想代子的筆記本。想代子的母親曾經告訴她，那些壓抑在內心，令自己感到痛苦的事，只要藉由文字寫出來，心情就會變輕鬆，可以把別人說的那些傷人的話寫在筆記本上。雖然不知道曉美不惜做出偷看自己的筆記本這種事，究竟想要尋找什麼線索，但是，筆記本上的確提過一些案發當時的事。

想代子並沒有在筆記本上寫自己假哭。只是當她的眼淚流乾時，東子含沙射影地指出這件事，想代子當時嚇出一身冷汗，便把東子說的那句話寫下來。光看那句話，應該並不知道是什麼意思。也許是東子對曉美說了什麼，但正因為曉美自己覺得想代子心口不一，才會覺得她在假哭。

因此，曉美才會在意識模糊時，問出那個問題。

那次之後，曉美沒有再問過想代子同樣的問題。曉美向來有什麼疑問，就會毫不猶豫地問想代子，但她在清醒時從來沒有提起，也許代表曉美內心同樣壓抑。

只不過即使曉美再次問出相同問題，想代子還是只能掩飾，當然不可能讓曉美釋懷。

曉美應該還有其他疑問，那些疑問在她內心發酵，讓她更加懷疑想代子，最終導致心力交瘁。

回首往事，想代子無法改變任何事。難道要隱瞞辰也的所作所為嗎？若是堅不吐實，在那種狀況下，只會造成自己和曉美之間關係破裂。也許即使如此，仍然勝過之後所發生的一切，只不過想代子當時沒有選擇。

如今回想這一切，想代子只感到淡淡的苦澀。

曉美死後，貞彥仍然強打起精神繼續工作，但是失去在工作和生活上相伴多年的伴侶，還是為他帶來莫大的失落。隨著進駐「東方鎌倉」，生意逐漸步上軌道，他經常心不在焉，魂不守舍。

再加上在私生活中，沒有人關心他的身體狀況。曉美去世之後，他沒有請一度搬離的想代子和那由太搬回家裡。當他身體出了問題，去醫院檢查之後，才發現他的癌症已經進入第四期，轉移到多個內臟器官。

想代子很感激貞彥對她的恩情，再加上她自己的父親很早就離開人世，貞彥的寬容讓她很有依靠的同時，很希望有機會可以照顧他，願意盡力陪伴生病的他，但是當時又必須代替貞彥打理店裡的生意，在他住院期間，無法每天去醫院探視，這令想代子很痛苦。而且，即使想代子不時去探視他，和他之間的話題始終都圍繞著店裡的狀況，從這個角度來說，想代子打理好店裡的生意，確實讓貞彥安心了。他身體狀況不錯的時候，會和想代子聊起以前顛峰時期的往事，想代子從他的談話中，感受到他把那家店託付給自己的心意。

貞彥在和疾病搏鬥了三年，在「東方鎌倉」開幕五週年之際，靜靜地離開人世。

想代子在鎌倉的若宮大路下了計程車，和那由太一起走在通往小町路的小徑路上。

姨媽東子比貞彥活得更久。去年才離開人世，不久之前，才剛辦完一週年忌。

東子雖然被辰也拉著從「吉平大樓」的屋頂墜落，先落地的辰也身體成為人肉氣墊，降低衝擊，她奇蹟似地撿回一命。

雖然她活下來，但下半身癱瘓，經過多次手術，結束漫長的住院生活之後，仍然必須坐輪椅。

是曉美照顧著無法自由活動的東子。雖然曉美自己的身體狀況很不穩定，但照顧姊姊似乎成為她活著的動力之一。雖然「酷廚好物」歇業，幸好在曉美的協助下，「好物三明治」能夠勉強持續經營。

曉美離開人世之後，想代子接下這個工作。雖然並沒有人交代她這麼做，但是她覺得自己必須這麼做。在曉美懷疑想代子和東子夫婦墜樓有關時，東子沒有明確否認，讓想代子有點傷腦筋，但東子似乎並沒有惡意，只是失去當時的記憶。東子當然不可能喜歡和自己的妹妹關係不佳的外甥媳婦，但是曉美去世之後，她沒有其他人能夠依靠，應該很感謝想代子願意幫忙。

「好物三明治」雖然失去往日的人氣，但還是可以創造能夠維持東子療養生活的利潤。如果重新裝潢店面，或是開發新商品刺激買氣，有助於進一步提升業績，但想代子無意越俎代庖，多管閒事。在東子去世之後，「好物三明治」終於完成使命，悄悄歇業了。

如今，原本「好物三明治」原址，掛上了新的招牌。

「土岐屋想代子」。

想代子在代替東子管理「好物三明治」的經營期間，認識了房東。房東是和東子相識多年的八十多歲老人，他為東子去世感到遺憾，也為「好物三明治」結束營業惋惜，同時對協助東子打理店面的想代子產生信賴，問想代子是否願意繼續經營下去。

想代子必須打理「吉平」的生意，只能拒絕房東的提議，但同時萌生了其他想法。目前「吉平」的店面面積比之前在「吉平大樓」時小，商品項因此減少，如果增加一個店面，就可以專賣目前「吉平」沒有販售的商品。

想代子很想要開一家專賣花瓶、水盤等各種花器的店，在她接手「吉平」後會舉辦花器展，客人的反應很不錯。

她把自己的想法告訴房東後，房東很高興，願意用和「好物三明治」相同的條件把店面租給她。

「土岐屋想代子」重新裝潢成禮品店的風格，在去年夏天開張。店內以數千圓的商品為中心，但也有超過十萬圓的知名陶藝家製作的花器，商品的品質和「吉平」不相上下。在不到一年的時間內，已經吸引到本地花藝家成為主顧。有觀光客進來參觀後，順手買了適合只放一朵花的一輪花瓶。

「土岐屋商店」為「想代子」的成功感到高興，大祐大肆稱讚：「老闆娘果然是生意高手。」

想代子認為「想代子」這家店和必須維持老店招牌的「吉平」不同，就像是自己興趣的延伸，所以更加充滿樂趣。她打算等那由太從學校畢業，正式在店裡工作之後，就把「吉平」交給他，自己專心打理「想代子」。

「我來了。」

想代子打開門，走進「土岐屋想代子」店內。

「啊喲啊喲，辛苦妳了。」

正在顧店的想代子母親敏代出來迎接想代子和那由太。

母親敏代一直到幾年前，都在佐賀和想代子的祖父住在一起，照顧他的生活。敏代的公公是很傳統的人，照顧他很辛苦，但敏代一直照顧他到九十八歲壽終。

敏代終於可以一個人自由自在地過日子後，卻不知道該做什麼，於是想代子就請她搬來鎌倉，幫忙照顧自己的店。敏代才七十出頭，身體硬朗，之前將那由太從貞彥手上繼承的房子重建之後，目前祖孫三代都住在一起。

「媽媽，妳看。」想代子立刻讓那由太打開桐木盒子，「這是正市郎的新作品。」

母親也懂插花，在幫忙顧店之後，接觸到各式各樣的花器。

「啊呀啊呀，真是太出色了。」

母親看到正市郎的鼠志野，瞪大眼睛驚叫起來。

「是不是很棒？」

「一定很快就賣出去了。」

「定價很高，可沒這麼容易賣出去，」想代子調皮地說，「但是，我想還是會賣掉的。」

既希望可以賣出去，又希望能夠在店裡多放幾天。這種複雜的心情令她感到愉悅。

店裡還有正市郎的其他作品，但是非賣品。

山本喜市的紅志野花器在「吉平」重新開張時送回來後，目前仍然放在倉庫內。雖然想代子很愛那件收藏品，但是回想起當時的事，心情還是很複雜，就像貞彥再也沒有展示過黃瀨戶茶碗一樣。

雖然不能說是替代品，但目前在店裡的玻璃櫃內展示出正市郎的紅志野。那是正市郎為「想代子」開張特地燒製的。那是一個大花瓶，絲毫不比喜市的作品遜色，想代子插了一束紅色系的乾燥花。

再過二十年，正市郎的這個紅志野花瓶的價值或許會超過喜市的紅志野。這種想像讓她心情愉快。

時代在逐漸改變。

「你去買些茶點回來。」

想代子拿錢給那由太，叫他出門買東西。

「先休息一下。」

想代子對母親說。能夠比較自由自在地工作，也是「想代子」的優點之一。母親笑著說：

「我不累。」但還是起身去茶水室準備泡茶。

「想代子，妳真是一個孝順的女兒。」母親最近經常把這句話掛在嘴上。

母親年輕時就守寡，想代子小時候看到母親過著每天忙於照顧公婆的生活，不希望自己的人生只能像這樣一味忍耐，於是很早就離家，決定尋找屬於自己的幸福。

她從小看著母親的身影長大，母親教會她不要把別人不友善的言行一直放在心上的方法，才能夠咬牙撐過結婚之後的境遇，以及克服自己遭遇的一件又一件事。

如今，她已經不需要筆記本記錄那些造成自己心情起伏的言行。

陶瓷器並不是因為乾燥而變硬，不是光靠釉藥增加硬度，而是黏土中含有玻璃的成分，在燒製過程中，玻璃成分融化，在冷卻之後，和周圍的粒子結合、凝固，才會有硬度。

燒越久，結合越緊密，就更加堅硬。她覺得很像是現在的自己，難怪隈本剛才看到自己，也露出掃興的表情。

猛然回過神時，發現自己和母親、那由太一起過著平靜的生活。人真的無法知道幸福會從哪裡降臨。

想太子突然站起來，抓起放在店門口附近架子上的鹽堆。

自從「吉平大樓」發生跳樓事件之後，「吉平」都會在店裡放驅邪避凶的鹽堆，這裡也一樣。

她走到店外撒鹽。

但是，撒鹽的拳頭好像空空的，完全沒有碰到任何東西。

已經沒有需要用鹽驅逐的不吉利了。

之前一直覺得隈本遲早會找上門。

但現在覺得他以後再也不會出現了。

她的內心沒有任何不安，好像終於擺脫厄運，內心一片清澈明淨。

內心未免太清澈明淨，反而讓她感到茫然無措。

她發現淚水在不知不覺中，順著臉頰滑落。

是因為春風吹進了眼睛嗎？……原來自己這麼容易流淚。

她拍拍沾到手指的鹽，用小拇指擦拭眼角時，有幾個女性客人走過來。

「歡迎光臨。」

想代子打開門，請她們入內。

「哇，好漂亮。」

那幾個客人打量店內，不禁發出驚嘆之聲。

春日
ハルヒブンコ
文庫

161

鱷魚之淚

クロコダイル・ティアーズ

鱷魚之淚/雫井脩介作；王蘊潔譯. -- 初版. -- 臺北市：春天出版國際文化有限公司, 2025.03
面；　公分. -- (春日文庫；161)
譯自：クロコダイル.ティアーズ
ISBN 978-626-7637-21-0(平裝)

861.57　　113020200

ISBN 978-626-7637-21-0
Printed in Taiwan

作　　者　雫井脩介
譯　　者　王蘊潔
總 編 輯　莊宜勳
主　　編　鍾靈

出 版 者　春天出版國際文化有限公司
地　　址　台北市大安區忠孝東路4段303號4樓之1
電　　話　02-7733-4070
傳　　眞　02-7733-4069
E－mail　bookspring@bookspring.com.tw
網　　址　http://www.bookspring.com.tw
部 落 格　http://blog.pixnet.net/bookspring
郵政帳號　19705538
戶　　名　春天出版國際文化有限公司
法律顧問　蕭顯忠律師事務所
出版日期　二〇二五年三月初版
　　　　　二〇二五年六月初版三刷

定　　價　399元

總 經 銷　楨德圖書事業有限公司
地　　址　新北市新店區中興路二段196號8樓
電　　話　02-8919-3186
傳　　眞　02-8914-5524
香港總代理　一代匯集
地　　址　九龍旺角塘尾道64號 龍駒企業大廈10 B&D室
電　　話　852-2783-8102
傳　　眞　852-2396-0050